위험한 책읽기

THE RISK OF READING

위험한 책읽기

로버트 P. 왁슬러 지음

김민영 · 노동욱 · 양지하 옮김

문학사상

차례

제1장
이야기와 실제 삶

누가 디지털 시대를
두려워할까?

The Risk of Reading

깊이 읽기

디지털 시대를 맞아 문화의 중심이 책에서 영상으로 옮겨가고 있다. 그리고 이 과정에서 우리는 문학의 운명을 걱정하고 있다. 왜 그럴까? 첫 번째는 우리가 이야기의 참된 의미를 잃어가고 있기 때문이고, 두 번째는 우리가 언어 내러티브linguistic narative,언어로 빚어진 이야기의 중요성을 점점 잃어가고 있기 때문이다. 이 두 가지 이유에는 차이가 있다.

디지털 혁명을 이루어낸 기술들은 언어를 평가절하하고 속도와 흥분을 찬양하면서 점차 그 경계를 허물어가고 있다. 이미지와 스크린이 단어와 책을 대체하고 있는 것이다. 즉, 시각이 언어를 능가하고 있다는 말이다. 덧붙여 말하면, 우리의 뇌는 '읽는 뇌'에서 '디지털 뇌'로 이행하고 있다. 여기서 '읽는 뇌'는 깊이 읽고 사고하는 뇌를 말하며, '디지털 뇌'는 스펙터클spectacle과 표면적 감각에 의해 점차 우둔해지는 뇌를 말한다. 우리는 언어적 존재로서의 입지를 잃어가고 있는 것이다.

'깊이 읽기deep reading'라는 용어를 처음 사용한 것은 1994년, 스벤 버커츠Sven Birkerts다. 그의 말을 들어보자.

"우리는 독서를 통제할 수 있기에 독서는 우리의 필요와 리듬에 따라 조정될 수 있다. 우리는 스스로의 주관적이고 연상적인 충동을 충족시키는 데 자유롭다. 이를 위해 내가 만든 용어가 바로 '깊이 읽기', 즉 책을 느리고 사색적으로 소유하는 것이다. 우리는 단순히 단어를 읽는 것이 아니라 그 단어에 접근하여 우리의 삶을 꿈꾸는 것이다."

버커츠의 주장에 따르면, 출판문화에서 전자문화로의 이행은 인간의 정체성을 허물어뜨리고 있는 것이다. 또한 복잡함과 경이로움에 대한 이해, 그리고 삶이 가진 내면적 깊이를 위협하고 있는 것이다.

버커츠가 지적하듯 언어 내러티브를 통해 우리의 삶을 꿈꾸는 것은 자아의 내부에 있는 미지의 영역을 탐험하는 중요한 방법이다. 이는 또한 문학을 통해 우리가 가장 깊이 이해하고 경험할 수 있는 암묵적 지식에 도달하는 방법이기도 하다. 우리가 '깊이 읽기'를 통해 스스로를 향한 여정에 더 깊이 천착하면 할수록, 자신이 누구이며 이 복잡한 세상의 어디쯤에 위치하고 있는지를 더 깊이 알 수 있게 된다. 버커츠에 따르면, '깊이 읽기'는 텔레비전을 보거나 영상오락물에 빠지는 것과 달리, 일상생활이 가져다주는

위험한 책읽기

혼란스러움으로부터의 회피가 아니라 언어 내러티브를 통해 그 삶의 의미를 발견하는 방법이다. '깊이 읽기'는 위험하지만 우리의 리듬과 필요, 느낌과 감정과의 가치 있는 만남이며, 이 만남을 이치에 닿게 하는 방편을 제공한다. 우리는 이러한 독서를 통해 자신이 타인과 어떻게 연결되어 있는지, 그리고 우리 자신의 진화하는 이야기에 어떻게 연결되어 있는지를 발견한다. 우리는 상상력의 언어와 타인의 목소리를 통해 펼쳐지는 자기 자신의 플롯과 이야기를 경험하게 되며, 이것이 더 전개되어 나가기를 욕망한다.

소유나 소비를 촉구하는 전자 이미지와는 달리 문학어文學語는 마치 우리가 그것을 받아들이는 것처럼 그것 또한 우리를 받아들일 수 있다. 문학어의 다채로운 결은 상상력을 촉구하고 우리로 하여금 질문하게 하고 탐색하게 한다. 그리고 고정관념을 의심하게 하고 우리가 공유하는 인간 경험의 복잡함과 신비로움을 인지하게 한다. 소크라테스가 인식했듯, 모든 해답은 일시적일 뿐이며 또 다른 질문을 이끌어낸다. 문학어는 우리를 바로 이와 같은 방향으로 향하도록 독려한다.

자크 라캉Jacques Lacan은 "언어는 무언가를 알려주는 것이 아니라 일깨우는 것이다"라고 말한 바 있다. 우리가 좇는 것을 찾아낼 최고의 기회는 디지털 이미지가 아닌, 바로 언어의 풍요로운 결을 통해서일 것이다. 우리가 좇는 것은 곧 우리 자신에 관한 무언가를 찾고자 질문을 던져왔던 타자라는 존재의 응답이다. 이러한 종류의 언어적 교환은 지속적으로 우리를 추동하는 힘이다. 그리고 스스로를 알고자 하면서 타자와 관계 맺고자 하는 우리의 욕망을 설명해준다. 라캉이 지적했듯, 이것은 인간 욕망 그 자체의 가장 근본적인 리듬이라 할 수 있다. 간단히 말해, 타자의 욕망 외에 그 어떤 곳에서도 인간의 욕망의 의미가 보다 더 명백히 드러나는 곳은 없다는 것이다.

이 근본적인 리듬은 인간의 여정을 움직여 내러티브 텔링 narrative telling과 '깊이 읽기' 사이의 관계를 설명하는 데 도움을 준다. 즉, 우리가 이 책을 통해 탐색하고자 하는 관계를 설명하는 데 도움을 준다. 마치 모험적 여정처럼, 내러티브 텔링과 '깊이 읽기'는 둘 다 인간으로서 우리의 특수성과 사회성에 관한 이해를 심화시키려는 시도로서 항상 탐색적이다. 또한 욕망과 사색을 끌어내고, 드러내기도 하고 숨기기도 하며 우리로 하여금 경계를 넘나들게 한다.

버커츠의 '깊이 읽기'에 관한 논의가 있은 지 몇 년 후, 니콜라스 카Nicholas Carr는 버커츠의 주장을 이어받아, 이것이 가진 함축적 의미를 디지털 시대로까지 확장한다. 카에 따르면, 우리는 이미 파편화되고 평준화된 세계에 살고 있다. 인터넷은 오직 우리의 관심을 흩뜨릴 목적으로, 우리의 관심을 사로잡을 뿐이다. 우리는 인터넷(과 여타의 전자 기기들)을 더 자주 사용하면 할수록 더 산만해진다. 우리는 주의·집중을 유지하는 능력을 잃어가고 있다. 카가 주장하는 것처럼 우리는 기억하는 법 대신 잊어버리는 법을 배우고 있는 것이다.

오늘날 디지털문화는 주류문화가 되었고, 수정된 시간감각(과거나 미래가 부재하는 파편화된 감각으로서의 현재)과 수정된 공간감각(아무 곳도 아닌 곳으로서 경험되는 모든 곳)을 창조해냈다. 이것은 얄팍하고 피상적인 것들에 특권을 부여하고, 최대한 빨리 소비되는 상품과 같은 디지털 이미지를 상찬하면서 인간 자아의 내면을 도려냈다.

폴 비릴리오Paul Virilio 또한 비슷한 경고를 던진다. 그에 따르면, 우리와 우리를 둘러싼 이 세계의 관계의 깊이뿐만 아니라 유한한 존재로서의 경험의 깊이가 결여되어가면서 모든 경계들은 붕괴되어가고 있다. 전 세계라는 무대가 뒤집혀 '재현representation'이 점차 그 적절성을 잃어버리는 단계에 도달했다. 그 대신 '제시presentation', 즉 세계와 세계의 이행이 가진 깊이뿐만 아니라 모든 종류의 성찰의 시간이 가진 깊이 또한 결여된, 궁극적으로는 탈구된 '제시'만이 고취되고 있다.

비릴리오가 보기에 우리는 끝없는 '지금NOW'에 살고 있으며, 심지어 지금 이 순간도 환영幻影이 되어버렸다. 전자 스크린상에서 우리는 '의식적 내면성', 즉 체화된 경험에 깊이 뿌리내린 자아의 내러티브적이며 역사적인 감각을 망각하게 된다. 그 대신 우리는 유기적이고 필수적인 삶의 지식이 손상되는 데 대한 즉각적인 희열을 갈망한다. 느리지만 사려 깊은 발견에의 도전을 거부하면서 우리는 기껏해야 스크린상에서 깜박이는 다른 접속점들에 가늘게 연결될 뿐이다. 본능에 충실한 네트워크의 접속점이 될 뿐이라는 말이다.

우리는 이 끝없는 '현재'의 경험을, 언어적 무의식을 대체하는 새로운 전자적 무의식이라고 칭할 수 있다. 이것은 시간상의 지속성이나 공간상의 뿌리내림과 같은 전통적인 인간 감각이 부재한 기원이다. 우리는 이 새로운 전자적 의식에 귀속될수록 사이버 시간과 사이버 공간에서 부유浮游한다. 이러한 과정에서 우리는 인간 본성의 공통 기반, 즉 자기 자신과 타인 사이에 있는 연결 고리를 잃게 된다. 우리는 걸을 때 더 이상 땅을 밟는 발의 감각을 느끼지 못하고 앞에 놓인 태블릿 PC에만 집중한다. 우리는 이야기할 때 더 이상 앞에 놓인 상대의 눈이나 얼굴의 주름을 보지 않고 스크린의 픽셀에만 집중한다. 우리는 천천히 인터넷망의 표면을 떠다니는 알 수 없는 존재들이 되어간다. 세상이 점점 더 궁금증을 유발하는 곳이 되어갈수록 우리는 더 이상 스스로의 시작과 끝에 대해서는 궁금해하지 않는다.

디지털 시대는 점차적으로 환영과 실제 사이의 경계, 원본과 복사본 사이의 경계, 허구와 일상 사이의 경계를 허물어뜨린다. 그리고 이 과정에서 디지털 시대는 전자적 의식을 새로운 인간 의식으로 상찬하고 이를 특권화한다. '온라인의 삶'이 '오프라인의 삶'의 선호 모델이 된다. 우리는 마치 스크린상에서 인터넷 서핑을 하고 있는 것처럼 실제에서도 행동하기 시작한다. 지성이 지혜가 아닌 기술상의 노하우로, 인간 지식의 깊이가 아닌 순간적인 기술의 재빠른 습득으로 평가된다고 믿기 시작한다.

비트와 바이트, 트위터와 시각 자료들은 우리에게 처리할 정보와 소유되고 소모될 데이터를 제공한다. 그러나 무언가를 처리한다는 것은 그것 안에 사는 것을 포기하는 것이다. 만약 우리가 스스로를 알아가는 여정을 떠날 위험을 감수하고자 한다면, 바이트와 비트, 데이터와 정보 그 이상의 것이 필요하다. 발터 벤야민Walter Benjamin은 이렇게 말한다. "정보의 가치는 그것이 뉴스거리였던 순간을 넘어서 존재하지 못한다. 그것은 그 순간만을 살 뿐이다. 그것은 그 순간에게 완전히 투항해야 하며, 어떠한 시간 낭비도 없이 그 순간에게 스스로를 해명해야만 한다." 정보에 대한 확신은 우리로 하여금 '인간은 무엇인가'라는 질문을 던질 기회를 차단한다는 점에서 스스로를 알아가기 위한 여정을 단축시킨다.

가상현실 테크놀로지의 아버지라 할 수 있는 재론 래니어Jaron Lanier에 따르면, 사람이라는 존재는 딱 들어맞는 공식이 아니라, 탐색이자 미스터리이며 맹신盲信이라는 것이다. 그러나 이러한 탐색, 위험한 여정은 정보에 의해, 전자 테크놀로지가 찬양하는 바로 그 데이터베이스에 의해 크게 축소되어왔다. 우리는 정보 교환이 우리가 욕망하는 것, 즉 타인의 욕망에 대한 욕망을 일깨워줄 것이라 확신할 수 없다. 이는 또한 라캉이 지적했던 바이기도 하다. "만약 내가 지금 타자에게 질문을 던지고자 나 자신을 그 앞에 위치시킨다면, 타자로부터 어떠한 반응이 나오리라 예상하여 대처할 수 있는 인공두뇌학적 컴퓨터는 없을 것이다."

"정보 시스템은 운용되기 위해 정보가 필요하다. 그러나 이 정보는 실제보다 낮게 표시된 실제일 뿐이다." 래니어의 말이다. 그에 따르면, 디지털 이미지에는 미스터리가, 독창성이, 인간의 경이로움이 부재한다. 디지털 이미지는 원천 소스가 가진 독특한 특징들을 제거하는 규격화된 체제 내의 실제에 대한 제한된 측량을 포착해낼 뿐이다. 래니어가 주장하는 주요 주제들 중 하나는 바로 언어가 우리를 인간이게끔 하는 특징들을 복원하는 데 도움을 준다는 것이다.

래니어의 주장에 따르면, 언어는 우리를 둘러싼 인간 공동체를 향해 나아가는 방법이자, 스스로의 내면으로 향해 나아가는 방법이다. 언어는 우리가 스스로의 특이성(개인적 자아), 연대감(사회적 자아), 그리고 익숙함과 낯설음을 발견하는 최선의 방법이다. 언어 내러티브에 대한 고심은 우리로 하여금 과거 그리고 미래와 연결되게 한다. 문학 내러티브의 깊숙한 곳으로 들어가는 것은 비록 위험이 따르는 일이지만, 우리는 이를 통해 자아와 우리 앞에 펼쳐진 세계 사이의 미지未知의 접합점과 조우할 기회를 얻게 된다. 언어는 개별성을 지닌 개인으로서의 우리에게 선물과도 같은 존재다. 우리가 감히 용기를 내기만 한다면, 언어는 우리에게 성찰해볼 만한 인간 세계를 선물할 것이기 때문이다. 이러한 맥락에서 문학은 기꺼이 어려움을 감수하고자 하는 이들에게 윤리적 참여의 기회를 제공한다.

한스게오르크 가다머Hans-Georg Gadamer는 이를 다음과 같이 설명한다. "언어는 이 세계에 존재하는 인간의 소유물들 중 하나가 아니다. 인간이 세계를 소유한다는 사실 자체가 전적으로 언어에 달려 있다. 인간은 유한한 세계 속에 존재하는 언어적 존재이다. 언어는 우리의 근거가 되며 우리를 인간이게 한다. 자아와 세계에 대한 우리의 지식은 제한적이며, 유한한 존재로서 우리는 궁극의 비밀을 붙잡을 수 없다. 그러나 또한 유한한 존재로서 우리는 여정을 떠나야만 하는데, 이는 바로 언어적 존재로서 파악할 수 있는 진실을 알아내야만 한다는 책임감 때문이다. 문학어는 이러한 진실, 그리고 우리 자신과 우리를 둘러싼 세계를 알아내는 데 이르는 최선의 경로로서 우리 앞에 놓여 있다.

이 책을 통해 주장하는 것은 우리가 휴대기기를 버려야 한다거나 스크린 문화를 폐기해야 한다는 것이 아니다. 이미지보다는 단어에 더 집중하는 삶을 사는 것이 반문화counterculture—작금의 우세한 주류문화와 반대로 작용하는 문화—를 형성하는 방법이라는 것이다. 이 반문화란 파편화된 정보의 비트와 바이트보다는 내러티브에 대한 지식과 관계 맺는 것을 중시하는 것을 말한다. 대화적 관계를 생생하게 그리고 계속 유지하는 것도 한 방법이다. 오늘날 문학 내러티브의 '깊이 읽기'는 인간 고유의 정체성이 가진 복합성과 이중성으로 관심을 되돌려놓는 데 필수적이다. 그리고 이는 '인간이 된다'는 것의 의미—소크라테스의 표현을 빌리면 "네 자신을 알라"—를 발견하고 확장하고자 하는 지속적 탐색의 여정에서, 이를 공유하고자 욕망하는 언어적 존재이자 유한한 존재인 인간으로서의 가치를 인지하는 것이다.

인간에 대한 지식을 얻는 여정은 삶의 가장 근본적인 여정이라 할 수 있다. 이 여정은 복잡함과 어려움이 가득한 여정이며 두려움과 매혹으로 점철된 여정이다. 또한 이 여정은 우리를 둘러싼 세계 속에서 유한한 우리 인간 자아와 우리가 차지하는 위치가 갖는 의미를 알기 위해 진행 중인 고군분투다. 위대한 작가들은 이를 유한한 인간 존재의 비밀을 알아내고자 하는 선천적 욕망을 지닌 모든 인간들의 여정이라 생각한다. 이야기의 형태를 갖춘 언어는 유한한 인간 존재에 내재한 이중성과 모순들에 대한 이해의 길로 인도한다. 이 길이 우리를 부르고 있다. '깊이 읽기'는 이 도전적 부름에 대한 윤리적 반응이다. 문학은 기꺼이 어려움을 감수하고자 하는 이들에게 윤리적 참여의 기회를 제공한다.

'나'에게로 떠나는 여행

언어 내러티브—언어로 빚어진 이야기—에 대해서 이야기하는 것은 항상 자기모순을 초래하는 것처럼 보인다. 우리는 이야기를 통해 스스로에게, 그리고 타인에게 자신을 드러낸다. 하지만 동시에 이야기는 우리로 하여금 스스로에게서, 그리고 타인에게서 거리를 두게끔 한다. 우리가 '실제 삶real life'이라고 부르는 것과 우리가 이 '실제 삶'에 대해 말하는 이야기 사이에는 언제나 간극이 존재한다. 이 간극이 너무나도 뚜렷하기에 우리는 때로 우리가 이야기한 것이 '허구fiction'라고 주장하기도 한다. 그러나 이 책에서 나는 모든 이야기들은 대체로 '허구'이며, 이것이야말로 우리가 누릴 수 있는 행운이라고 주장하고 싶다.

'실제 삶'과 이야기 사이—일상에서 우발적으로 일어나는 사건들과 이 혼란스러운 사건들에 형태를 부여하는 내러티브 사이—에서 발생하는 이 간극은 우리를 일깨우고 욕망을 자극하며 더 나아가 스스로를 더 잘 알고자 하는 목적을 가지고 거듭날 것을 촉구한다. 자신과 타인을 향해 이야기하는 것은 우리 삶의 가장 중요한 여정에 착수하는 것이라 할 수 있다.

우리는 언제나 지금 이 현재의 순간에 존재하며 우리의 감각적인 육신은 그것을 둘러싼 세계와 상호작용한다. 그런데 이 세계와 관련하여 우리가 스스로를 이해하는 데 최선의 기회를 제공하는 것이 바로 언어이다. 중요한 것은 스스로를 위한 세계를 창조하고 자신을 '자신'이게끔 해주는 것이 바로 언어라는 것이다. 라캉이 주장했던 것처럼, 사물의 핵심에 구체적 실체를 부여함으로써, 그리고 세계의 편재성에 영원성을 부여함으로써, 세계의 사물들—'되어짐'의 과정 중에 '지금 여기'에서 본래적 혼란을 겪고 있는—을 창조해내는 것이 바로 단어들의 세계다. 우리는 언어를 통해 과거에 형태를 부여하고 그것을 우리의 일부로 만들며, 미래의 가능성을 투사하면서 '실제 삶'의 일관성을 창조해내고자 노력한다. 이러한 맥락에서 언어, 특히 내러티브의 형태를 갖춘 언어의 은유적 기능은 우리가 누구인지, 어디에 있었는지, 어디로 향해 가는지를 의식하게 해주는 선물이라 할 수 있다. 언어 내러티브는 이 세계에서 스스로를 위한 의미를 창출하는, 그리고 세계를 인간적으로 만드는 매우 다채로운 방법이다.

언어 내러티브는 독자에게 주어진 언어의 관능적이고 복합적인 연상을 통해 인간의 경험에 시공간에 대한 감각을 부여한다. 내러티브는 우리에게 속도를 늦추고 언어 그 자체의 다채로운 저장소로 들어가서 우리의 맥박에서 뛰노는 언어가 수축하고 팽창하는 리듬을 느껴보기를, 그리고 이 언어를 우리가 소유할 수 있도록 성찰해보기를 촉구한다. 언어는 그 안에 과거의 자취들과 미래를 위한 가능성들을 담고 있으며 기억과 욕망을 환기시킨다. 뿐만 아니라 내러티브는 그 시각적·청각적 힘과 함께 독자들이 언어의 리듬과 강렬함이 펼쳐질 때 경험하는 감흥을 통해 상상력을 고취시킨다. 이러한 맥락에서 문학 내러티브는 정서적이고 개념적이며 육체적인 특징을 갖는다. 이것은 우리를 스스로의 내면으로 초대하고 감정이입과 성찰의 길로 인도한다.

그럼에도 문학 내러티브가 항상 이중의 기능을 갖고 있음을 강조할 필요가 있다. 우리가 이야기에 참여할 때, 동시에 이야기는 우리를 참여시킨다. 우리는 이야기와 대화적 관계를 맺는 것이다. 이야기가 주류문화를 강화한다면 이야기는 또한 그 주류문화에 의문을 표하기도 한다. 우리가 스스로를 이야기 속에 위치시킨다면 그 이야기는 또한 우리에게 그 위치에 대한 의문을 갖도록 촉구한다. 이야기는 친숙해 보이기도 하지만 동시에 낯설어 보이기도 한다. 요컨대 이야기는 우리에게 일시적인 안정감과 일관성을 제공해주기도 하지만 동시에 우리로 하여금 불안정한 기분을 느끼게 하기도 한다. 우리가 이야기 안에서 살아갈 때, 이야기는 또한 우리 안에서 살아간다. 우리가 이야기를 읽어나가는 동안 이야기도 우리를 읽어낸다. 우리는 이야기를 경험해나가면서 그 이야기에 의문을 갖게 된다. 그러므로 독서를 할 때 우리는 항상 스스로와 이야기 사이의 관계에 대해 질문하고 있는 셈이다. 이는 이야기를 통해 우리가 자신의 특이성, 진귀함, 기묘함뿐만 아니라 타인과의 연결성, 이 세계 속 우리의 위치를 발견하려는 여정 중에 있다는 것을 의미한다. 언어 내러티브는 진귀한 개인이자 동시에 사회적 존재인 우리에게 상충되는 정체성을 탐색하는 방편을 제공해준다.

언어 내러티브가 어떤 역할을 하며 우리가 이와 관계 맺을 때 어떻게 작용하는지, 달리 어떻게 설명할 수 있을까? 언어, 특히 문학의 형태를 갖춘 언어는 우리에게 '토양, 즉 뿌리를 박고 설 땅'을 제공해준다. 그러나 문학의 형태를 갖춘 언어는 또한 모리스 블링쇼Maurice Blanchot가 말한 것처럼 우리를 망명길에 접어들게 하기도 하며 황무지로 내던지기도 한다. 언어는 우리로 하여금 잠재적 위치, 즉 우리가 세계의 혼란과 혼돈 한가운데 뿌리내리고 서 있는 장소를 엿볼 수 있게 해준다. 그러나 이 위치는 우리가 아직은 온전히 알 수 없는 장소로서 언제나 일정한 거리가 유지된 채 그려진다. 그러므로 이것은 우리에게 현재 살고 있는 이 실제 세계의 낯섦을 상기시킨다. 이는 우리를 불안하게 만든다. 언어는 우리에게 존재의 충만함이 결여되어 있으며 우리가 모호하고 양가적이며 유한한 존재임을 상기시킨다. 우리는 온전함을 추구하는 탐색의 과정에서 상처 입은 존재들인 것이다.

언어 내러티브와 관계를 맺을 때, 그것은 시작과 끝을 찾고자 추구하며, 붙잡을 수 없는 비밀을 발견하고자 하는 우리의 욕망과 상상력을 일깨운다. 마이클 버크Michael Burke는 이렇게 말한다. "나는 문학을 읽는 동안 만들어지는 형상화imagery가 매우 강력하다고 믿는다. 이는 개인으로서의 우리가 누구이며 어디에서 왔는가라는 물음에 필수적이기 때문이다. 문학작품을 읽는 독자들의 마음에 만들어지는 형상화의 의미는 다음의 세 가지 근본적인 질문과 연결되는 듯하다. 우리는 누구인가? 어디에서 왔는가? 또 어디를 향해 가고 있는가?" 문학 내러티브는 우리의 시작점을 이루는 가장 깊은 곳으로 우리를 되돌려놓으며, 또한 우리의 종착점을 향해 우리를 내던진다. 그러나 이것은 우리가 탄생과 죽음의 경험에 대해 말할 수 있는 것 이상이며, 그 시작점과 종착점을 온전히 명확하게 해줄 수는 없다.

우리는 다음과 같은 방법으로 문학 내러티브의 중요성을 생각해볼 수 있다.

1. '실제 삶'은 일련의 가장 우발적인 사건들로 기본적으로 혼돈의 상태이며, 불안과 죽음에 대한 암시들이 배어 있다. 유한한 존재로서 우리는 우리의 기원과 종말에 대한 그 어떤 생각도 갖지 못한 채 종종 이 곤혹스런 사건들에 내던져진다.

2. 우발적인 사건들의 시시각각의 경험은 인생 이야기로 구성 될 수 있다. 이는 탄생에서 죽음까지의 직선적 내러티브로도 묘사될 수 있고, 우리를 스스로의 내면과 외부 세계의 심연을 향해 더욱 더 깊은 곳까지 이끄는 일련의 원형적 내러티브로 도 묘사될 수 있다. 언어의 다채로운 결로 빚어진 이 여정은 인간의 의미와 목적이 담긴 감정적이고 육체적이며 개념적 인 원호를 따라 우리를 이동하게 한다.

3. 한 사람의 인생 이야기는 항상 타인의 이야기와 혼합된다. 그 러므로 이는 시간이 지남에 따라 인간으로 하여금 정체성을 창조해내는 데 도움을 주며, 또한 자신의 삶의 의미와 공간을 창조해내는 데 도움을 준다.

4. 언어, 특히 이야기의 형태를 갖춘 언어는 유한한 인간에게 인 간의 목적과 삶의 여정의 방향을 제시해준다는 점에서 가장 중요한 요소라고 할 수 있다. 특히 문학 내러티브의 다채로운 결을 통해 인간은 인간 경험이 지닌 심오하고 불가사의한 복 합성을 이해하고 자아성찰적인 존재가 될 수 있다.

5. 이야기는 독서 체험과 자아에 대한 더 깊은 지식을 추구하는 인간의 탐색을 더욱 심오하게 한다. 따라서 이야기는 이야기 를 촉발한다. 그러므로 이야기를 읽고 토론하는 것은 인간 공 동체의 중요성과 상호작용을 향상시킨다. 이러한 과정은 자 아의 감각이 활기차게 계속 진보해나가도록 고무하며, 진정 한 민주주의란 무엇인지를 엿볼 수 있는 계기를 마련한다.

이러한 맥락에서 우리는 인간 경험이란 오로지 언어가 발화되고 있는 세계 내에서만 가능한 것이라는 사실에 동의할 것이다. 크리스틴 디트리히 발리시Kristen Dietrich Balisi의 말을 들어보자.

"인간의 언어는 생명체의 요소를 창조하거나 가져다주지 않는다. 이것은 우주 내 물리적 질서를 수립하지도 않는다. 오히려 이것은 언어적 '존재'를 창조하고, 그 용어가 내부에서 서로 관계를 맺는 문법적 질서를 갖춘 영역을 창조한다. 물리적이고 우주론적인 질서로 겹겹이 쌓인 실제에 대한 부차적이고 인간적인 비전 말이다."

이것이 우리가 알고 있는 세계이다. 우리가 언어와 이야기를 통해 세계를 경험함에 따라 세계는 인간적이고 의미 있는 것이 된다. 우리는 언어적 존재이기 때문이다.

이야기의 '낯섦'을 주고받는 시간

우리는 자신과 타인, 그리고 자신의 이야기와 타인의 이야기와의 대화적 관계 속에서 살아가면서 삶의 이야기를 창조해나간다. 알래스데어 매킨타이어Alasdair MacIntyre는 이렇게 말한다. "나는 이 질문에 답할 수 있다. '나는 무엇을 해야 하는 것일까?' 내가 만약 다음의 선행하는 질문에 답할 수 있다면 말이다. '나는 어떤 이야기에서 내 자신이 그 일부임을 발견해낼 수 있을까?'" 우발적인 경험들 사이의 맥락을 명확하게 하기 위해 우리에게는 이야기가 필요하다. 그리고 우리는 '실제 삶' 속의 현재 진행 중인 이야기를 창조해내고 해석해내기 위해 이 상상된 맥락이 필요하다.

오늘날 우리는 이야기가 없는 사람들을 종종 발견한다. 그들에게는 일종의 맥락이 없으며 아무것도 말할 것이 없는 듯 보인다. 그들은 스스로에게 의지할 수 없고, 그러므로 누군가가 그들에게 의지할 수도 없다. 그들의 삶에는 관점이 부재하며, 그러므로 그들은 자아성찰적인 존재가 되는 데 어려움을 겪는다. 그들은 뚜렷한 목표나 방향 설정 없이 끝없는 현재 속에서 살고 있다. 그들에게는 미래도, 이행해야 할 약속도 없어 보인다. 그들은 좀비, 즉 '걸어 다니는 사자死者'가 된 것이다.

인간으로서 우리는 타인을 인정하고 그들의 이야기에 귀를 기울이며 그들에게 이야기를 제공해야 할 윤리적 책임을 가지고 있다. 이야기의 교환은 인간이 가진 가장 자연스러운 욕구에 대한 윤리적 반응이다. 비록 이 요구는 결코 온전히 충족될 수 없는 것이지만 그럼에도 우리에게 그것을 이행할 의무를 지운다. 이야기를 하고 귀 기울여 듣는 과정을 통해 인간은 서로의 욕망을 인정하기 시작한다. 바로 이러한 언어적 환경에서 인간은 에마뉘엘 레비나스Emmanuel Levinas가 '상호주관적인 공간의 만곡彎曲'이라고 칭한 것을 창조하고 그 내부로 들어가게 된다. 그 공간(또는 간극) 내부에서 인간은 스스로를 서로에게 상처입기 쉬운 존재로 만들며, 동시에 스스로를 자신의 유한성有限性의 직접적이고 불편한 응시로부터 보호한다. 인간은 공유된 공간과 공통의 지평을 창조해냄으로써 자신과 타인과의 연결성을 감지하지만, 동시에 양자 사이의 차이와 특이성 또한 인지한다. 이런 식으로 이야기의 교환은 인간적인 사랑의 행위이자 이 세계에 동정심을 가져다주는 방편이 된다. 이는 우리로 하여금 불완전하고 유한한 존재로서 공유하는 상처들을 잠시나마 엿볼 수 있게 한다.

이야기의 형태를 갖춘 언어를 경험함으로써 우리는 타인에 대한 공감과 깊은 동정을 느낄 뿐만 아니라 타인의 진귀함을 인식하게 된다. 이것이 바로 이야기가 우리를 '감염시킨다'(톨스토이), '일깨운다'(카프카)라고 말해지는 이유다. 그리고 우리에게 '거주할 장소와 이름을 부여한다'(셰익스피어)라고 말해지는 이유이기도 하다. 이야기는 마치 약속이 그러하듯 우리를 미래로 향하게 만든다. 이야기는 보증된 성약聖約처럼 약속이 지켜져왔음을 의미한다. 이야기가 주는 희망은 신선한 인식과 새로워진 가능성을 가진 채 일상에서 일어나는 일련의 우발적 사건들을 되돌아보도록 한다. 그러나 동시에 이야기는 우리가 필연적으로 유약하고 유한한 존재이며 제한되고 불완전한 이 세계의 이방인임을 상기시키기도 한다. 이야기는 우리에게 친숙함이라는 감각을 줄 뿐만 아니라 우리의 이질감을 상기시키기도 하는 것이다.

스탠리 카벨Stanley Cavel이 주장하듯 이야기는 우리로 하여금 혼란스러움, 일상 속 실존이 갖는 혼돈, 심지어 우리를 자신으로부터 분리시키는 정신 착란을 수용하게끔 한다. 우리에게 이 무질서로 가득 찬 일상 속 낯설음을 인정하도록 함으로써, 이야기는 우리로 하여금 새로운 방향을 향해 나아가고 새로운 시작을 발견하도록 고취한다. 카벨은 이렇게 말한다. "우리가 교육에 참여하는 첫걸음은 삶이 지닌 낯설음과 자기 자신으로부터 느껴지는 거리감, 그리고 우리가 필요한 것이라 천명한 것의 필요성이 결핍되어 있음을 인지하는 것이다." 이야기의 낯설음은 우리가 들어갈 수 있는 틈을 열어주고 우리의 결핍이라 할 수 있는 유약함과 유한함을 느끼게 한다. 그러나 이야기는 또한 혼돈의 한가운데 놓여 있는 스스로를 발견하는 탐색 과정에서 깊은 동정심을 느끼고자 하는 인간의 욕망, 그리고 타인과 지속적으로 관계를 맺어나갈 것에 대한 약속을 제공하기도 한다.

'경계' 깨닫기

문학과 조우하는 것은 언제나 위험한 일이다. 그것은 우리가 가진 것과 가지지 않은 것은 무엇이며, 우리가 무엇이고 무엇이 아닌지, 우리에게 친숙한 것과 낯선 것은 무엇인지 상기시켜준다. 그것은 또한 우리에게 윤리적 요구를 부여한다. 아놀드 웨인스타인Arnold Weinstein은 다음과 같이 주장한다. "문학은 우리에게 의식을 부여하며, 또한 함께 길을 걷는 타인—책 속에서뿐만 아니라 우리가 살아가는 세계 속에서의—에게도 의식을 부여하도록 가르친다. 이것은 윤리적인 명령이다. 왜냐하면 이것은 자아로부터 세계로 나아가는 것이기 때문이다." 문학은 우리에게 자신만의 이야기를 회복하라고 가르치며, 또한 타인들도 (최소한 잠재적으로나마) 이야기를 가지고 있음을 가르친다. 웨인스타인이 주장하듯, 언어는 '감정과 환상이라는 거대한 영역을 기록하고 연출하기 위한 궁극의 진정한 자산'으로, 우리가 가진 최고의 수단이라 할 수 있다. 이 '진정한 자산'은 우리의 집이며 인간 정체성의 복합성과 깊이를 지탱하는 널찍한 발판이다. 그럼에도 언어는 불가해한 수수께끼로서 그 이야기가 끝난 후에야, 그리고 우리가 죽은 후에야 풀릴 매듭이다.

유한한 삶이 그러하듯 언어는 그 한계를 내재하고 있으며, 우리가 욕망하지만 결코 완전히 붙잡을 수 없는 그 무언가를 넌지시 내비친다. 언어는 우리를 그 경계의 문턱으로, 그 궁극의 낯설음의 끝으로 몰아가지만 그 이상은 아니다. 인간 세계에서 언어는 낯선 것을 다소 친숙한 것으로, 친숙한 것을 다소 낯선 것으로 만든다. 그리고 때로는 우리에게 안정감을 주는 한편, 때로는 우리를 뒤흔들어 일깨운다. 그러나 언어는 우리를 그 경계 너머 죽음의 직접적 경험(혹은 신神의 직접적 경험)으로까지 데려갈 수는 없다. 언어는 아마도 우리에게 이 신비로운 경험을 흘긋 엿보게 할 수는 있을 것이다. 그러나 우리는 죽음을 경험하고 나서 그것을 정확히 설명할 수 없듯이, 그 경험에 대해 온전히 발화할 수 없다.

'실제 삶'에서 우리는 종종 혼란스러운 경험, 그리고 우연히 일어난 일이라고 여기는 우발적 사건들을 경험한다. 그러나 우리는 스토리텔러storyteller로서 이 우발적 사건들을 되짚어보며 이 사건들에 형태 및 필연성이라는 의미를 부여한다. 우리는 마치 결과에서 원인으로, 단서에서 발견으로 거슬러 올라가는 탐정과도 같다.

우리는 또한 증상에서 주요 원인을 발견해내는 의사와도 같다. 우리는 또한 죽음에서 삶을 탐구하고 비존재에서 존재를 탐구하며 종말에서 시작을 탐구하는 하이데거Martin Heidegger와도 같다. 인간으로서 우리는 '실제 삶'의 경험에 내재한 지식을 탐색하는데, 이는 언어 내러티브를 통해 드러나기도 하고 감추어지기도 한다. 우리는 '실제 삶'의 수수께끼, 즉 이야기 그 자체에만 구현되는 비밀에 대한 답을 추구한다.

이야기는 과거의 경험과 연결되고 미래를 위해 의미를 창조하도록 우리를 초대한다. 이야기는 이런 식으로 우리를 과거와 미래로 내던진다. 이야기는 상상적 일관성을 부여하며 우리를 살아 있게 한다. 바로 이것이 우리의 유한한 삶이 갖는 진실이다. 반면에 일단 이 신비가 그 베일을 벗으면 비밀은 온전히 드러나며 우리는 무너진다. 미셸 푸코Michel Foucault는 다음과 같이 말한다. "감추고 뒤덮는 것, 즉 진실 위로 드리워진 밤의 커튼은 역설적으로 삶이다. 반대로 죽음이란 낮의 빛을 향해 검은 궤를 열어주는 것이다."

인간 정체성의 맥락에서 볼 때, 우리는 이야기 없이는 의미 있는 삶을 살 수도 없고 의미 있는 죽음을 맞이할 수도 없다. 이야기가 되지 못한 존재로서의 우리는 의식적인 지식이 부재한, 혹은 인간의 유한한 삶이 지닌 다채로운 모순들에 대한 이해가 부재한 인간에 불과하다. 그저 갈등을 겪는 육체에 지나지 않는다는 말이다. 이야기가 없이 우리는 기껏해야 사소한 것에 의해, 무관심에 의해, 부주의에 의해, 존재의 우발성에 의해, 끊임없이 주의를 빼앗기는 존재에 불과하다. 우리는 우리의 불확실성 내지는 필연적 유한성을 포용하기를 거부한다. 우리는 끝없는 환영 속에 존재한다. 마이클 로머Michael Roemer는 이를 다음과 같이 적절하게 표현한다. "비록 우리가 신을 믿는 만큼 불확실성을 믿지는 못한다 하더라도, 만약 우리가 스스로의 불확실성을 받아들인다면 이야기는 다시 신뢰성을 회복할 것이며 설득력 있고 효과적인 오랜 역할을 회복할 것이다. 왜냐하면 우리가 '허구'라고 부르는 것은 삶에서 직면할 수 없는 현실을 구현하기 때문이며, 우리가 '현실'이라고 부르는 것은 사실 의식의 척도가 되는 허구이기 때문이다. 우리는 아마 삶에 의미와 형태를 부여하는 허구 속에서만 현실과 모순을 직면할 수 있을 것이다."

그렇다면 이야기란 어떤 의미에서 우리가 예상하는 것보다 더 견고한 것이 아닌가. 이야기는 우리에게 삶과 죽음 사이의 경계, 존재와 비존재 사이의 경계, 공통성과 독특성 사이의 경계, 그리고 허구와 '실제 삶' 사이의 경계가 얼마나 좁은지 깨닫게 해준다. 또한 우리가 얼마나 강하면서도 동시에 얼마나 약한 존재인지를 깨닫게 해준다.

그레고리 유다니스Gregory Jusdanis에 따르면 문학은 '우리가 경험하는 것과 상상하는 것 사이에 드리워진 경계선'을 상기시킨다. 이러한 맥락에서 문학은 사회적 실천 행위이며, 그 어떤 다른 사회적 실천 행위보다도 그 자체와 다른 공간들 사이의 경계선을 두드러지게 한다. 유다니스에 따르면 문학은 이 경계선을 지키고 있는데, 이를 위해서 문학은 반드시 현실로부터 그 거리를 유지해야만 한다. 언어적 발명을 통해 문학은 우리가 우발적인 경험과 '허구' 사이의 경계선을 인지할 수 있도록 돕는다. 결과적으로 문학은 존재하기 위해 이 간극을 필요로 하기 때문에 허구와 현실 사이의 차이를 드러내는 것이다. 문학은 차이에 대한 감각을 두드러지게 하는 중요한 경계선을 유지하는데, 이는 우리로 하여금 지속적으로 나아가게 하는, 그리고 (흔히 '실제 삶'이라 불리는) 일상의 경험에 내재한 상상적 의미와 목적을 창조하게 하는 다행스러운 차이라고 할 수 있다.

과학주의적인 언어와 달리 이야기의 창의적 언어는 우리에게 관능적인 경험을 제공한다. 문학어는 우리를 이러한 경험에 결속시키지만, 또한 우리에게 행동과 동인動因에 대한 의식을 고취시키기도 한다. 문학어는 우리에게 몰두할 수 있는 관능적인 경험과 그 경험으로부터 거리를 유지할 수 있는 시각 모두를 허락하며, 그 결과 우리는 그 경험을 이해할 수 있고 우리만의 이야기를 창조해낼 수 있다. 문학어는 우리가 세계를 경험하는 유한한 존재이자, 이 구현된 경험에 대해 성찰할 수 있음을 인식하게 한다. 이러한 방식으로 우리는 우리가 읽고 있는 이야기가 얼마나 우리 자신의 이야기와 유사한지를 인식하게 되며, 우리가 다른 유한한 인간들과 얼마나 긴밀하게 연결되어 있는지를 인식하게 된다. 다른 누군가의 이야기는 또한 나의 이야기이기도 하다. 그러나 우리는 또한 그 이야기와 자신의 이야기의 차이점, 즉 다른 사람들과 자신의 차이점을 인식하게 된다. 결국 다른 누군가의 이야기는 결코 자신의 이야기가 아닌 것이다. 이렇게 우리는 자신이 어떤 존재인지, 어떤 존재가 아닌지를 깨닫게 된다. 우리는 자아와 타자, 삶과 죽음을 인정하게 된다.

우리는 스스로 한 번뿐인 죽음을 경험해볼 수 없고 이에 대해 정확하게 말할 수도 없으므로, 결코 무언無言의 몸이 말하는 것보다 스스로에 대해 더 많이 알고 있다고 말할 수 없다. 그러나 언어 내러티브는 우리가 무언의 몸 그 이상의 존재라는 것을 상기시킨다. 우리는 타인과 비슷하면서도 다르다. 언어의 심연深淵에서 우리는 공동체 의식을 느끼며 타인과 연결되고, 동시에 우리의 연약함과 유한함, 심지어 우리의 죽음을 감지해낸다. 이야기는 유한한 인간 정체성의 수수께끼를 구현해내는 것이다.

나는 이 책이 제시하는 언어 내러티브의 '꼼꼼히 읽기close reading'가 이야기 자체와 당신의 '실제 삶'에 대한 주의를 환기하여, 당신만의 여정의 가치를 깨달을 수 있기를 바란다. 나의 독해는 이야기에 대해 숙고해왔던 수년간의 세월을 바탕으로 한다. 그리고 나의 수많은 대학 강좌들과 '문학을 통한 삶의 변화Changing Lives Through Literature'라는 프로그램을 수강했던 학생들과의 끝없는 토론을 기반으로 한다. 수년간 이야기를 다시 읽고 토론해왔을 뿐만 아니라, 나는 이 독해의 과정에서 여러 번 수많은 비평가들의 매우 가치 있는 목소리를 들었다. 내가 이 책에서 주장하고 있는 언어 내러티브 읽기에 대한 접근 방식에 영향을 준 몇 명의 비평가들을 언급하고자 한다. 이 걸출한 비평가들은 이 책에서 논의하고 있는 내러티브에 대한 나의 사고에 (의식적·무의식적으로) 큰 영향을 미쳤다. 그들의 작업은 종종 한동안 내가 걸었던 길과 비슷한 길을 따르는 듯 보인다. 그리고 항상 그들의 분석이 매우 면밀하며 그들의 목소리가 매우 유용하고 고무적임을 발견하곤 했다. 특히 피터 브룩스Peter Brooks와 J. 힐리스 밀러J. Hillis Miller의《암흑의 핵심Heart of Darkness》에 대한 논의와 브룩스의《프랑켄슈타인Frankenstein》에 대한 논의가 그러하다. 웬디 스타이너Wendy Steiner의《이상한 나라의 앨리스Alice in Wonderland》에 대한 논의와 레온 B. 카스Leon B. Kass의《창세기Genesis》에 대한 논의 또한 내게는 매우 중요하다.

나는 문학의 '깊이 읽기'와 '꼼꼼히 읽기'가 우리 자신과 우리를 둘러싼 세계를 이해할 수 있도록 돕는다고 생각한다. 또한 나는 이른바 우리의 실제 삶에 의미를 부여하고자 소설이 필요하다고 생각하며, 내러티브를 가진 소설을 읽는 것은 인간적이고 민주적인 사회를 만드는 데 중요하다고 생각한다. 우리는 언어적 존재이며 언어, 특히 내러티브의 형태를 갖춘 언어는 정체성을 향한 우리의 탐색에서 핵심적이라 할 수 있다. 문학을 읽는 것은 혼란과 혼돈으로 가득한 이 세계에서 일관된 인간 정체성을 유지하고 자아성찰적인 개인으로 남아 있기 위해, 오늘날 우리가 가질 수 있는 최고의 기회다.

이러한 이슈들에 대한 더 충실한 논의를 위해 이 책의 대부분의 장들은 19~20세기의 잘 알려진 작품들로 구성되었다. 이 여정에서 유독 흥미를 끄는 두 가지 질문이 있다. 그 첫 번째는 문학 내러티브가 인간의 유한함에 대해 무엇을 가르쳐줄 수 있는지에 관한 질문이다. 두 번째는 이야기가 어떻게 유한한 지식이 가진 양가적이고 심오한 의미를 반추할 기회를 제공하는지에 대한 질문이다.

나는 아담과 이브의 이야기로 이 여정을 시작하고자 한다. 이 이야기를 문학 내러티브의 측면에서 접근했을 때, 이는 우리에게 자신만의 방식으로 그들의 여정을 따라가볼 것을 촉구한다. 이것은 창조Creation에 대한 이야기이자 유한한 세계에 대한 이야기이다. 또한 언어와 유한성, 자유와 그 필요성, 삶과 죽음, 그리고 인간 경험 내에 구현된 복잡한 모순들에 대한 이야기다. 우리는 이 이야기를 매우 세밀하게 따라가볼 필요가 있다. 모든 중요한 이야기들이 그러하듯, 이 이야기가 우리에게 일어난 일이든 아니든 우리의 이야기이기 때문이다.

인간은 어디에서 와서 어디로 가는가?

The Risk of Reading

《창세기》1~3장

글을 읽고 쓰는 것과는 전혀 관계없어 보이는 천지창조(《창세기》
1~3장) 이야기로 시작해보자. 천지창조 이야기는 언어와 지식에
대한 정수를 담고 있는 이야기이며, 그 어떤 신화나 이야기보다도
더 오랫동안 존속해왔다. 천지창조 이야기는 특히 서구 사회에서
유한한 인간 삶의 의미에 대한 이야기로서 핵심적 위치를 차지하
고 있다. 천지창조 이야기가 가진 중요성의 상당 부분은 이 이야
기가 전개되어오는 가운데 새로운 의미와 깊이가 더해지면서 수
세기 동안 존속해왔다는 데에 있다.

천지창조 이야기는 오늘날 우리에게 큰 반향을 불러일으킨다.
이는 이 이야기가 언어를 통해 유한한 인간으로서 우리의 기원,
정체성, 섹슈얼리티와 죽음, 그리고 자유와 한계에 대해 말해주기
때문이다. 천지창조 이야기는 이에 대한 해답을 제시하는 것이 아

니라 가치 있는 중요한 질문들을 제기한다. 천지창조 이야기야말로 알고자 하는 욕망, 그리고 이해력이 미치지 않는 저 너머 비밀에 대한 탐색을 지속하고자 하는 욕망을 일깨워주는 이야기이기 때문이다.

《창세기》1~3장은 그 특유의 신비로움과 깊이로 위대한 철학자들과 신학자들, 그리고 예술가들과 시인들에게 영감을 주었다. 특히 존 밀턴John Milton이 쓴 《실낙원Paradise Lost》은 《창세기》1~3장에 대한 가장 창의적인 해석으로 자리매김하고 있다.《창세기》1~3장이 지닌 호소력은 정치나 문화를 초월한다. 이는 이 이야기가 언어에 근거한 내러티브로서 수 세기에 걸쳐 우리에게 소리쳐 이야기하고 있기 때문이다. 이 이야기의 언어는 살아 움직이는 언어이자 그 명백한 경계선을 자유롭게 넘나드는 언어이며 우리에게 '실제 삶'을 되살려주는 언어다.

비록 우리가《창세기》1~3장을 번역본으로 읽고 있음에도 불구하고 이 이야기가 가진 중요성의 일부는 여전히 언어의 움직임 그 자체이다. 토를라이프 보만Thorleif Boman은 히브리어와 그 지식이, 그리스어와 그 지식과는 판이하게 다르다고 주장한다. 기도 중인 정통파 유대교도가 항상 그 언어의 리듬에 맞춰 몸을 움직인다면, 그리스 사상가는 성찰하고 명상하는 중에 몸을 움직이지 않고 정적인 상태에 머문다. 이러한 맥락에서 히브리인의 사상은 계속되는 움직임 속에서 구현된다. 반면에 그리스인의 사상은 성찰과 정체停滯를 지향한다. 우리는 이 두 차원 모두를 염두에 두고

《창세기》1~3장을 읽어야 한다.

《창세기》1~3장은 해결하기 어려운 일련의 문제들에 직면하게 한다. 이 난제들은 천지창조 이야기를 텍스트로서 어떻게 경험해야 하는지—우리가 이 이야기를 같은 이야기의 두 버전*으로 받아들여야 하는지, 아니면 두 개의 각기 다른 버전으로 받아들여야 하는지—부터, 이 이야기를 어떻게 우리 자신의 것으로 만들 수 있는지—우리가 이 이야기를 유대교적 맥락으로 읽고 있는지, 아니면 기독교적 맥락 혹은 세속적 맥락으로 읽고 있는지—까지를 포괄한다.

만약 이 이야기가 레오 카스Leo Kass의 주장처럼 '지혜의 시작'을 환기시키는 것이라면, 우리의 시작이 곧 우리의 끝이라는 것 또한 진실인가? 이 이야기는 얼마나 심오한가? 그 규모는 또 어떠한가? 이 이야기는 우리에게 어떠한 영향을 미치는가?

천지창조의 언어적 힘

나는 P 자료인《창세기》1장으로 논의를 시작해보고자 한다. 독

---

* 《창세기》1장과 2장은 모두 우주창조 이야기를 하고 있지만, 신의 이름이 다르게 쓰였음을 알 수 있다. 1장 1절~2장 3절까지는 신을 '하나님'이라 부르지만, 2장 4절 b(뒷부분)부터는 신을 '주 하나님'으로 부른다. 히브리어 성서 원문 또한 '엘로힘Elohim'과 '야훼 엘로힘Yahweh Elohim'으로 각각 다르게 쓰여 있다. 그 이유는 각 구절을 쓴 저자가 다르기 때문이다. 바빌론 유수 때 사제들이 집대성한 것으로 알려진 글은 '사제Priest'의 첫 글자를 따서 'P 자료'라 부르고 이들을 'P 저자'로 구분하는데, 이들은 신을 '엘로힘'으로 부른다. 반면 신을 '야훼Yahweh'라 표기한 저자는 '야위스트Yahwist'로 부르고 그 문서를 'J 자료'라 한다.《창세기》1장의 우주 창조 이야기를 쓴 집단은 P 저자이고, 2장 4절 b는 J 저자의 문서로 추정된다. (배철현,《신의 위대한 질문》(21세기북스, 2016, p. 46 참고.) 이 책에서는 사제 필자the Priestly Writer를 P로, 야위스트 필자the Jahwist writer를 J로 표기했다.

자로 하여금《창세기》2장의 복합적인 인물 설정을 알 수 있게 하는 J와 달리, P는 모든 것의 기원이자 창조주인 하나님에 초점을 맞춘다. 하나님은 창조의 시작 이전부터 완전한 존재다. 하나님은 창조의 시작 이전에도, 그리고 창조의 끝 이후에도 하나님이다. 독자로서 우리는 P에 의해서 하나님을 비밀로서 이해한다. 언뜻 엿볼 수는 있지만 결코 완전히는 알 수 없는 신비로움으로서 이해하도록 안내받는 것이다. P에게 하나님은 창조라는 그의 행위가 지닌 경이로움을 통해 느낄 수 있는 존재이다. P는 언어 내러티브를 통해 독자의 의식에 일종의 자취, 즉 천지창조 이야기의 신비스러운 음영을 남긴다.

《창세기》1장은 언어를 통해 전할 수 있는 그 이상의 것을 말하는 언어를 통해 우리에게 천지창조에 대한 지식과 사색의 공간을 제공한다. 천지창조 이야기에서 하나님의 언어는 무한하며 존재에 생명을 불어넣어 생명을 지닌 각 존재를 창조한다. 하나님의 언어와는 대조되는 인간의 언어에 대해 디트리히 발리시Dietrich Balisi는 다음과 같이 말한다. "인간의 언어는 생명을 창조하거나 존재에 생명을 불어넣지 않으며, 우주 내의 물리적 질서를 세우지도 않는다. 오히려 인간의 언어는 서로를 관계 짓는 용어를 가지고 언어적 존재와 문법적으로 질서 잡힌 영역을 창조해낸다. 인간의 언어는 물리적이고 우주적인 질서 위에 층을 이룬 부차적이고 인간적인 현실의 비전을 창조해내는 것이다." 천지창조가 제공하는 인간적 비전은 우리에게 스스로를 세계 내에 위치시킬 기회,

즉 우리만의 여정을 시작할 기회를 제공한다.

'태초에 하나님이 천지를 창조하시니라'(창 1:1). P는 우리를 천지창조의 실제 순간(태초의 순간)으로 데려갈 수 없다. 하나님은 우리를 볼 수 있지만, 우리는 하나님을 보지 못한다. '하나님의 신은 수면에 운행運行하시니'(창 1:2), 이는 우리가 결코 파악할 수 없는 신비이다. 우리는 P의 언어를 통해 처음 하나님의 음성을 직접 듣게 된다. '빛이 있으라'(창 1:3). 서술자로서 P에게는 하나님의 음성이 우리가 지금 보고 있는 그 빛의 효과를 창조하셨음을 제시하는 것 이외에는 달리 방법이 없다. 그러나 우리는 하나님의 '빛'이라는 말이 곧 빛이라고 가정해볼 수 있다. 다시 말하면 하나님의 관점에서 그의 언어와 행위는 하나가 되면서 언어는 '빛'으로서 움직이는 것이다. 그러나 인간의 시각으로 우리는 언어적 존재로서의 천지창조, 즉 통사적으로 구성된 P의 서사를 통해 문법적 질서를 갖춘 영역, 인간적인 현실의 비전을 경험한다. 하나님은 일시적 문법을 사용하지 않는다. 그는 '빛이 있다' 또는 '빛이 있을 것이다' 또는 '빛이 있었다'라고 말하지 않는다. 하나님은 천지창조의 둘째 날에 '물 가운데 궁창穹蒼이 있어 물과 물로 나뉘게 하리라'(창 1:6)고 말한 것처럼, '빛이 있으라'고 말한다.

하나님은 천지창조를 통해 스스로를 나타낸다. P의 언어 내러티브는 이전에는 우리에게 알려지지 않았던 것을 알 수 있게 한다. 셋째 날에 '땅이 풀과 각기 종류대로 씨 맺는 채소와 각기 종류대로 씨 가진 열매 맺는 나무를 내니'(창 1:12). 서사가 진행되면서 분할(예를 들면, '물과 물로 나뉘게 하리라')뿐만 아니라 증식도 있음을 알 수 있다. 하늘에서 해와 달, 별들, 행성들이 창조된다. P 자료에서 하나님의 음성은 세계가 경험할 수 있도록 언어를 표면화하면서 물질적 세계를 창조한다. P는 우리를 하나님의 천지창조로 이끈다. P의 서사를 통해 우리는 경험하고 믿는다. P의 서사는 또한 우리의 서사가 된다.

보만이 주장하듯 P는 이 세계에 대한 시각적 묘사보다는 은유적 언어를 통해 드러나는 세계의 경이로움에 초점을 맞춘다. 그는 하나님을 저 멀리 보이는 인공 배경 설계가로 묘사하는 것이 아니다. P는 은유적 풍부함 속에서 그의 언어가 갖는 창조적인 움직임을 경험할 것을 우리에게 촉구하고 있다. 예를 들면 P는 별빛의 장엄함과 별빛의 창조에 대한 경이로움을 느끼도록 우리를 초대한다. 별은 저 멀리 시각화된 하늘의 구성 요소에 불과한 것이 아니다. P는 은유적 언어를 통해 우리가 별의 창조에 동석하기를 원하는 것이다. 그는 별이 우주 외부에 있는 것만큼이나 우리 내부에 자리하고 있음을 깨닫기를 원한다. P는 우리에게 하늘의 별을 창조하는 하나님을 상상하도록 촉구하는 것이 아니라, 그러한 창조적 행위를 경험해보고 그 행위의 경이로움과 선함, 그리고 빛을 느껴볼 것을 촉구하는 것이다. 이러한 독해 방식으로 《창세기》의 언어는 시각적인 것이 아니라 은유적인 기능을 통해 읽어야 한다.

다섯째 날, 하나님은 생명체를 창조했는데, 새들이 하늘을 가로질러 날아다녔고 바다에는 거대한 피조물들이 생겨났다. 여섯째 날, 하나님은 땅을 기는 가축과 땅의 짐승을 그 종류대로 창조했다. 그리고 나서 그의 가장 긴 선언으로 "우리의 형상을 따라 우리의 모양대로 우리가 사람을 만들고 그로 바다의 고기와 공중의 새와 육축과 온 땅과 땅에 기는 모든 것을 다스리게 하자"(창 1:26)라고 말한다. P는 거듭 다음의 중요한 지점을 반복한다. '하나님이 자기 형상 곧 하나님의 형상대로 사람을 창조하시되 남자와 여자를 창조하시고'(창 1:27).

P, 그리고 천지창조가 이루어진 6일 간의 여정을 그와 함께 한 독자에게 천지창조는 하나님이 인류에게 준 선물이다. 이제 인류는 별빛이 낮과 밤을 주관하는 것처럼 모든 생물을 다스리게 된다. 그런데 하나님이 '우리의 형상을 따라' 인간을 창조했다고 선언했을 때, 혹은 P가 "하나님이 자기 형상 곧 하나님의 형상대로 사람을 창조하시되"라고 말했을 때, 하나님이 의미하는 바는 무엇이었을까? P는 천지창조의 요소들과 생명체들이 하나님의 음성, 하나님의 언어를 통해 이루어진 현현顯現이라고 말하는 것이다. 주어진 선물을 경험함으로써 인류, 즉 남성과 여성은 동등하게 (P 서사에서는 명백한 성적 차이가 드러나지 않는다) 하나님을 경험할 수 있다. 하나님의 형상대로 창조된 우리는 하나님의 천지창조를 곧 우리의 이야기로 받아들일 수 있다. 언어적 서사를 통해 우리는 태초가 어떠했는지 들여다볼 수 있고, 역사와 시간 속에서 지속적으로 공명하는 여파를 경험할 수 있다. 이 여파(이야기가 갖는 경이로움)는 우리 모두에게 주어진 현재진행형인 여정을 새롭게 하는

데 도움을 준다. P 서사에서 드러나는 경이로움을 들여다보면서 우리는 매일의 경험 속, 우발적 사건들이 일어나는 혼돈의 세계로 되돌아간다.

천지와 만물이 다 이루어졌고 하나님은 일곱째 날에 안식했으며, 일곱째 날을 축복하고 성스럽게 했다. P 서사에 드러나는 것처럼 이 안식은 인류에게 또 다른 선물이다. 인류는 그동안 펼쳐진 창조에 대해 성찰하고 경의를 표할 시간을 가질 수 있게 되었기 때문이다. 우리는 이 천지창조 서사를 통해 우리가 이전에는 알지 못했던 무언가를 얻게 되었음을 깨닫는다. 그것은 모습을 드러낸 우리의 정체성의 규모이자, 이 세계에서 우리가 자리하고 있는 위치에 대한 새로운 감각이다. 우리는 이 이야기를 계속 읽어 내려가면서 자극을 받는다.

인류에 대한 심오한 질문

우리가 다음으로 읽게 될 것은 J 버전의 천지창조이다. 이것은 아담과 이브 이야기에 초점을 맞춘 것으로 수 세기 동안 큰 영향력을 행사해왔다. J 자료는 특히 캐릭터 변화와 인간 존재의 거대한 굴곡에 방점을 둔다. J 자료는 인간 의식의 가장 깊은 층위를 뒤흔드는 질문을 던진다. 골치 아프지만 흥미를 자아내는 이 질문은 성경을 읽는 내내 계속해서 우리의 뇌리를 떠나지 않을 것이다. J 자료는 인류의 여정, 아담과 이브의 존재론적 진실, 잃어버린 것을 찾고자 하는 인간의 탐색, 유한한 인간 존재로서 우리가 지닌 결핍, 인간 존재의 격차에 초점을 맞춘다. J 자료에 따르면 하나님이 알고 있는 것을 인류는 알지 못하기에 인류는 분열되는 존재이다. J 자료는 유한한 정체성에 대한 지식을 탐색하는 시작점에 대한 상세한 설명이다. 인간 존재의 의미는 무엇인가? 하나님의 형상대로 창조되었건만 하나님이 될 수 없다는 것의 의미는 무엇인가?

J 자료는 지상으로부터의 서사적 관점을 제공한다. 유한한 인간 정체성의 시작과 끝에 초점을 맞춘다는 말이다. 또한 J 자료는 격차, 즉 인간들이 공유하는 상처를 다룬다. J 자료는 황량한 땅(흙)으로 시작하여 지면을 적실 안개로 이야기를 이어나간다. 땅을 일굴 존재가 없었기에 하나님은 '흙으로 사람을 지으시고 생기를 그 코에 불어넣으시니 사람이 생령이 된지라'(창 2:7). 이 흙은 성경에서는 인간의 무언無言의 몸이다. 이 무언의 인간은 이야기를 가지고 있지 않으며 그 고유의 이야기를 할 수도 없다. P 자료에서 '수면에 운행하시는' 성령이자 하나님의 음성이며 언어인 하나님의 숨결은 이 '흙'에 영감을 불어넣고 움직임과 방향성, 그리고 욕망과 상상력 또한 불어넣는다. 독자인 우리는 '인간', 즉 안개로 촉촉해진 땅 가운데 놓인 생명체이다. 하나님은 '동방의 에덴에 동산을 창설하시고'(창 2:8), '보기에 아름답고 먹기에 좋은'(창 2:9) 나무와 함께 사람을 거기 둔다.

J는 계속해서 에덴동산의 풍경과 장소에 대한 풍부한 묘사를 해나가며 우리가 그 이야기를 경험하는 데 보다 다채로운 맥락을 제

시한다. J는 동산 한가운데 있는 두 나무에 대해 묘사한다. 이 두 나무는 '생명의 나무'와 '선악에 대한 지식의 나무'이다(우리에게 보다 친숙한 '선악 나무'보다는 '선악에 대한 지식의 나무'가 더 적절한 히브리어 번역이다). 이 두 나무 모두 '보기에 아름다'웠음에 틀림없지만, 이야기가 진행되면서 유독 한 나무만이 우리의 주목의 대상이 된다. 생명의 나무는 불멸성을 주지만 J 자료에서 초점이 맞춰진 것은 '지식의 나무'이며, 또한 이 나무는 곧 하나님의 첫 번째 명령의 대상이 된다. '여호와 하나님이 그 사람에게 명하여 가라사대 동산 각종 나무의 실과는 네가 임의로 먹되 선악을 알게 하는 나무의 실과는 먹지 말라. 네가 먹는 날에는 정녕 죽으리라 하시니라'(창 2:16-17).

이것은 인간 의식을 자극하고, 그에 대한 위반을 함축하는 법 제정이다. 인간은 그 어떤 나무의 열매도 자유롭게 먹을 수 있지만, '지식의 나무'의 열매만큼은 먹어서는 안 된다. 우리는 다시금 이에 대해 숙고해볼 필요가 있다. 이 명제가 갖는 의미는 무엇인가?

인간은 하나님의 형상대로 창조되었지만, 동시에 불확실성, 불안감, 그리고 존재의 토대에서 기인하는 소외감을 갖고 있다. 그에게는 자유가 주어졌지만 동시에 사형 선고라는 경고 또한 주어졌다. 만약 그가 속박 없는 자유를 가지고 행동하기를 택한다면 그는 '정녕 죽으리라'. 우리가 느끼는 것처럼 그는 이미 자신이 수수께끼의 한가운데 서 있음을 감지했을 것이다.

인간은 추상이나 형이상학적 사색이 아닌 하나님의 창조 행위를 경험하면서 하나님을 알 수 있다. 즉, 숲이 우거진 에덴동산의 존재와 에덴동산을 적시는 장엄한 강의 흐름을 통해, 그리고 이제는 에덴동산 너머 세계로 뻗어 굽이치는 네 개의 수원水源을 통해 하나님을 알 수 있다. 인간은 하나님에 의해 낙원에 거하게 되었다. 그는 선악에 대한 지식이 없는 명백한 순수의 상태에 있다. 그런데 그가 순수의 상태에 있어서 죽음에 대한 암시를 인지해본 적이 없다고 한다면, 과연 그가 어떻게 죽음('정녕 죽으리라')에 대해 이해할 수 있었을지 질문해볼 수 있다. 그것은 아마도 인간과 '흙'과의 연결 고리가 그의 기원이 되었기 때문일 것이다.

그런데 하나님은 처음으로 당신의 창조에서 무언가 '좋지 못'(창 2:18)한 것을 인정한다. 그것은 바로 창조된 남자가 혼자라는 것이다. 그러나 이것은 하나님에게 '좋지 못'한 것이 아니라 남자에게 '좋지 못'한 것이다. 하나님은 남자가 혼자이지 않도록 그에게 적합한 배필을 만든다.

하나님은 흙으로 인간을 창조하였듯, 흙으로 각종 들짐승과 공중의 각종 새를 짓는다. '여호와 하나님이…… 그것들을 그에게로 이끌어 이르시니, 아담이 각 생물을 일컫는 바가 곧 그 이름이라'(창 2:19). '아담이 모든 육축과 공중의 새와 들의 모든 짐승에게 이름을 주니라'(창: 2:20). 이것은 하나님의 형상대로 행동하는 인간의 모습으로서 언어적 운동으로 인간의 비전을 창조하는 것이다. 그러나 하나님의 언어('빛이 있으라')와 달리 인간의 언어는 모호함으로 가득하고 위험과 한계투성이다.

생명체에게 이름을 부여하는 것은 그들에 대한 인간의 지배를 허락하는 것이지만, 동시에 인간과 생명체 사이의 차이를 인지하게 하는 것이다. 이것은 (수직적) 위계질서다. 그러므로 인간은 지상에서 그가 발견할 수 없는 친밀함을 추구하는 존재로서 존재적 위기의 끝자락에 서 있다.

인간은 처음으로 '아담'이라 불린다. 그런데 생명체에 이름을 부여하는 아담의 행위에도 불구하고 그는 여전히 혼자다. '아담을 돕는 배필이 없으므로'(창 2:20). 생명체에 이름을 부여하는 아담의 행위는 인간과 다른 생명체 사이의 연계성에 대한 감각뿐만 아니라 그들 사이의 차이점에 대한 인식을 선명히 한다. 그러면서 인간의 모호한 비전을 창조한다. 중요한 것은 인간이 갈망하는 익숙한 친밀감은 충족되지 않은 채로 남아 있다는 사실이다.

아담은 언어라는 선물을 받았다. 그는 흙으로부터 취해져 낙원에 자리 잡았다. 우리는 그가 에덴동산에 오기 전 그 자신의 창조에 대한 기억이 없이 순수했음을 가정해볼 수 있다. 이제 그는 낙원에 있지만, 그에게는 동요와 리드미컬한 충동, 그리고 다른 생명체와의 연계성에 대한 욕구와 차별성에 대한 욕구 사이의 모호한 격차의 징후가 존재한다. J 자료는 독자인 우리에게 우리 자신의 이야기, 즉 세속적 인간의 발단을 제시한다. 우리는 J 자료를 통해 인류의 이야기의 시작을 알 수 있게 되었다. 하나님의 형상대로 창조된 아담의 이야기를 보다 잘 알 수 있게 되었다는 말이다.

이러한 경험은 우리를 텍스트와의 대화, 그리고 우리 자신과의 대화로 이끌어 언어적 존재의 창조를 가능케 한다.

언어라는 심오한 선물, 즉 생명체에게 이름을 부여하는 능력에도 불구하고 아담은 외로움을 누그러뜨려줄 적절한 배필을 찾지 못한 채 동요하고 있다. '여호와 하나님이 아담을 깊이 잠들게 하시니 잠들매 그가 그 갈빗대 하나를 취하고 살로 대신 채우시고'(창 2:21). 하나님은 왜 인간으로 하여금 깊은 잠에 빠지게 했을까? 여기에 일종의 내면성에 대한 감각이 존재한다. P 자료의 도입부에서와 같이, 육체(표면)를 통해 미지의 영역(깊숙한 곳)으로 들어가는 것 말이다. '흑암이 깊음 위에 있고 하나님의 신은 수면에 운행하시니라'(창 1:2). 하나님은 아담의 갈빗대 하나를 취하고 '살로 대신 채'웠다(창 2:21). 인간은 상처 입었다. 이것은 마치 인간이 자신만의 욕망과 욕구, 그리고 알 수 없는 미지의 영역을 꿈꾸는 것과도 같다. 그리고 아담이 깨어났을 때, 그는 자신의 꿈이 실현되었음을 발견한다. 내면에 있던 것이 외부로 이끌려 나왔다. 그것은 바로 여자였다.

하나님이 여자를 창조해 아담에게 데려올 때, 우리는 아담이 처음으로 말하는 것을 들을 수 있다. 아담은 이미 다른 생명체에 이름을 부여하는 힘을 행사한 바 있지만 말을 하지는 않았다. 우리는 그가 여자를 본 직후 욕망에 자극받아 앞으로 펼쳐질 서사를 통해 직접 말하는 것을 상상해볼 수 있다.

아담이 가로되 이는 내 뼈 중의 뼈요

살 중의 살이라

이것을 남자에게서 취하였은즉

여자라 칭하리라(창 2:23).

'여자'라는 이름은 그 어원이 '남자'(히브리어로 'ishi'와 'ishier')
라는 단어에 있는데, 여자라는 단어는 남자와 여자를 한데 묶는
단어이자 '인류'를 환기하는 단어이다. 남자가 그 아내와 연합하
여 '둘이 한 몸을 이룰지로다'(창 2:24)라는 말은 이것이야말로 남
자가 부모를 떠나는 이유임을 제시한다. 한 몸을 이룬다는 것은
최대로 구현된 궁극적인 친밀함, 즉 동산의 낙원과도 같은 의식에
깃든 경이로움으로 우리에게 다가온다. 그러나 이것은 또한 떠남
의 자취이고 비밀을 찾고자 하는 끝없는 탐색으로 인간을 괴롭히
는 부재 혹은 상실이자 결코 인간이 이름 붙일 수 없는 미스터리
를 수반한다.

지금까지의 서사에서는 아담과 그의 아내 사이의 어떤 차이점
에 대한 암시도 없었다. 그들 모두 벌거벗은 채였으나 부끄러움을
느끼지 않았다. 기독교 용어로 말하자면 우리는 이제 '타락'의 서
막에 와 있다. 비록 우리는 이 타락을 순수에서 경험으로의 이동
의 시작, 다시 말해 인간 의식의 깊숙한 곳으로, 그리고 세상 밖으
로 향하는 확장적인 여정으로 생각하기를 선호하지만 말이다.

에덴동산에서 아담은 생명체에게 이름을 부여했고 배필을 얻

었다. 그 배필은 아담의 '뼈 중의 뼈요 살 중의 살'로서, 인간은 사회적 동물이자 성적인 동물이고 서로 연결된 존재임을 증명한다. 아담과 그 아내는 생존하기 위해서뿐만 아니라 생육하기 위해 그들의 식욕을 충족시킬 수 있는 모든 것을 가지고 있는 듯 보인다. 그러나 그들의 벌거벗음은 그들에게 아직 어떠한 영향도 주지 않는다. '아담과 그 아내 두 사람이 벌거벗었으나 부끄러워 아니하니라'(창 2:25). 그들에게는 생명의 나무에 대한 어떠한 흥미나 욕망이 없는 것처럼 보이는데, 이는 그들이 본질적으로 죽음 자체를 인식하지 못하고 있어서 불멸에 대한 개념이 없기 때문으로 보인다.

그들은 하나님의 형상대로 빚어졌지만 하나님은 아니다. 하나님처럼 그들은 이름을 부여할 능력을 가지고 있지만, 하나님과 달리 이름을 부여하는 그들의 행위는 성분이나 생명체를 창조할 수 없다. 그들은 비록 하나님의 경이로움을 경험할 수 있지만 그럼에도 지상에 묶여 있다.

이때 뱀이 등장하고, 뱀은 여자에게 말한다. '하나님이 참으로 너희더러 동산 모든 나무의 실과를 먹지 말라 하시더냐?'(창 3:1). 이 뱀은 분명 '여호와 하나님의 지으신 들짐승'(창 3:1)과는 다른 존재이다. 독자들은 이 뱀이 어떻게 말하는 방법을 배웠는지 궁금할 것이다. 독자인 우리는 하나님이 아담과 그 아내를 제외한 어떤 다른 생명체에게도 언어라는 선물을 허락하지 않았다고 가정한다. (이에 대해 시인 밀턴은 이미 뱀이 선악의 지식에 대한 열매를 먹었다고 제안한다.) 달변가인 뱀은 여자를 대화에 참여시키면서 유혹하는 데 관심이 있다. "하나님이 참으로 너희더러 동산 모든 나무의 실과를 먹지 말라 하시더냐"라는 뱀의 질문은 여자를 기만하기 위한 계략이다. 하나님은 뱀이 주장하는 것처럼 말하지 않았고 뱀도 틀림없이 이를 알고 있다. 여자에게 던진 뱀의 질문은 정보를 얻고자 한 것이 아니라 여자로부터 반응을 얻고자 한 것이다.

여자는 뱀의 말을 정정한다. '동산 나무의 실과를 우리가 먹을 수 있으나'(창 3:2). 이때 그녀는 간교한 뱀이 예상한 바대로 언어를 통해 내재화된 율법과 그 언어에 함축된 위반에 초점을 맞춘다. 여자는 '동산 중앙에 있는 나무의 실과는 하나님의 말씀에 너희는 먹지도 말고 만지지도 말라'(창 3:3)라고 설명한다. J 자료에서 우리는 동산 한가운데에 두 그루의 나무가 있음을 알 수 있지만, 여자는 자신이 이야기하고 있는 나무에 이름을 부여할 필요성을 느끼지 못한다. 선악의 지식에 대한 나무가 그녀의 모든 관심을 사로잡은 듯 보인다. '나 자신을 아는 것'은 인간의 원초적인 욕망이 된다. 주목할 점은 여자가 여기서 하나님이 '너희는 먹지도 말고 만지지도 말라 너희가 죽을까 하노라'(창 3:3)라고 했다며 과장하는 것이다. 그러나 만지는 것은 먹는 것과는 엄연히 다르며, 하나님이 이전에 인류에게 '그것'(실과)을 만져서는 안 된다고 명했다는 암시는 없다. 여자가 나무에 매혹된 것은 나무를 향한 그녀의 관능적인 갈망에서 기인한 것임에 틀림없다. 이 매혹은 한계를 넘어서고자 하는 그녀의 욕망과 이 넘어섬의 결과('너희가 죽을까 하노라')에 대한 공포에 의해 더욱 불붙는다. 그녀 또한 아담처럼 갈등을 겪는 양가적 존재다.

뱀과 여자의 대화가 진행될수록 독자인 우리는 내적인 확장을 경험하게 된다. 이것은 여자의 내적 투쟁이자 갈등하는 인간 존재로서의 우리 자신의 투쟁이기 때문이다. 뱀도 여자도 완전히 거짓을 말하는 것은 아니지만, 그들의 언어는 반쪽짜리 진실만을 드러낸다.

하나님이 '너희가 죽을까 하노라'라고 말했다고 여자가 주장했을 때, 뱀은 재빨리 '너희가 결코 죽지 아니하리라'(창 3:4)라고 단호하게 대답한다. 뱀의 단호한 대답은 아이러니하게도 이브의 마음속에서 약해졌던 하나님의 확실성을 상기시킨다. 뱀의 언어는 인간의 언어와 마찬가지로 파악하기 어렵고 모호하며 미묘하다.

이어서 뱀은 다음과 같이 설명한다. '너희가 그것을 먹는 날에는 너희 눈이 밝아 하나님과 같이 되어 선악을 알 줄을 하나님이 아심이니라'(창 3:5). 우리가 곧 알게 되듯이 하나님은 이를 알고 있다. 아담과 그 아내가 그 금지된 열매를 먹으면 이전에는 보지 못했던 것을 보게 될 것이며, 보다 정확히 말하면 그들 스스로와 세계에 대한 미지의 영역을 자각하게 될 것이다. 그들은 선과 악을 알게 될 것이며, 우리는 이 선과 악을 도덕성에 대한 표현으로서가 아니라, 인간 정체성의 본질, 섹슈얼리티와 죽음, 질병과 소외, 고통과 괴로움의 구현에 대한 표현으로서 이해하게 될 것이다.

아담과 그 아내의 이야기를 읽는 것은 문학적 언어를 통해 그 경험의 의미가 갖는 깊이를 알게 되는 것과도 같다. 뿐만 아니라

이는 그 경험이 갖는 모호성과 복합성, 변화와 반전 등을 느끼게 되는 것과도 같다. 마이클 우드Michael Wood의 말처럼 이러한 언어는 우리가 항상 알아왔던 것처럼 느껴지기에 지식이라고 전혀 느끼지 못할 정도로 매우 친숙한 지식이다. 그러나 이어서 어떤 일이 일어나는지를 살필 때 더 많은 성찰이 요구된다.

여자는 그 열매를 따서 맛보았으며 남편에게도 맛보게 했다. 그러자 그 둘의 눈이 밝아진다. 그들은 하나님의 율법을 어겼기에 하나님의 율법에 인간의 의미를 부여한 셈이 된다. 지식을 얻기를 갈망하면서 그들은 좋은 것과 나쁜 것, 그리고 선과 악 중에 선택할 수 있는 자유를 행사하는 길을 택했다. 남자와 여자가 '순수'에서 그들이 새롭게 눈뜬 '경험'으로 옮겨감에 따라, 독자에게 그들이 점차 자의식을 갖게 된다는 것이 제시된다. 그들의 눈이 밝아 '자기들의 몸이 벗은 줄을 알고'(창 3:7), 수치심을 느낀다. 그들에게 수치심을 불러일으킨 것은 벌거벗은 상태 그 자체가 아니라 벌거벗은 상태에 대한 자각이다.

선악에 대한 지식을 얻기 전 아담과 하와는 본질적으로 '한 몸'이라는 친밀감, 소속감, (이제는 항상 기억 속에만 남아 있을) 낙원에 대한 감각을 공유했다. 사회적 존재라는 사실, 상호 연결이 갖는 조화로움, 뼛속 깊이 깃든 공감과 연민이 중요했다. 그런데 새롭게 생겨난 지식은 분명 그들로 하여금 자신과 상대방을 경험하는 방식을 깨닫게 했다. 그들은 벌거벗고 있다는 사실을 자각했고, 그래서 숨었다. 그들은 '몸'일 뿐만 아니라 자신들이 몸을 가졌음을 인식했다. 그들은 한 몸이기도 하지만, 각기 다른 두 명의 인간이기도 하다. 그들은 흙이며 각각 다시 흙으로 돌아갈 것이다.

이러한 맥락에서 새롭게 생겨난 유한한 정체성에 대해 추가적 정의가 필요할 것이다. 이 유한한 정체성은 그 내부에서 갈등을 겪는 존재이고 외부 관계에 대해서는 불안감을 가진 존재이다. 이 유한한 자아는 사회적 존재로서 친밀감을 갈망하면서 공감하고 연민하는 존재이다. 그러나 이 유한한 존재는 동시에 개별적인 존재로서의 차별성, 그리고 자아의 독특성과 특이성을 갈망하는 존재이기도 하다.

그런데 왜 아담과 그 아내는 무화과나무 잎을 엮어 치마를 만들어 스스로를 가렸는가? 이것은 아담이 자신의 벌거벗음을 보았기 때문이 아니라, 타인인 그 아내의 벌거벗음을 보고 그녀의 벌거벗음이 자신의 것과 다름을 알게 되었기 때문이다. 이것은 그 아내에게도 같은 이유였던 것이 분명하다. 그들은 처음으로 자신의 불완전한 더블double로서 서로를 경험하게 되었고, 성적 차이와 스스로의 연약함, 그리고 서로를 향한 욕구를 인식하게 되었다. 그들은 자신에게 결핍된 것을 인식하게 된 것이다. 이런 식으로 눈이 밝아지는 것은 단순히 서로를 바라보는 것이 아니라 상대의 한계를 인식하면서 그를 바라보기 시작함을 인지하는 것이다. 아담은 그 아내를 바라보면서 자신이 벌거벗었음을 인식하는 것이 아니라, 그 아내가 자신을 바라보고 있음을 인식함으로써 자신이 벌거벗었음을 인식한다. 즉, 아담은 자신을 돌아보게 되고 자신과 그 아내의 차이를 성찰하게 되면서 자신의 벌거벗음을 인식한다. 아담과 그 아내 중 누구도 완전하지 않으며 오히려 곤경에 처하게 된 것이다. 그들은 갈등을 겪고 불안해하며 수치스러워하는, 한계를 지닌 존재다. 그들은 인간이 되어가고 있다.

아담과 그 아내는 날이 서늘할 때에 동산에 거니는 여호와 하나님의 음성을 듣고 동산 나무 사이에 숨었다(창 3:8). 하나님은 물론 그들이 어디에 있는지 안다. 하나님은 묻는다. '네가 어디 있느냐?'(창 3:9). 아담이 가로되 '내가 동산에서 하나님의 소리를 듣고 내가 벗었으므로 두려워하여 숨었나이다'(창 3:10). 이것은 연약함과 공포, 그리고 불안정이 깃든 인간의 언어다. 이것은 거짓말은 아니지만 타락한 반쪽짜리 진실이다. 인간은 두려워 숨고자 하는 연약한 존재다. 중요한 것은 그가 말하지 않은 데 있다. 즉, 그가 말하지 않은 것은 그가 숨기고자 하는 사실, 그가 선악에 대한 지식의 열매를 따 먹었다는 사실이다.

하나님은 아담에게 다가가며 묻는다. '누가 너의 벗었음을 네게 고하였느냐? 내가 너더러 먹지 말라 명한 그 나무 실과를 네가 먹었느냐?'(창 3:11). 이제 아담과 그 아내의 비방전이 시작된다. 아담은 자신에게 과일을 권한 그 아내를 탓할 뿐만 아니라, 그 아내를 자신과 한 정원에 있게 한 하나님마저도 우회적으로 탓한다. 그러자 그 아내는 뱀을 탓한다. 아담과 그 아내, 둘 중 어느 누구도 자신의 자유로운 행위가 불러온 책임을 떠안으려 하지 않는다. 그들이 복종하기를 완강히 거부하는 것은 오만과 기만으로 보인다.

하늘과 땅에서 인간이 갖는 조화롭고 합일된 감각이 드러나는 P 자료와는 매우 대조적으로, J 자료의 감정적 굴곡은 불안정성을 강화시킨다. 불안정성, 감정적 분열과 혼돈은 그와 반대되는 안정성과 완전함을 향한 갈망을 깊게 한다. 인간의 경험 세계에서 의문에는 선고가 주어졌고, 위반에는 처벌이 주어졌으며, 이드id는 초자아superego의 통제를 받게 되었다. J 자료에서는 인간의 경험이 드러나기도 하고 감춰지기도 하면서 이 모든 차원이 언어로 구현된다.

하나님은 여자의 고백을 들은 후 뱀에게는 질문하지 않으면서 뱀을 무가치한 것으로 만든다. '뱀이 나를 꾀므로 내가 먹었나이다'(창 3:13). 뱀은 '배로 다니고'(창 3:14) 종신토록 흙을 먹게 될 것이다. 독자인 우리는 아담이 흙으로 창조되었음을 기억할 것이다. 그의 살과 뼈는 흙이다. 그는 흙으로 돌아갈 것이다. 인간은 뱀은 아니지만 뱀과 연루되어 있다. 여자와 마찬가지로 뱀은 후손을 갖게 될 것인데, 인류와 뱀은 대쟁투大爭鬪에 돌입할 것이다.

인간은 그들이 가지지 못한 것을 욕망한다. 인간의 언어로 빚어진 욕망은 현재 진행 중인 변증법적 여정으로서의 인간의 비전을 차례로 빚어낸다. 인간의 비전은 때로 은유를 통해 잠시나마 고착되지만 항상 다른 가능성에 열려 있다. 아담과 그 아내에 대한 하나님의 판결은 자신들이 상호의존적이라기보다는 독립적이며 자주적이고 전적으로 개인적이며, 한계없이 완전히 자유로운 존재라는 그들의 확신이 불러온 수치심과 죄의 현현이라 할 수 있다.

하나님은 여자에게 '잉태하는 고통을 크게 더하리니 수고하고 자식을 낳을 것'(창 3:16)이라고 말한다. 하나님은 여자에게 직접적으로 출산의 문제를 언급한다. 그러나 여기에는 선과 악에 대한 지식, 성행위, 성적 차이에 대한 인식, 깊은 친밀감에 대한 갈망, 결코 충족될 수는 없지만 갈등하는 인간이 추구하는 친밀감이 함축되어 있다. 여기에 고통이 있다면 그것은 깊은 상실감일 것이며, 희망이 있다면 그것은 장래성, 즉 출산일 것이다. 이것은 마치 성性과 죽음이 연약하고 유한한 의식 속에 불안하게 얽혀 있는 것과도 같다.

하나님이 아담에게 이르되 그의 위반으로 인해 '땅은 너로 인하여 저주를 받고 너는 종신토록 수고하여야 그 소산을 먹으리라. 땅이 네게 가시덤불과 엉겅퀴를 낼 것이라'(창 3:17-18). 하나님은 인간이 결국 흙으로 돌아갈 것이라고 말한다. '너는 흙이니 흙으로 돌아갈 것이니라 하시니라'(창 3:19). '흙'에 대한 언급은 하나님이 아담을 창조한 태초를 상기시키는 동시에 우리를 아담이 필히 죽게 될 미래로 이끈다. 그럼에도 아담은 하나님으로부터 차단된 것은 아니다. 이와는 대조적으로 뱀은 평생 동안 흙을 먹게 될 것이다. 인간은 지상을 활보하는, 흙 이상의 존재이다. 인간은 이름을 부여하는 행위와 서사를 생성하는 행위를 통해 욕망을 형상화하고 그 욕망에 방향성과 목적, 지속성과 연속성, 역사 감각을 부여할 수 있다.

아담은 자신의 운명에 대해 듣고 나서 마치 자신이 죽으리라는 사실이 그의 이름 짓는 행위를 상기시키기라도 한 듯 여자에게 이름을 부여한다. '아담이 그 아내를 하와라 이름하였으니 그는 모든 산 자의 어미가 됨이더라'(창 3:20). 아담과 하와는 비록 그것이 선악 모두에 해당한다고 하더라도 일시적인 안정감과 미래에 대한 감각을 얻게 되고, 다시금 하나님의 경이로움을 경험하게 된다. '여호와 하나님이 아담과 그 아내를 위하여 가죽옷을 지어 입히'(창 3:21)어, 그들의 참을 수 없는 분노와 절망감, 참을 수 없는 존재의 외로움, 연약함과 수치심을 누그러뜨려 주었다. 이 옷은 그들의 벌거벗음에 대한 자각을 덮어주는 것은 아니지만 그들에게 끝없는 욕망에 내재한 위험성에 대해 경각심을 준다.

《창세기》1~3장은 독자인 우리에게 인간 여정의 시작, 순수의 세계에서 경험의 세계로의 이동, 인간의 형성, 유한한 정체성이 갖는 의미를 알게 한다. 이 시작에서 우리는 끝 또한 엿볼 수 있다. '여호와 하나님이 가라사대, 보라 이 사람이 선악을 아는 일에 우리 중 하나같이 되었으니'(창 3:22), 인간은 이제 인간 실존을 통해 건강과 질병, 기쁨과 고통, 삶과 죽음을 모두 경험하게 된다.

J 자료는 이제 독자인 우리가 반쯤은 잊어버린, 아담과 하와의 먼 기억 속 언저리에 남아 있을 생명의 나무의 존재를 환기한다. 하나님은 아담에 대해 말한다. '그가 손을 들어 생명나무 실과도 따 먹고 영생할까 하노라 하시고'(창 3:22). 동산 한가운데 있는 생명의 나무는 비밀이 지닌 속성과도 매우 흡사하다. 즉, 유한한 인간 존재가 얼핏 들여다볼 수는 있지만 결코 이해할 수는 없기에

꿈과 가능성 속에서 계속 탐색해나가야 한다는 점에서 그러하다. 자유의지가 주어진 아담과 하와는 율법을 위반하고자 갈망하면서 생명의 나무가 아닌 선악에 대한 지식의 나무를 선택했다. 그들은 생명의 나무로부터 차단되었다. 그들은 하나님의 형상대로 창조되었지만 하나님을 온전히 알지 못한다. 그들은 자신들이 가졌던 초월적 의미의 충만함으로부터 단절된 채로 남아 있게 되었다. 생명의 나무에 대한 기억은 인간의 의식에서 맴돌고 있지만 불멸성에 대한 꿈이 그러하듯, 이는 상상할 수는 있지만 경험할 수는 없는 완벽함에 대한 희망이라 할 수 있다.

아담과 하와가 이제 생명의 나무에 열린 열매를 맛보고자 갈망하는 것은 그리 놀라운 사실이 아니다. 아담과 하와가 그들의 여정을 계속하되 스스로 하나님이 되고자 하는 오만을 꿈꾸지 못하게 하기 위해, '여호와 하나님이 에덴동산에서 그 사람을 내어보내어 그의 근본된 토지를 갈게 하시니라. 이같이 하나님이 그 사람을 쫓아내시고 에덴동산 동편에 그룹들과 두루 도는 화염검을 두고 생명의 나무의 길을 지키게 하시니라'(창 3:23-24). 아담과 하와는 세상을 경험하고 생명의 나무가 있는 동산을 꿈꾸도록 허락받았다. 그들은 갈등하는 유한한 인간 존재로 남은 채 에덴의 동쪽으로 여정을 시작한다.

제3장
메리 셸리의 《프랑켄슈타인》

'괴물'을 괴물로
만드는 것

The Risk of Reading

프랑켄슈타인의 이야기

　메리 셸리Mary Shelley의《프랑켄슈타인Frankenstein》은 세 화자話者의 내러티브로 구성된다. 세 이야기가 밀접하게 이어지며 중첩되는 가운데, 빅터 프랑켄슈타인의 이야기가 내러티브의 중심을 이룬다. 월튼 선장의 이야기는 우리를 프랑켄슈타인의 이야기로 이끄는 역할을 하고, 괴물의 이야기는 프랑켄슈타인의 이야기에 의문을 제기하는 '내부 이야기'의 기능을 한다. 이 세 개의 이야기는 세 화자처럼 비슷한 듯 다른 면을 갖고 있다. 세 이야기는 언어 내러티브와 인간 정체성에 구현된 복잡하고 상충된 의미를 일깨우며, 이는 메리 셸리의 언어《프랑켄슈타인》이라는 책을 통해 연결된다. 다시 말해《프랑켄슈타인》은 이 세 이야기에 통합된 의미를 부여하는 문학 내러티브이다.《프랑켄슈타인》은 성경의《창세기》만큼이나 심오한 수수께끼를 우리에게 던져준다. 인간의 그 시작과 끝에 대한 질문을 독자에게 던지고 있는 것이다. 우리 자신의 삶을 이해하기 위해서는 이 내러티브를 면밀히 따라가볼 필요가 있다.

서두에서는 북극을 향해 가는 월튼 선장이 등장한다. 세계의 북쪽 끝을 향해 선원들과 항해를 하고 있는 그는 한껏 들떠 있다. 그러나 그는 누이에게 편지를 쓰면서 가족들에게는 연결감을 느끼고 선원들에게는 책임감을 느낀다. 그는 탐험에 대한 어린 시절의 꿈을 좇으며 북쪽으로 더 멀리 항해를 해 나아갈수록 '친구의 부재'를 쓰라리게 절감한다.

그때 프랑켄슈타인이 갑자기 망망대해로부터 월튼의 배에 승선한다. 그는 빈사 상태였고 피로와 고생으로 끔찍하게 야위어 있었다. 항해의 시작 단계에 있는 월튼과 달리, 그의 운명은 그가 내린 선택들에 의해 그 막바지에 다다라 있었다. 참혹한 몰골의 이방인 프랑켄슈타인은 흡사 시체와 같은 모습으로 갑판 위에서 의식을 잃었다. 그러나 자애로운 선장이 브랜디와 담요, 화롯불을 제공했고 그는 빠르게 원기를 되찾아갔다. 이것은 마치 인간의 따뜻한 감정이 시체에 생기를 불어넣는 것과도 같았다. 이틀이 지나자 그 이방인은 간신히 말을 할 수 있게 되었다. 프랑켄슈타인은 곧바로 월튼의 가까운 친구이자 '형제'가 된다.

프랑켄슈타인의 이야기는 월튼의 연민을 자아냈다. 월튼은 프랑켄슈타인의 존경할 만한 점과 유창한 달변을 상찬했고, 그의 이야기에 담긴 슬픔과 상실에 공감했다. 그러나 프랑켄슈타인의 말처럼 그의 운명은 이제 마지막을 향해 가고 있는 반면, 월튼은 이제 막 항해를 시작한 상태였다. "선장님에게는 희망이 있고 온 세상이 눈앞에 펼쳐져 있으니 좌절하실 이유가 어디 있습니까? 하지만 저는? 저는 모든 걸 잃었어요. 다시 새로운 삶을 시작할 수도 없습니다." 프랑켄슈타인은 다시 새로운 삶을 시작할 수 없지만 월튼은 시작할 수 있다는 뜻이며, 프랑켄슈타인은 이 점을 염두에 두고 자신의 이야기를 전개해나간다.

독자인 우리는 월튼의 편지와 프랑켄슈타인이 편집한 기록을 통해 프랑켄슈타인의 내러티브로 빚어진 '실제 삶'의 중요 사건들에 대한 이야기를 듣게 된다. 만약 프랑켄슈타인이 월튼을 위해 (그리고 우리를 위해) 자신의 이야기를 하고 있다면, 그는 또한 그 자신을 위해 이야기를 하고 있는 셈이다. 그는 삶의 끝이 다가오기 전 자신의 삶을 받아들이는 법을 배워야 하기 때문이다.

프랑켄슈타인은 자신이 겪어온 여정을 표현하기 위해 이야기를 할 필요가 있고, 월튼은 우리(독자)처럼 그의 기이한 이야기를 들어주어야 한다. 월튼의 듣는 행위는 곧 독자의 행위이다. 이러한 과정은 월튼의(그리고 우리의) 호기심을 보여주는 것일 뿐만 아니라 인간에게는 타인이 필요하다는 것을 보여주는 것이다. 프랑켄슈타인이 일종의 고백, 혹은 경고와도 같은 이야기를 할 필요가 있다는 사실은 자신의 깊은 죄책감을 반영한다. 그러나 그것은 또한 인간 공동체와 다시 연결되고자 하는 그의 욕망을 암시하는 것이기도 하다. 프랑켄슈타인은 적어도 자신의 삶을 비평적 거리를 두고 바라볼 수 있게 되기 전까지는, 특히 자신이 겪어온 그 공포로부터 거리를 둘 수 있을 때까지는 아직 죽을 준비가 되어 있지 않다. 프랑켄슈타인이 자신의 이야기를 시작하면 월튼이 그의 이야기를 들어야만 하는 것처럼, 우리 또한 그의 이야기를 들어야만 한다. 우리는 월튼처럼 삶의 시작점에 서 있고, 프랑켄슈타인은 삶에 대해 우리에게 무언가를 말하고자 하기 때문이다.

프랑켄슈타인의 파우스트적 욕망

프랑켄슈타인은 자신의 가족과 자애로운 부모님, 절친한 친구 앙리 클레르발의 이야기로 시작한다. 선善과 사랑으로 가득 찬 그의 조화로운 유년 시절에 '사촌'인 엘리자베스의 등장은 어두운 그림자를 불러온다. 프랑켄슈타인의 유년 시절에는 잊을 수 없는 애매한 연민, 강렬한 사랑의 위험, 성적 욕망, '누이 이상인' 엘리자베스와의 근친상간의 터부가 뒤섞인 열정이 녹아 있다. 그와 엘리자베스와의 관계는 그의 어머니의 죽음으로 어지럽혀진다. 아이러니하게도 그의 어머니가 각별한 애정을 보였던 엘리자베스의 병이 그의 어머니에게 감염되어 죽음에 이르게 된 것이다.

월튼과 함께 우리는 처음에 무엇이 프랑켄슈타인을 고무시키고 안달하게 했는지를 알게 된다. 그것은 '코르넬리우스 아그리파의 저술을 묶은 선집'의 우연한 발견이었다. 이 사건은 '(납을 금으로 바꾸는) 현자賢者의 돌'과 '(죽음 없이 삶을 지속시켜주는) 불멸의 묘약'을 연구한 중세의 연금술사들에 대한 프랑켄슈타인의 상상력을 자극했다. 젊은 시절 이 연금술사들을 알게 된 프랑켄슈타인의 목표는 고상하고 포부가 큰 것—인간의 육신에서 질병을 추방하고 그 무엇보다 폭력적인 죽음으로부터 인간을 영원히 해방시키는—이었다.

연금술사들의 그러한 꿈은 프랑켄슈타인의 아버지의 말처럼 '한심한 쓰레기'이거나, 프랑켄슈타인 자신이 후에 인정한 것처럼 '터무니없는' 것처럼 보일지 모른다. 그러나 그 목표 자체에 담긴 야심찬 비전과 정신적인 숭고함, 그리고 끝없는 가능성은 프랑켄슈타인에게 의심의 여지가 없는 것이었다. 그는 잉골슈타트의 대학에 진학하여 이번에는 M. 발트만M. Waldman에 심취하게 된다. 발트만은 '현자의 돌'과 '불멸의 묘약'을 터무니없는 것으로 무시하지만, 고대 연금술의 비전을 현대 과학과 테크놀로지의 진보된 비전으로 다시금 맥락화하는 인물이다. 발트만은 "현대 철학자들은 기껏해야 흙이나 만지작거리고 현미경 따위나 들여다보는 것 같지만, 이들이야말로 기적을 일구는 사람들입니다"라고 주장한다. "그들은 자연의 후미진 거처를 꿰뚫어보고 자연이 보이지 않는 곳에서 어떻게 일하는지를 보여줍니다. 그들은 저 하늘로 비상합니다. 그리고 혈액이 어떻게 순환하는지, 우리가 숨 쉬는 공기의 본질이 무엇인지 발견해냈습니다." 태초의 아담이 기원한 곳(두 손으로 흙을 만지작거리는 것)을 시작점으로 잡은 이 새로운 철학자들은 이제 '하늘의 천둥을 마음대로 조종하고 유사 지진을 일으키고 심지어 어둠에 가려 우리 눈에 보이지 않는 세계까지 모방

할 수 있다.' 자연을 깊이 파고들어 우주의 비밀을 밝혀냄으로써 현대인들은 새로운 신神이 된다는 것이다. 당시의 프랑켄슈타인은 이러한 비전에 심취해 있었다. 그는 자신도 태초의 아담이 했던 것 이상의 것을 성취할 수 있을 것만 같았다.

우리는 《창세기》 1~3장을 기억한다. 하나님의 말은 자연계를 창조했고 아담은 기껏해야 그 자연계의 경이로움과 비밀스러운 신비의 음영을 엿볼 수 있을 뿐이었다. 아담은 하나님을 직접적으로 알 수는 없었다. 그러나 프랑켄슈타인은 비밀은 간접적으로 드러나는 것이 아니라 붙잡을 수 있는 것이라고 생각했다. 인간은 보이지 않는 것을 보이게 할 수 있고, 이전에는 단지 그림자만 볼 수 있었던 것도 드러나게 할 수 있을 것이라고 생각했다. 인간은 자신의 상상력을 통해 본질적으로 신이 될 수 있다고 생각한 것이다. 프랑켄슈타인은 '금지된 열매'를 맛보았을 뿐만 아니라 지식에 직접 접근하리라 결심했다. 마치 에덴동산의 문이 그에게 다시 열리는 것만 같았다. 이것은 프랑켄슈타인이 태초 이전의 태초, 즉 삶의 기원 자체를 발견해내는 것이었다. 뿐만 아니라 인간의 틀 안에서 지식을 구현해내는 것이자, 유한한 몸이라는 신체적 조건 안으로 그 지식을 포섭하는 일이었다.

지하 납골당이나 시체안치소에서 지식을 추구하면서 프랑켄슈타인은 '삶에서 죽음으로, 죽음에서 삶으로' 변화하는 과정의 세세한 부분들을 면밀하게 관찰했고, 마침내 '무생물에 생명을 불어넣는 능력을 갖게' 되었다. 프랑켄슈타인에게 그것은 마치 죽은 자들과 함께 파묻혔다가, 그가 빚어내고 움직이도록 만든 새로운 세계에서 다시 태어나는 것과 같았다. 적어도 그는 자신이 그렇게 할 수 있다고 믿었다. 그는 자신이 죽음에 생명을 불어넣을 수 있다고 확신했다.

이것은 프랑켄슈타인의 놀라운 자만심이지만, 그의 내러티브에 따르면 처음에 그것은 아직 현실화되지 않은 믿음 내지는 꿈에 불과했다. 프랑켄슈타인이 이야기를 할 때 우리는 그의 이야기에 담긴 열정에 사로잡힌다. 독자는 다음에 무슨 일이 일어날지를 알고 싶지만, 프랑켄슈타인은 마치 월튼(그리고 우리)에게 경고라도 하듯 자신의 이야기를 한 번씩 멈춘다. 이것은 자아 성찰의 몸짓이다. "나를 통해 배우도록 하라. 가르침을 듣지 않겠다면 적어도 내 사례를 보아 깨닫도록 하라. 지식의 획득이 얼마나 위험한지, 본성이 허락하는 한계 이상으로 위대해지고자 야심을 품는 이보다 고향을 온 세상으로 알고 사는 이가 얼마나 더 행복한지를."

프랑켄슈타인은 삶에서의 중요한 경험을 떠올리면서 자신의 이야기를 계속해나간다. 그러나 그의 이야기는 상상력의 승리에 대한 것이 아니라, 유한한 인간의 존재적 위기에 대한 것이다. 프랑켄슈타인은 '시간이 지나면 겉보기에 죽음으로 부패된 육신이지만 새 생명을 줄 수 있다'고 생각했다. 그러나 그 대담한 꿈을 현실화하려고 시도해본 그는 그러한 꿈이 일종의 트라우마를 낳을 수 있음을 알게 된다. 그는 신체가 인간 언어의 상상적 작용을 통해 목적과 방향성을 부여받을 수 있다고 말하는 듯하지만, 신체가 죽음을 이길 수 없는 것처럼 인간은 시간을 이길 수 없다. 유한한 세계에는 늘 메울 수 없는 간극이 있다. 이러한 간극을 메우려는 시도는 인간을 위험에 놓이게 한다.

이러한 경고와 함께 프랑켄슈타인은 자신의 이야기로 돌아온다. 그는 자신의 꿈을 현실화시키기로 결심하면서 '독방'에서 작업을 시작한다. 이 '인간 창조'의 작업을 계속해나가면서 점점 가족들과 친구들과 멀어진다. 해부실과 도살장으로부터 재료를 조달받아 거인을 조립해내면서 극심한 불안과 끊임없는 혐오감에 빠져든다. 프랑켄슈타인은 "살면서 일어나는 다양한 우연들도 사람의 감정만큼 변덕스럽지는 않다"고 말한다. 작업을 완수한 후 그것을 바라보며 그는 자신의 창조물이 괴물 같다는 것을 깨닫는다. 즉, 그의 아름다웠던 꿈(사람의 감정)은 사라지고 숨막히는 공포와 혐오(살면서 일어나는 다양한 우연)만을 불러일으키는 가엾은 인간이 탄생한 것이다. 프랑켄슈타인은 피조물을 바라보며 한마디도 하지 않는다. 그는 아무 말 없이 피조물로부터 물러나 침대에 누워 잠을 청하지만 잠을 이룰 수 없다. 그의 창조는 피조물뿐만 아니라 '아버지'인 자신에게도 정신적 외상을 초래하는 듯하다.

괴물의 탄생

프랑켄슈타인은 존재적으로 복잡한 인물이다. 그가 실제로 창조해낸 것은 무엇인가? 왜 그는 피조물로부터 달아났는가? 그가 회피하는 것은 무엇인가? 잠든 프랑켄슈타인은 사촌이자 솔 메이트soul mate인 엘리자베스가 잉골슈타트의 거리를 걷고 있는 꿈을 꾼다. 그가 그녀에게 다가가 키스를 하는 순간, 그녀의 입술은 '죽음의 색깔인 납빛으로' 물들어버린다. 그녀의 관능적인 몸은 프랑켄슈타인의 돌아가신 어머니의 시신으로 변하고 그녀의 옷은 '무덤의 벌레들이 기어다니는 수의'로 변하는데, 이것은 사랑과 섹슈얼리티가 죽음 자체에 길을 내주는 것을 의미한다. 악몽에서 깨어난 프랑켄슈타인은 다시 그 '참혹한 괴물'을 바라보다가 괴물 앞에서 그를 부른다. 괴물은 꿈쩍도 않고 프랑켄슈타인만 바라보다가 뭔가 알 수 없는 소리를 낸다. 괴물이 무슨 말을 하는지 프랑켄슈타인은 듣지 않았다. 대신 살아 있는 자신의 피조물에 대응하기를 거부하면서 그 '악마 같은 시체'로부터 달아나 거리로 나가버렸다. 프랑켄슈타인은 스스로가 만든 지옥에 발을 들인 것처럼 보인다.

독자인 우리는 프랑켄슈타인과 함께 평범하고 친숙한 가족과 친구의 세계에서 낯선 세계, 시체의 세계로 이동한다. 그는 미지의 여정에서 피폐해져 간다. 그는 여자와 인간적 감정, 심지어 연민조차도 없이 인간을 창조함으로써 신을 모방하고 흉내 내려 했다. 어머니 없이 이루어진 그 창조는 비록 뼈는 잘 맞춰졌을지라도 살은 엉망이다. 이것은 시체 조각으로 아무렇게나 짜깁기된 명백한 모조이자, 인간의 가짜 복사본이다. 괴물은 물기가 선명하게 고인 눈으로 프랑켄슈타인을 위협했는데, 그 괴물의 눈은 마치 프랑켄슈타인이 창조 너머를 보지 못하며 창조의 핵심을 깊이 들여다보지 못한다고 비난하는 것처럼 보였다.

　괴물이 처음 눈을 떴을 때 그를 내려다보고 있는 것은 프랑켄슈타인이었다. 프랑켄슈타인은 괴물을 받아들이지 않았을 뿐만 아니라 수치스러워했다. 자신의 창조에 책임을 지고 괴물의 말을 경청하는 대신에, 그를 인정하고 그에게 다가가 말을 거는 대신에, 프랑켄슈타인은 달아난다. 마치 아담과 하와처럼 프랑켄슈타인은 스스로의 나약함으로부터 달아나고 싶어 하지만 악몽으로부터, 자신의 집착이 만들어낸 현실화된 수치심으로부터 달아날 수 없다. 아담과 하와처럼 '위반'은 그를 섹슈얼리티와 죽음의 세계로 이끌었다. 그의 집착은 스스로를 그가 창조한 괴물과 같은 존재로 만들었다. 그 괴물은 어머니의 몸에 잉태된 적도 없고 성적 기원과도 단절되었으며 그의 창조주에게서도 인정받지 못한 탈구된 시체에 불과하다. 그는 인간 사이의 연결의 기원과 결합의 따뜻함이 부재하는 존재이며 '살면서 일어나는 우연'의 산물일 뿐이다. 즉, 그는 인간 언어의 흐름과 교환의 외부에 존재하는 듯 보인다.

　자신이 만들어낸 세계에 옭아매어진 프랑켄슈타인은 이제 키스의 축복을, 입술의 접촉과 감각적인 몸의 아름다움(특히 엘리자베스의 몸)을 경험할 수 없다. 그는 오로지 추함과 (그의 어머니의 시체와 같은) 육체의 퇴보, 따뜻한 자궁의 상실과 친숙해져버린 죽음을 인지할 수 있을 뿐이다. 그것은 마치 유한한 피조물의 기원이자 인류의 어머니인 하와가 고립된 이방인의 무덤이 되어버린 것과 같다. 자신 내부의 타자를 껴안을 수 없어, 프랑켄슈타인은 스스로를 고립시켰고 죄의식에 압도되었다.

이는 프랑켄슈타인의 내러티브가 전개되면서 월튼에게 모습을 드러낸 그의 어두운 이면이기는 하지만, 그것이 전부는 아니다. 프랑켄슈타인은 그가 창조한 것을 (할 수만 있다면) 잊고 싶었고, 숨어서 커져만 가는 걱정과 불안을 덜어내고 싶었다. 만약 그가 파편화되고 갈가리 찢겨 트라우마에 시달린다면 그것을 생각하고 싶지 않아 하는 것은 당연한 일일 것이다.

잉골슈타트의 거리를 거닐다가 프랑켄슈타인은 어린 시절의 친구 클레르발을 만나고 그의 보살핌 덕분에 건강을 되찾는다. 또한 클레르발은 프랑켄슈타인이 엘리자베스와 서신 교환을 하도록 도와준다. 이로 인해 그는 가족과 다시 연락을 하게 된다. 그를 둘러싼 아름다운 자연 환경 덕에 프랑켄슈타인의 건강은 나아지는 듯했고, 상냥하고 문학적인 소중한 친구 클레르발과의 생기 있는 대화를 통해 힘을 얻었다. "우리는 일요일 오후 대학으로 돌아왔다. 농부들이 춤추고 있었고, 우리가 만난 사람들은 모두 쾌활하고 행복해 보였다. 기분이 한없이 좋아진 나도 걷잡을 수 없는 환희를 억누르지 못하고 덩달아 가슴이 뛰었다."

프랑켄슈타인이 다시 안정감을 되찾기까지는 거의 2년이 걸렸다. 그는 가족을 만나기 위해 고향인 제네바에 갈 계획을 세우기 시작했다. 프랑켄슈타인의 내러티브에서 이 기간 동안은 괴물에 대한 그의 생각이 언급되지 않는데, 독자인 우리는 그의 상처가 충분히 아물었고 그가 이제 건강과 삶의 균형을 되찾았다고 생각한다. 그러나 그때 또 다른 재앙을 알리는 아버지의 편지가 도착한다. 그 편지에는 막내 동생 윌리엄이 살해되었고, 가족의 가까운 친구인 저스틴 모리츠가 살해 용의자로 기소되어 판결을 기다리고 있다는 소식이 담겨 있다.

가족들은 모두 비통해했는데, 특히 엘리자베스는 자책감에 시달리고 있었다. 아버지의 편지에는 이렇게 쓰여 있었다. '바로 그날 저녁, 윌리엄이 엘리자베스가 갖고 있던 네 어머니의 귀한 초상화 목걸이를 자기 목에 걸어보겠다고 졸랐다는 거야. 그런데 발견된 윌리엄의 목에 이 목걸이가 없었다. 틀림없이 살인자는 이걸 노렸을 거야.' 이 목걸이는 저스틴의 옷에서 발견되었다.

프랑켄슈타인은 이 예상 밖의 전개 때문에 흔들린다. 이 사건은 가족 모두의 슬픔이 되어 연약하고 유한한 몸을 가진 인간의 깊은 곳에 위치한 상처를 들쑤신다. 가족들 중 누구도 저스틴이 그런 끔찍한 행동을 했다고 생각하지 않지만, 목걸이라는 물증으로 그녀는 피고가 된다. 프랑켄슈타인은 주저하며 집을 향해 출발한다.

그러나 프랑켄슈타인은 결코 집에 돌아갈 수 없으며 그도 이 사실을 알고 있다. 몽블랑 근처 제네바에서 프랑켄슈타인은 가족을 만나기 전에 '윌리엄이 살해당한 장소'를 방문하기로 결심한다. 그는 범죄의 현장으로 돌아가는 범죄자이다. 그가 현장에 도착하자 천둥과 번개가 치고 폭풍우가 몰려오는데, 이것은 그의 영혼을 고양시킨다. 그것은 마치 사랑하는 천사 윌리엄을 위해 하늘에서 벌어지는 '장엄한 전쟁' 같았다. "윌리엄, 사랑하는 천사! 이것이 네 장례식이다. 너를 위한 비가悲歌다!" 그가 이렇게 말하는 순간, 어둠 속의 '나뭇둥걸 뒤로 슬며시 지나가는 형체'가 보였다. 그 형체는 '차마 인간이라 할 수 없는 흉측'한 모습이었고, 프랑켄슈타인은 그것이 동생을 살해한 어둠의 형체임을 재빨리 알아차렸다. '놈이 바로 살인자였다. 의심할 여지가 없었다. 그런 생각이 든다는 것 자체가 뿌리칠 수 없는 확증이었다.'

프랑켄슈타인의 이야기를 듣다 보면 그가 충동적으로 결론을 내렸다는 생각이 든다. 그러나 법체계를 통해 수집된 증거가 있음에도 불구하고 우리는 그가 옳다고 생각한다. 비록 프랑켄슈타인이 계속되는 자신의 트라우마와 씨름하고 있기는 하지만, 동생을 잔인하게 살해한 것은 저스틴이 아니라 괴물이다. 범인에 대한 프랑켄슈타인의 확신은 그 어떤 증거보다 큰 증거이다. 프랑켄슈타인은 법체계의 추론과는 다른 범인을 확정하고 다음과 같이 말한다. "괴물은 바로 나 자신의 흡혈귀, 무덤에서 풀려나 내게 소중한 것들을 모두 파멸로 몰아넣을 나 자신의 생령生靈이었다." 만약 그가 정말 그 괴물, 즉 프랑켄슈타인의 피조물이라면, 그것은 또한 '무덤에서 풀려난 프랑켄슈타인 자신의 생령'이자 자신의 트라우마이며 그가 결코 받아들일 수 없는 낯섦이다. 괴물은 바로 그 자신인 것이다.

프랑켄슈타인이 범인을 확신하자 흡혈귀적인 공포가 그의 강박과 두려움을 환기시켰다. 범죄 현장에서 그는 괴물, 즉 자신의

메리 셸리의 《프랑켄슈타인》

수치심을 형상화한 결정체이자 트라우마를 상기시키는 피조물을 보고 입을 닫는다. 만약 이것을 다른 이에게 말한다면 환각 증세를 가진 사람이라고 여겨지기 십상일 것이다. 그는 월튼에게 "세상 누가 내게 이런 이야기를 해준다면, 분명 나라도 광인의 헛소리로 치부했을 터였다"라고 말하며, 오히려 이야기의 신빙성을 높인다. 독자인 우리는 그의 침묵의 행위가 괴물스럽다고 (왜냐하면 그것은 저스틴의 목숨이 걸린 문제이기 때문에) 결론지을지도 모른다. 그러나 그가 만약 고백하면 어떻게 되겠는가? 상황이 달라질 것인가? 프랑켄슈타인은 그 괴물에 대해 '희한한 특성을 지닌 괴물'인지라 어떤 추적에도 붙잡힐 리 없다고 말한다. 그가 창조한 괴물은 모든 인간의 이해 범위, 즉 인간의 지식 체계를 뛰어넘는 존재이다.

이 사건을 겪고 있는 프랑켄슈타인의 고뇌는 의심할 여지없이 깊다. 그러나 우리에게 중요한 것은 언어를 통해 빚어지는 그의 경험들, 즉 그의 내러티브에 내재된 긴장감이다. 내러티브의 긴장감은 우리(그리고 월튼)로 하여금 프랑켄슈타인이, 그리고 우리 모두가 내면에서 발견한 복잡한 실존적 딜레마를 경험하도록 이끈다. 우리가 소설을 통해 프랑켄슈타인을 발견했을 때, 프랑켄슈타인은 이야기를 통해 스스로를 발견하고 자신을 주변 세계와의 관계 속에 위치시킨다. 그는 스스로가 창조한 끔찍한 흉물로서 그 자신이 타자이다. 그러나 타자를 온전히 이해하는 것은 불가능한 일이다. 타자의 낯선 본성 때문에 어떤 노력에도 붙잡을 수 없기 때문이다.

괴물의 항변

저스틴이 처형되고 난 후 프랑켄슈타인의 집은 '애도가 이어지는 상갓집'이 된다. 가족은 슬픔을 달래고 누그러뜨리기 위해 전원田園으로 도피했고, 프랑켄슈타인은 홀로 몽블랑이 보이는 몽탕베르산 정상을 등반한다. 프랑켄슈타인은 월튼에게 말한다. "슬픔에 가득 찼던 내 심장은 이제 환희 비슷한 감정으로 벅차올랐다. 그래서 이렇게 외쳤다. '방황하는 정령들이여, 진정 비좁은 잠자리에서 쉬지 않고 이 세상을 헤매고 있다면 내게 이 희미한 행복만은 허락해주시오. 아니면 차라리 삶이라는 기쁨에서 나를 데려가 길동무로 삼아주시오.'" 이러한 숭고한 주문은 다시금 눈 덮인 산을 헤매는 끔찍한 흉물의 존재를 환기시킨다. 프랑켄슈타인은 처음으로 자신의 피조물과 대화할 수 있는 상황을 맞이하는데, 그는 창조자로서 괴물을 달래는 염려 섞인 말이 아닌 '격렬한 혐오와 경멸'이 담긴 말을 내뱉는다. 프랑켄슈타인의 경멸 어린 말투는 그가 괴물에 대한 강박을 갖고 있었던 것을 감안하면 비교적 차분하게 이어진다. 복수를 다짐하고 자신이 창조해낸 낯선 타자의 존재를 인정하기를 거부하면서, 프랑켄슈타인은 자신의 사악한 피조물이 행한 범죄를 벌하고자 하는 분노한 신이 된다.

프랑켄슈타인은 괴물에게 "악마!", "이 더러운 벌레!", "악마 같은 살인자!"라고 외쳤고, 이 일련의 호칭들로 인해 더 많은 폭력이 벌어질 수도 있었다. 그러나 그 악마의 반응은 폭력적이지 않았다. 오히려 그동안의 경험을 통해 얻은 자기반영적 지식을 증명하듯 신중하고 침착했다. 독자인 우리는 악마의 탄생, 그의 버려짐과 살인 행위를 알고 있지만, 정작 그의 이야기를 아직 들어본 적은 없다. 그러나 우리는 이제 그 또한 자신만의 이야기를 가지고 있음을 깨닫는다. 괴물이 프랑켄슈타인에게 제안하는 것을 보면, 그는 이야기를 할 수 있고 자의식도 있다.

이런 반응을 예상했다. 사람들은 모두 끔찍한 흉물을 저주하지. 그러니 살아 있는 그 어떤 생물보다 비참한 나를 얼마나 증오하겠는가! 하지만 당신, 내 창조자인 당신이 나를 혐오하고 내치다니. 나는 당신의 피조물이고, 우리는 둘 중 하나가 죽음을 맞지 않는 한 끊을 수 없는 유대로 얽혀 있다.

괴물은 그 자신이 '끔찍한 흉물'임을 인정하면서, 프랑켄슈타인의 동정이 아닌 창조자로서의 책임감과 의무감에 호소한다. 프랑켄슈타인과 피로 맺어진 것이 아니라면, 의무로 맺어진 협약을 맺기를 원한다. 그 괴물은 말한다. "나는 당신의 아담이 되어야 하는데 오히려 타락한 천사가 되어, 잘못도 없이 기쁨을 박탈당하고 당신에게서 쫓겨났다……. 나는 자애롭고 선했다. 불행이 나를 악마로 만들었다. 나를 행복하게 만들어라. 그러면 다시 미덕을 지닌 존재가 될 테니."

그 괴물의 '흉물스러움'은 매우 복잡하고 애매모호하며 그의 존재는 많은 의문을 제기한다. '흉물스러운' 괴물은 염려가 많고 모순된 지식으로 가득한 짝이 없는 아담인가? 그렇지 않으면 반항적이고 과격하며 불복종하는, 그렇지만 과거에는 자애롭고 선했던 '타락한 천사'인가? 그것도 아니면 나쁘기만 한 것이 아니라 추하기까지 한 악마의 화신인가?

저스틴 모리츠는 기소될 때 모든 사람이 자신을 죄인으로 보았기 때문에 '비참하다'고 생각했다. 그녀는 타인의 이야기를 내면화하면서 스스로를 괴물이라고 믿기 시작했다. 그녀에게 그러한 믿음은 천지가 개벽하는 것이자, 자신이 범하지 않은 범죄를 고백하도록 강요하는 것이었다. 오로지 엘리자베스와 프랑켄슈타인의 지지만이 그녀가 완전히 미쳐 파멸에 이르는 것을 막았다. 그녀는 엘리자베스에게 말했다. "저처럼 비참한 사람에게 타인의 사랑이란 얼마나 달콤한지요! 불행의 절반은 덜어주네요. 이제는 평화로운 마음으로 갈 수 있을 것 같아요. 제 무죄를 사랑하는 엘리자베스와 엘리자베스의 사촌께서 믿어주시니."

저스틴과는 달리 괴물에게는 그를 지지해줄 이가 아무도 없었다. 만약 그에게 유대감을 가지고 인간 공동체와의 연결을 인정해줄 누군가가 있었다면 그 또한 비참한 감정과 타자성을 극복해낼 수 있었을 것이다. 그러나 그를 보는 모든 사람들은 예외 없이 우연이 만들어낸 추한 육체에 흠칫 놀랐다. 윌리엄부터 월튼까지 인간의 눈은 그 괴물을 인간 공동체의 경계 바깥에 있는, 즉 인간의 언어와 이해 너머에 있는 낯선 존재로 판단했다.

만약 프랑켄슈타인(혹은 다른 사람들)이 그 낯선 타자를 포용했다면 문제가 해결될 수 있었을까? 혹은 그저 외부에 늘 존재하는, 인간 경계선 안으로 포용될 수 없는 타자인 괴물의 존재를 소설은 보여주고 싶었던 것일까? 프랑켄슈타인은 그의 내러티브를 통해 이러한 의문을 제기하지만 내러티브 자체는 우리에게 그 질문에 대한 답을 해줄 수 없다. 여타의 다른 내러티브처럼 그것은 해결책을 제시해주기보다는 우리에게 질문을 던지고, 탐험을 계속할 수 있도록 우리 안의 욕망을 이끌어낸다.

프랑켄슈타인을 탁월하게 독해한 브룩스는 그 괴물이 우리 모두가 욕망하는 것을 욕망하고 있음을 지적한다. 라캉에 따르면 그것은 타자의 욕망, 즉 우리 앞에 선 누군가의 욕망이다. 마치 프랑켄슈타인이 월튼에게(그리고 우리에게) 윤리적 요구를 하듯이, 괴물은 프랑켄슈타인에게 윤리적 요구를 한다. 괴물은 그의 이야기를 들어줄 청자를 필요로 한다. (사실 그는 청자를 얻을 자격이 있다.) 그는 자신의 이야기를 통해서 타자의 욕망을 욕망하는 존재로서 그들이 한데 묶여 있다는 것을 프랑켄슈타인에게 설득하고자 한다. 물론 서로 다른 점이 있겠지만 괴물과 프랑켄슈타인은 닮아 있다. 달라 보일지 모르지만 그 둘은 모두 언어적 존재이다. 그리고 괴물은 지금 이것을 인정받고 싶어 하는 것이다.

괴물은 자신의 이야기를 들어줄 것을 요구하고 프랑켄슈타인은 호기심과 동정심 때문에 그의 요구에 순순히 따른다. 그러나 괴물이 요구한 것은 인간이 제공해줄 수 있는 범위 밖의 일이다. 브룩스는 이렇게 말한다. "최종적으로 화자가 원하는 것은 '다른 사람 속에 있는 욕망', 요컨대 말을 하고 있는 괴물 자신이 다른 사람에 의해 '바람직한 존재라고 불리는' 것이다. 괴물은 무엇보다 부모가 자기 말을 무조건 들어주고 인정해주며 사랑해주기를 무의식적으로 원했을 것이다. 괴물이 받을 수 있는 절대적 보답은 오직 어머니를 얻는 것뿐이다. 그러나 이 경우 보답은 거세의 법칙으로 방해되었을 뿐 아니라, 이 어머니가 현재 존재하지 않으며 과거에도 결코 존재한 적이 없었으므로 더욱더 근본적으로 불가능하다." 이름도 어머니도 없는 괴물에게는 반드시 동반자가 필요했을 것이다. 제2의 아담으로서 그는 제2의 이브를 필요로 한다. 그러나 과연 제2의 이브로 충분할까?

프랑켄슈타인이 그의 어린 시절로 이야기를 시작했던 것처럼 괴물도 자신의 성장 이야기로 시작하여 자신이 느꼈던 고통, 기쁨, 거부당한 순간과 기쁨의 순간을 이야기한다. 괴물의 이야기의 중심에는 드 라세 가족에 대한 세심한 관찰이 있고, 이 이야기는 괴물 자신의 언어, 독서, 그리고 공감 및 가족 유대의 중요성에 대한 깨달음으로 이어진다.

이야기가 전개되면서 괴물이 드 라세 가족에 대한 관찰과 이해를 통해 자신의 정체성의 의미에 대한 이해를 확장시켜나갈 때, 우리는 괴물에게 공감할 수밖에 없다. 처음에 괴물은 그저 드 라세 가족을 살피는 관찰자였지만 이후 점점 상호적인 관계를 맺게 된다. 우리는 드 라세 가정의 연장자인 맹인 노인이 괴물과 처음 대면할 때 그의 관대함에 기뻐하게 된다. 오두막에서 노인과 괴물이 단둘이 있게 되었을 때, '영원한 세계의 추방자'가 되는 것이 두렵다는 괴물의 고백에 노인은 그를 친절하고 관대하게 격려한다.

절망하지 마시오. 친구가 없다는 것은 분명 불행이지요. 그러나 인간의 마음은 명백한 이기심으로 편견에 젖어 있지 않다면 동포애와 자선이 넘친다오. 그러니 희망에 의지하도록 해요. 친구들이 선하고 사랑스러운 사람들이라면 절망하지 마십시오.

그러나 이어지는 사건은 노인의 언어를 곧바로 덮어버린다. 가족의 젊은 구성원들이 뛰어 들어와 괴물을 보자마자 그를 공격한 것이다. 대화는 끊기고 이 가족과는 영영 단절된다. 그것은 마치 '실제 삶'의 경험이 인간의 언어를 압도하는 것과 같다. 등장인물들의 한계를 보여주는 한편 괴물에 공감하게 하는 내러티브를 통해, 독자인 우리는 그 사건에 대해 수치심을 느낀다. 비록 우리는 이 독특한 내러티브 안에서 괴물의 탄생으로 인한 실존적 딜레마와 트라우마가 해결 불가능한 것임을 알고 있지만, 내러티브에 내제된 긴장은 우리의 마음속에서 욕망을 창출한다. 그 복합성, 즉 언어 내러티브가 만들어내는 인간의 수수께끼에 대한 단순한 해결책은 없다.

결국 괴물은 드 라세 가족으로부터 버림받고 이제 자신의 아버지를 찾고자 결심한다. 그는 프랑켄슈타인에게 이렇게 말한다. "당신이 내 아버지, 창조주임을 알아낼 수 있었다. 내게 생명을 준 장본인 말고 내가 누구에게 의탁하겠는가?" 괴물은 제네바에 있는 프랑켄슈타인의 고향에서 자신의 아버지 프랑켄슈타인을 찾다가 우연히 순수한 어린 소년과 맞닥뜨리고, 그와 친구가 되고 싶어 한다. 그러나 소년은 괴물의 무시무시한 외견을 보고 곧바로 부정적으로 반응한다. "이 괴물! 네놈은 인육을 먹는 도깨비야! 놔주지 않으면 아버지한테 이를 테다!"

이후 윌리엄으로 밝혀진 그 소년이 '프랑켄슈타인'이라는 이름을 언급한 순간 괴물의 복수극이 시작된다. 소년은 괴물의 손에 죽임을 당하고 그 죽은 소년의 가슴 위에 '뭔가 빛나는 것', 즉 '세상에서 가장 어여쁜 여인의 초상'이 괴물의 이목을 끈다. 그 순간 괴물에게 그 초상은 자신이 영원히 박탈당한 자궁과 자신의 낯선 실존의 텅 빈 무덤을 떠올리게 하는 것이었다. 분노에 휩싸인 괴물은 그 '빛나는 것'을 충동적으로 거머쥐고 지나가는 젊은 여자(저스틴)의 드레스 주름 사이에 몰래 끼워 넣는다.

괴물의 이야기를 들은 프랑켄슈타인은 동정심으로 마음이 움직인다. 그러나 이와 동시에 만약 그가 동정심 때문에 괴물이 요구하는 것(괴물이 데리고 함께 멀리 떠날 여자 동반자의 창조)을 들어준다면 자신이 이미 저지른 타락에 또 다른 타락을 더할 뿐이라는 두려움이 일었다.

이야기가 전개되면서 동정을 불러일으키는 감성적 존재에 대해 호의가 생기면서도 그에 대한 판단 또한 요구될 때, 우리의 감정에는 밀물과 썰물이 들고 나게 된다. 프랑켄슈타인이나 괴물과 마찬가지로 우리 또한 이 세상에서 나의 위치를 찾기를 바란다. 또한 우리는 언어를 통해 목적과 방향을 찾기를 바라는 연약하고 유한한 몸을 가지고 있다. 우리는 내러티브를 쫓으며 더 많은 질문을 하게 된다. 프랑켄슈타인은 괴물의 여자 동반자를 창조해주어야 하는가? 프랑켄슈타인에게 딜레마를 해결할 수 있는 방법이 있는가?

이러한 질문에 답하는 것은 판단을 내포한다. 그리고 판단은 언제나 대화를 종결시킴으로써 대화에 사형 선고를 내린다. 그러나 이야기의 여파는 우리를 살아 있는 경험 속으로 밀어 넣으며, 자신의 이야기를 지속하고자 하는 욕망으로 되돌려놓는다. 죽음은 그럴 수 없다. 그 내러티브에 깊게 연관되어 있는 우리는 계속 읽어나가기를 욕망한다. 우리는 '해결'이 아니라 '질문'이 우리를 계속 살아있게 하고 우리를 모험으로 초대한다는 것을 알기에 판단을 유보한다.

《프랑켄슈타인》이 남긴 질문들

괴물의 이야기 덕분에 프랑켄슈타인은 《프랑켄슈타인》의 마지막 장에서 자신의 경험을 온전히 맥락에 맞추어 정리할 수 있고, 월튼을 위한(그리고 우리를 위한) 내러티브를 빚어낼 수 있다. 이것은 독자들이 듣게 될 삶의 한 예시이며, 그가 삶을 통해 타인에게 의미를 제공할 수 있는 마지막 기회가 된다.

프랑켄슈타인은 엘리자베스와의 결혼을 결심했다고 말한다. "저는 제 미래의 희망과 계획을 우리가 결혼할 거라는 기대에 전부 걸고 있습니다." 그들은 프랑켄슈타인의 고향인 제네바에서 가족들과 친구들의 축복을 받으며 결혼할 것이다. 그러나 그는 우선 그의 '맹세'를 '이행해야만' 하는데, 이는 그 괴물을 위해 여자 피조물을 창조해주겠다는 것이다. 그는 이 맹세를 아버지에게 밝히기를 원치 않았으므로, 아버지에게는 결혼 전에 2년 동안 여행을 해야겠다고 말한다. 비밀스러운 동기를 감춘 채 그는 엘리자베스와 괴물 모두에게 전념한다. 프랑켄슈타인은 자신의 피조물의 노예가 되었음에도 결혼이라는 섹슈얼 로맨스를 소환한다.

프랑켄슈타인은 친구 클레르발과 함께 작업에 필요한 정보와 도구를 수집하기 위해 런던에 도착한다. 클레르발은 의심의 여지 없이 좋은 친구이자, '자연이라는 시로부터 형성된' 존재이다. 열정으로 타오르던 프랑켄슈타인의 거친 상상력은 클레르발 덕분에 세련된 감수성으로 다듬어졌다. 프랑켄슈타인과 달리 그는 자연을 느끼고 이를 자신의 언어로 재창출하는 데 어떠한 도구도 필요 없다. 대신 클레르발은 대화와 문학, 언어적 상상력을 통해 그의 비전을 확장한다. 클레르발은 프랑켄슈타인의 자애로운 자아이며, 괴물은 프랑켄슈타인의 비참한 운명이다.

결국 프랑켄슈타인은 먼 북쪽, '오크니_{Orkney, 영국 그레이트브리튼 섬 북쪽 앞바다에 있는 제도}에서도 가장 외딴 곳'으로 향했다. 그곳은 황량하고 적

막혔으며 그의 연구실만큼이나 비참한 곳이었다. 괴물을 기다리는 동안 그는 겁에 질려 있으면서도 자신의 창조 행위, 다시 말해 여성 피조물을 또다시 빚어내는 행위가 초래할 결과들을 생각한다. "전에는 내가 창조한 존재의 궤변에 마음이 움직였다……. 그러나 이제 처음으로 그 약속의 사악함이 내게 밀어닥치는 것이었다." 프랑켄슈타인이 약속에 내포된 사악함을 의식하고 있을 때, 다시 창가에 그 악마가 출현한다. 괴물을 본 프랑켄슈타인은 그가 몰두해 만들고 있던 것을 갈가리 찢어버렸다. 그 괴물은 사라졌지만 오래지 않아 다시 나타난다. 마치 트라우마처럼 그 괴물은 복수심과 저주를 품고 곧 다시 돌아온 것이다. "네 놈의 결혼식 날 밤, 내가 함께 있겠다." 프랑켄슈타인의 운명은 정해졌고 그는 체념했다.

단단히 자리 잡은 저주로 프랑켄슈타인의 삶에는 점점 독이 번져간다. 이것은 마치 꿈과 현실, 자아와 타자, 내러티브와 '실제 삶'의 불확정적 사건 등 모든 경계가 붕괴되는 것과도 같다. 모든 것들은 서로의 안과 밖을 흐른다. 깊은 잠과 아편도 프랑켄슈타인을 공포로부터 보호해주지 못한다.

괴물은 어머니가 없고 본질적으로(그의 존재에 극도로 공포를 느끼고 있는 망령과 같은 아버지를 제외하고) 아버지도 없다. 여자 동반자에 대한 희망을 버린 지금 그에게 미래는 없다. 그는 이제 끝없는 현재, 즉 지옥과도 같은 고립된 무덤에 사로잡힌다. 잃을 것 하나 없는 그는 위험한 시체가 되어 세상을 여행한다.

프랑켄슈타인은 어떤가? 아편을 복용하고 깊은 잠을 잔 후 깨어나 현실로 돌아왔을 때, 프랑켄슈타인은 클레르발이 살해당했다는 사실과 자신이 그 살인의 용의자라는 사실을 알게 된다. 그는 그 사건에 대해서 무고하지만 자신이 죄인이라는 사실을 안다. 프랑켄슈타인은 감옥에 갇혀 의식이 혼미해진 채로 살해된 친구뿐만 아니라 저스틴과 윌리엄의 죽음에 대해서도 고백한다. 그러나 그의 아버지의 중재를 통해 프랑켄슈타인은 무죄를 선고받고 (이는 저스틴의 사건과 아이러니한 병렬을 이룬다) 마치 '꿈에서 깨어난' 것처럼 두 달간의 감옥 생활로부터 해방된다.

괴물과는 달리 프랑켄슈타인에게는 이제 희망적인 새로운 지평, 즉 '실제 삶'을 꿈처럼 만들 수 있는 로맨스의 경이로움이 열린 듯 보인다. 그러나 프랑켄슈타인이 월튼에게 말하는 것처럼 그속 이야기는 다르다. 프랑켄슈타인의 '실제 삶'은 악몽, 즉 살아 있는 지옥이 되었다. "내겐 궁전도 지하 감옥의 벽과 다름없이 혐오스러울 뿐이었다. 생명의 잔은 독약으로 영원히 오염되고 말았다. 마음이 행복하고 명랑한 이들과 마찬가지로 내 머리 위에도 햇살이 비쳤지만, 주위를 둘러보면 오직 짙고 무시무시한 어둠뿐이었다. 어떤 빛도 꿰뚫을 수 없는 암흑 속에서 나를 노려보는 한 쌍의 눈빛만이 번득였다." 삶의 비밀을 추구하며 자연계로 진입하고자 했던 프랑켄슈타인의 시도는 그에게 고정되어 있는, 잊을 수 없는 괴물의 응시로 끝이 난다.

결혼에 대한 괴물의 저주는 어떤가? (프랑켄슈타인이 전에 그를 호칭한 것처럼) 흡혈귀로서 그 괴물은 피를 필요로 하지만, 그의 저주—"네 놈의 결혼식 날 밤, 내가 함께 있겠다!"—는 프랑켄슈타인을 향한 것이 아니라 그가 사랑하는 엘리자베스를 향한 것이다. 엘리자베스는 연민의 화신이다. 엘리자베스는 그녀 이전에 프랑켄슈타인의 어머니가 그러했듯, 기꺼이 그를 위해 자신을 희생하고자 한다. 엘리자베스는 진심으로 프랑켄슈타인과 결혼하고 싶어 하지만, 그가 진심으로 자신과의 결혼을 원해야 행복할 수 있을 것이라 생각한다. "빅터, 이렇게 고백하지만 나는 너를 사랑해. 그리고 덧없는 장래의 꿈속에서 너는 언제나 친구이자 동반자였어. 하지만 나 자신뿐 아니라 네 행복을 바라니까, 네가 자유의사로 선택한 바가 아니라면 우리 둘의 결혼은 한없이 비참해질 거라고 확실히 말할 수 있어." 그 사랑을 파괴함으로써 이러한 무조건적인 사랑을 프랑켄슈타인에게서 빼앗는 것이 괴물의 목적일 것이다.

신랑 신부가 영원히 행복하게 살아가는 무조건적인 사랑이 구현된 곳은 바로 낙원이다. 낙원은 인간으로 하여금 죽음을 이겨내고 일시적으로 존재 조건으로 인한 고통을 이겨내게 한다. 그러나 프랑켄슈타인의 내러티브는 그의 꿈이 아닌 악몽에 대한 것이다. 프랑켄슈타인은 엘리자베스와의 결혼이 그를 죽이고자 하는 괴물로부터 그녀를 보호할 수 있는 방법이라고 생각한다. 프랑켄슈타인은 결혼식에서의 자신의 죽음이 괴물의 악의로부터 엘리자베스를 자유롭게 하리라 생각하며 아버지에게 이렇게 말한다. "그날, 내가 죽든 살든 사촌의 행복을 위해 저를 바치겠습니다." 그는 스스로를 조롱한다. 그는 여전히 괴물과 사랑이 아닌 죽음으로 얽혀 있고, 괴물에 대한 트라우마가 있으며, 스스로가 자행한 실패에 갇혀 있다. 그러므로 이 소설의 장르는 로맨스가 아니라 고딕 공포물이다.

결혼식 직후, 독자인 우리는 몽블랑의 정상부터 맑은 물에서 헤엄치고 있는 물고기까지, 마술적으로 활기를 되찾은 세계의 경이로움에 관해 말하는 프랑켄슈타인의 내러티브로 잠시 천국을 엿보게 된다. 엘리자베스의 목소리는 기쁨으로 가득하다. "얼마나 신성한 날인지 몰라! 온 자연이 어쩌면 이렇게 행복하고 평온해 보이는지!" 그러나 해 질 녘 지평선 아래로 해가 가라앉자, 프랑켄슈타인은 영원처럼 들러붙어 그를 옭아매는 공포가 되살아나는 것을 느낀다.

우리는 프랑켄슈타인이 이야기를 시작하면서 월튼에게 자신이 삶의 원리, 자연의 비밀, 태초 이전의 태초를 발견했다고 말한 사실을 기억할 것이다. 프랑켄슈타인은 그것을 들여다보았을 뿐 아니라 통제하려 했고, 신神적 지식에 따라 행동하고자 했으며, 그것을 자신의 것으로 만들고자 했다. 프랑켄슈타인은 그것을 통제하고자 했지만, 반대로 통제당하고 말았다. 그는 월튼에게 말할 수 없는 비밀은 말하지 않을 것이다. 그것은 하나님의 존재와 같이 알려질 수 없는 영역이며, 프랑켄슈타인을 비롯한 모든 유한한 존재가 가진 이야기의 시작 이전의 이야기이다.

메리 셸리의 《프랑켄슈타인》

우리는 프랑켄슈타인의 내러티브가 비록 비밀스러운 미스터리의 옷을 입고 있지만, 실제로는 비밀에 대한 것이 아니라 창조와 유한한 자아에 대한 것임을 이해한다. 이것은 먼저 불확정적인 프랑켄슈타인의 경험을 통해 드러나고, 다음에는 월튼(그리고 우리)에 의해 의미가 부여된 내러티브를 통해 드러난다. 프랑켄슈타인의 언어는 자신의 유한한 정체성을 이해하고 타인(그의 대화자)들과 이 지식을 공유하기 위한 고뇌에 찬 시도이다. 그는 클레르발이 살해된 이후, 이 비밀을 고소인들과 아버지에게 털어놓으려 하지만 미친 소리로 치부되어 묵살당한다. 프랑켄슈타인이 자신의 이야기를 발화할 필요가 있다는 사실은 프랑켄슈타인뿐만 아니라 독자인 우리에게도 중요하다.

프랑켄슈타인은 신혼 첫날밤이 지나면 엘리자베스에게 그의 창조에 대해 말하기로 결심한다. 우리는 왜 프랑켄슈타인이 그녀에게 더 일찍 말하지 않았는지 의아하지만, 그가 일을 '지연'하는 것은 종종 있는 일이다. 그는 신방에 들어가기 전에 괴물과의 관계를 끝내고 싶어 한다. "내 목숨을 그리 헐값에 팔지는 않겠다고, 내 목숨이건 원수의 목숨이건 한쪽이 끝장날 때까지 임박한 싸움에 결연히 임하겠다고 각오하고 있었다."

엘리자베스는 프랑켄슈타인이 말한 대로 그들의 신방으로 홀로 들어간다. 프랑켄슈타인은 엘리자베스를 향해 다가올 공포로부터 그녀를 보호할 수 있기를 바라며 그 괴물을 쫓는다. 그러나 엘리자베스를 홀로 남겨둔 채 그 괴물을 쫓으면서 프랑켄슈타인이 놓친 것은 무엇인가? 기억하건대, 괴물의 저주는 결혼식이 아니라 결혼식 날 밤을 향한 것이었기에, 조건 없는 사랑의 서약에 대한 파멸을 노린 것이 아니라 성관계에 대한 파멸을 노린 것이었다. 즉, 자궁은 차가운 무덤이 되고 변증법적 복합성을 띤 에로스와 타나토스로 가득한 불완전한 창조의 경험은 단지 비극적인 죽음으로 축소될 뿐이다.

이러한 맥락에서 신방의 의미는 무엇인가? 이 시점에서 프랑켄슈타인의 내러티브는 우리가 질문에 답을 하는 데 많은 도움이 되지 못한다. 그러나 이 비밀에 대한 단서는 역시 내러티브를 통해 드러난다. 독자인 우리는 신의 영역을 침범한 프랑켄슈타인이 여성 신체에 있는 생식의 권한 없이, 하와적 인물의 허가 없이, 어머니(혹은 자궁) 없이 인간을 창조하고자 시도했음을 안다. 잘못 계획된 창조 이후에 엘리자베스의 입술(유한한 육체)에 키스하고자 하는 그의 꿈은 어머니의 시체라는 악몽으로 바뀐다. 우리는 프랑켄슈타인의 어머니가 사망했으며 괴물에게는 어머니와 여성 동반자가 없음을 안다. 사실 이 신방을 태초의 장면, 탄생의 비밀의 장소, 생식하는 삶, 필연적인 죽음, 인간 지식의 궁극적인 지평과 관련짓기란 어렵다. 신방은 그 괴물의 '실제 삶'의 이야기의 일부가 될 수 없다. 또한 엘리자베스가 홀로 들어간 신방은 프랑켄슈타인이 신혼 첫날밤을 보내지 못하리라는 징조이기도 하다.

우리는 신방에서 들려오는 엘리자베스의 비명 소리를 듣고 충격을 받을지언정 놀라지는 않을 것이다. 프랑켄슈타인은 방으로 달려가 쓰러져 있는 엘리자베스를 본다. '생명도 없고 미동도 없는 시신이 되어, 침대를 가로질러 던져진 모습 그대로, 머리를 축 늘어뜨리고, 창백하고 뒤틀린 얼굴은 반쯤 머리카락으로 가려진 채로' 엘리자베스는 죽어 있다. 그 이미지는 성적 고통, 나아가 강간과 같은 성적 위반의 함의를 지닌 푸셀리Henry Fuseli의 에로틱한 그림 〈악몽The Nightmare〉을 명확하게 반향反響한다. 숨을 거둔 엘리자베스의 얼굴에는 손수건이 드리워져 있었고—그녀의 인간으로서의 정체성은 본질적으로 사라졌다—프랑켄슈타인은 그녀를 포옹했다. 괴물은 조용히 손가락을 들어 그 무시무시한 방을 가리키며 비웃음을 머금은 채 열린 창가에 남아 있었다.

괴물의 저주 실행과 함께 프랑켄슈타인의 이야기는 '절정'에 다다른다. 괴물의 행동이 프랑켄슈타인의 극단적인 자기중심성을 명확히 보여주는 것만큼이나, 엘리자베스의 시체는 여자 동반자에 대한 그 괴물의 좌절된 꿈을 시각화한다. 프랑켄슈타인은 이제 몇 마디 말로 그의 '끔찍한 내레이션'을 끝맺고자 한다.

만약 우리가 프랑켄슈타인을 알고자 한다면 그의 이야기를 믿어야만 하고, 이 이야기가 우리에게도 일어날 수 있음을 인지해야 한다. 프랑켄슈타인은 결국에 죽을 것이지만 그와 괴물의 이야기는 그 덕분에 미래에도 존속할 것이다. 이것은 그가 우리에게 선사하는 현대의 프로메테우스적인 선물이며, 우리는(그리고 월튼은) 그 선물에 책임감을 느낀다.

결혼식 날 밤 이후, 프랑켄슈타인은 고향 제네바에 있는 아버지와 에르네스트에게 돌아온다. 그러나 그의 남은 가족들은 더 이상 그를 지탱시켜주기에 충분하지 않다. 그는 복잡한 마음으로 여전히 복수를 바라며 고향의 판사에게 자신의 이야기를 하려 한다. "참으로 괴이한 이야기라서 아무리 기막히더라도 확실히 믿을 수밖에 없는 증거가 없다면 내 말을 믿어주시지 않을까 봐 겁도 납니다. 꿈으로 치부하기에는 앞뒤가 철저히 들어맞는 이야기이고 저는 거짓을 말씀드릴 의도가 전혀 없습니다."

판사에게 거절당한 프랑켄슈타인은 복수심에 사로잡혀 결코 이름 붙일 수 없는 괴물을 쫓는 영원한 방랑자가 된다. 법에 의지할 수 있다는 희망도 없이(그리고 그의 아버지의 죽음으로 인해), 그는 느낄 수는 있지만 볼 수는 없는 '떠난 이들의 혼령'에 의해 고통받는 영원한 상주喪主가 된다. 인간의 정서와 유대로부터 비껴난 채 프랑켄슈타인은 자신의 지옥 같은 경험 속에서 살아가는 악마가 된다. 프랑켄슈타인은 자신이 창조해낸 악몽, 즉 그가 경험했지만 붙잡을 수는 없는 악몽에 계속 시달린다.

언제나 프랑켄슈타인보다 앞서 가는 괴물은 지리적·심리적 영역의 끝이자 한계인 먼 북쪽으로 그를 이끈다. 독자인 우리 또한 그곳, 우리가 누이에게 편지를 쓰는 월튼을 처음 목격했던 소설의 초반부로 다시 돌아간다. 우리는 월튼의 배, 즉 프랑켄슈타인의 내러티브가 시작되었고 끝나게 될 그 장소에 다시 승선한다.

월튼이 그의 누이에게 프랑켄슈타인의 이야기를 전할 때 프랑켄슈타인의 이야기는 그에게 새로운 가능성을 열어준다. "그(프랑켄슈타인)의 이야기는 일관성이 있고, 소박하기 짝이 없는 진실의 외양을 하고 있어요." 프랑켄슈타인의 이야기는 그와 월튼 사이의 협약이 되었고, '후세에 전해져', 세대를 넘어 이어지리라 기대되는 약속이 되었다. 비록 프랑켄슈타인은 자신이 '끔찍한 내레이션'을 창조했다고 생각하지만, 그는 이제 (월튼에게 그리고 그 자신에게) 고귀한 비극을 창조한 셈이 된다.

프랑켄슈타인은 비참한 그의 피조물과 쟁투하며 여생을 끝마치지 않는다. 그는 지칠 대로 지쳐서 복수를 위한 여정을 끝마치지 못한 채 월튼의 배에서 죽어간다. 북쪽으로 더 멀리 항해할 것인지, 선원들과 함께 남쪽으로 선회하여 집으로 돌아갈 것인지 딜레마에 빠진 월튼을 향한 프랑켄슈타인의 마지막 조언은 프랑켄슈타인의 삶이 보여준 것만큼이나 모순적이다. 프랑켄슈타인은 월튼과 선원들에게 목적을 달성할 것을 권하면서 더 나아가라고 촉구한다. "오! 남자답게 행동하십시오. 아니, 남자 이상의 존재가 되십시오. 이마에 굴욕의 낙인을 찍고 가족에게 돌아가지는 마십시오. 싸워 이긴 영웅이 되어 돌아가십시오." 그러나 다른 한편으로 프랑켄슈타인은 가족과 친구들과 함께하는 따뜻하고 행복한 삶을 살기를 촉구한다. "평온함에서 행복을 찾고 야심을 피하세요. 겉보기에 아무 죄가 없어 보여도, 과학과 발견에서 이름을 높이고자 하는 마음이라면." 이것은 《프랑켄슈타인》이라는 소설 자체가 형상화하고 있으면서도 해결할 수는 없는 긴장이다.

프랑켄슈타인은 인간의 정체성을 탐색하는 것이 매우 복잡한 갈등의 경험임을 잘 보여주는 인물이다. 그의 내러티브는 질문에 대한 답을 주기보다는 더 많은 질문들을 낳는다. 그것은 《프랑켄슈타인》이라는 책 자체가 구현하고 있지만 풀 수 없는 일종의 긴장과도 같다.

프랑켄슈타인의 죽음과 함께 그 괴물은 다시 한 번 돌아온다. 그리고 (월튼의 언어를 통해) 마지막 대사를 남기는 것은 괴물이 될 것이다. 그의 아버지 격인 프랑켄슈타인의 죽음을 본 괴물은 용서를 구하고 프랑켄슈타인의 내러티브에서 말해지지 않은 것을 월튼에게 설명한다. 괴물은 월튼에게 묻는다. "클레르발의 신음이 내 귀에 음악 같았을 거라 생각하는가……? 내 심장은 사랑과 연민을 느낄 수 있도록 만들어졌다." (괴물의 말에 따르면) 세상의 공감과 애정으로부터 배제된 괴물은 변태적인 충동의 노예가 되었다. 괴물은 자신의 이야기를 갖고 있으며 독자로서 우리는 그에게 공감하기도 하지만, 다른 한편으로 그의 끔찍한 폭력적 행동에 혐오감을 느끼기도 한다. 그것이 우리의 한계인지, 그의 내러티브에 의해 결코 해결될 수 없는 부분이 있어서인지는 모르지만, 그는 의심할 여지없는 타자이고 우리와는 다르다. 프랑켄슈타인의 이야기 속에서 우리의 모습을 인지할 수 있지만, 괴물의 구체적 이야기는 우리에게 아직 미지의 영역으로 남아 있다. 괴물은 자신의 행동에 대해 이야기한 프랑켄슈타인에 대해 이렇게 말한다. "그가 아무리 상세한 이야기를 해주었다 한들 무력한 희망에 시들어가며 견뎌내야 했던 참담한 불행의 세월을 요약할 수는 없었겠지."

월튼은 그의 선원들과 함께 남쪽으로 선회하여 집으로 향했다. 괴물은 선실 창문에서 풀쩍 뛰어내려 '세찬 파도에 떠밀려 어둠 속으로 아득히 사라져갔다.' 우리는 일종의 중도中道가 있는지 궁금해진다. 그러나 직접적인 교훈은 제시되지 않고 그저 또 다른 질문만이 남는다. 욕망과 열정은 시간을 관통하며 우리를 뒤흔들 것이다. 메리 셸리는 이것을 알고 있다. 그러나 그녀는 독자들이 궁금해하기를 바란다. 유한한 존재가 과연 어디까지 여행할 수 있을지를.

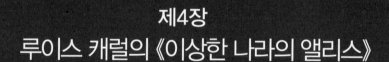

제4장
루이스 캐럴의 《이상한 나라의 앨리스》

소외되지 않는 언어의
활용 방식을 꿈꾸다

이상한 나라로 가져온 앨리스의 언어

《이상한 나라의 앨리스Alice in Wonderland》를 읽는 가장 큰 즐거움은 순수에서 경험으로 이동하는 인간의 지식 탐구가 흥미로울 수 있다는 것, 그리고 그 여정이 언어와 그 언어를 통해 구체화된 경험 사이의 필연적 연결 고리를 상기시킨다는 것이다. 루이스 캐럴Lewis Carroll의 단어와 숫자 놀이에 대한 관심은 독서 경험을 더욱 풍부하게 해준다. 언어의 속성 및 언어와 인간 지성 사이의 관계에 대한 그의 통찰력은 놀라울 정도로 심오하다.

《이상한 나라의 앨리스》에서 캐럴은 언어와 '실제', 내러티브와 불확정적 경험, 은유적 기능과 우발적인 사건이 변증법적 관계에 놓여 있음을 강조한다. 이는 곧 각각의 요소가 서로에게 열린 채로 존재하고 있지만, 마치 인간의 언어와 신의 언어의 관계처럼 혼동되지 않는 상태를 뜻한다. 웬디 스타이너Wendy Steiner가 제안한 '언어가 현실을 지배하고 현실이 언어를 지배한다는 개념'은 이 소설을 이해하는 한 방식이 될 수 있다. 자연계는 내러티브에 순응하지 않고 내러티브는 자연계에 순응하지 않는다. 하지만 인간은 자기 자신에 대한 지식을 확장하기 위해서 이 두 가지 모두를 필요로 한다. 이 이야기는 앨리스의 이야기이기도 하지만 우리의 이야기이기도 하다. 왜냐하면 우리는 이야기와 맞물려 있는 한 그것을 경험할 수 있기 때문이다. 우리는 앨리스를 따라서 토끼 굴로 들어갈 필요가 있다.

우리가 처음 만나게 되는 앨리스는 지상 세계의 익숙하고 일상적인 생활에 이미 흥미를 잃어버린 상태이다. 앨리스가 엿보는 언니의 책은 재미없고 추상적으로 보이며, 시각이나 청각과 같은 감각적인 요소가 부족하다. "그림도 대화도 없는 책이 도대체 무슨 소용이야?"라는 앨리스의 불만이 알려주듯이 이 책에는 대사도, 삽화도 없다. 어리고 호기심 가득한 앨리스는 자연 경관 속에 언니와 함께 앉아 있지만, 자신을 둘러싸고 있는 데이지 꽃마저 너무 평범하고 따분해 보인다. 앨리스에게는 그녀를 움직일 수 있는 모험과 이야기가 필요한 것이다.

흰토끼의 갑작스러운 등장은 앨리스의 욕망을 자극하며 모험의 시작을 알린다. 조끼를 입고 시계를 보면서 시간을 확인하던 토끼는 "어떡해! 어떡해! 이러다 늦겠어!"라고 말하며 마치 에덴동산의 뱀처럼 앨리스의 관심을 사로잡는다. 그리고 앨리스가 이 놀라운 토끼를 쫓아가면서 독자인 우리 역시 토끼를 따라가게 된다.

위험한 책읽기

앨리스는 저 멀리에서 흰토끼가 움직이는 것을 본다. 하지만 토끼는 금세 어두운 굴속으로 사라져 보이지 않게 된다. 앨리스가 보이지 않는 토끼를 쫓아 '굉장히 깊은 우물' 같은 곳 아래로 떨어질 때, 독자인 우리는 마치 꿈의 세계에 들어가는 것처럼 불안정한 상태로 그들을 따른다. 우리는 책장과 찬장, '오렌지 마멀레이드'라고 적힌 병(실제로는 비어 있다)을 보며 이 낙하가 지구를 뚫고 영원히 지속되지는 않을지, 앨리스와 함께 궁금해한다.

언어는 앨리스의 낙하를 막아주지는 못하지만, 앨리스는 자신이 떨어지는 순간에도 안정적인 정체성의 복원을 시도한다. 우선 그녀는 학교에서 배운 '위도'와 '경도'를 기억해낸다. 이는 앨리스의 생각처럼 '장황한 단어들'일 뿐이다. 일시적인 안도감을 줄지언정 현재 상황에 그다지 도움이 되지는 않는다. 그다음에 앨리스는 자기가 가장 좋아하는 고양이 디나를 비롯한 지상 세계 사람들과의 대화를 상상한다. 이렇듯 언어는 그녀가 '나뭇가지와 낙엽 더미' 위로 떨어져 낙하가 끝나는 순간까지 희망을 준다. 그리고 그녀는 이제 지하 세계, 즉 이상한 나라에 있다.

앨리스는 모험을 하며 여태껏 보지 못했던 장면들을 마주하게 되지만 그녀는 아직 언어와, 모험을 통해 마주하는 임의적 사건들 사이의 관계를 이해하는 단계에는 도달하지 못한다. 예컨대 앨리스는 '나를 마셔요'라는 라벨이 붙은 병을 발견했을 때, '독극물 경고 표시가 있는지 없는지'부터 확인한다. 확인이 끝난 후 안도한 앨리스는 병의 내용물을 맛보다가 결국 전부 마셔버린다. 물

루이스 캐럴의 《이상한 나라의 앨리스》

론, '독극물' 경고 표시가 없다고 해서 독이 들어 있지 않다고 보증할 수는 없다. 이는 앞서 발견된 '오렌지 마멀레이드'라고 된 병 안에 오렌지 마멀레이드가 없었다는 사실을 상기해보면 더욱 명확해지는 부분이다.

말은 사물과 동일하지 않고 절대적 진리를 의미하는 것은 아니지만 사물, 그리고 임의적 경험으로 가득 찬 자연계와 상호작용한다. 즉, 언어는 인간 삶의 임의적 관계를 형성하고 인생에 의미를 부여함으로써 방향성을 제시하고 지도하는 역할을 수행한다. 앨리스는 이를 제대로 이해하고 있는 듯하다. 다만 앨리스는 이 시점에서 그녀가 언어 자체를 자신의 것으로 만들어야 한다는 점과 그 언어에 목소리를 부여해야 한다는 점은 눈치채지 못한다. 순진한 앨리스는 언어에 대해 깊이 생각하거나 자신의 것으로 만드는 대신, 이미 세상에 존재하고 있는 언어를 그대로 받아들이기만 한다. 앨리스가 자신만의 고유한 개인적·사회적 정체성을 확립하기 위해서는 자신의 경험을 직접 표현할 줄 알아야 한다. 이야기의 초반에서 앨리스는 자신이 누군지 의문을 품기 시작하는데, 이는 개인적인 지식에 대한 탐구를 시작한 것과 마찬가지이다. 이 탐구란 곧 앨리스가 '점점 더 호기심이 가득 차' 육체와 정신이 극적 변화를 겪으면서 용기와 자신감이 요구된다는 점에서 볼 때 그녀가 감당해야 할 일종의 위험이다. 다시 말해 그녀의 정체성은 유동적이며 이제야 막 형태를 갖추기 시작했다고 볼 수 있다.

이상한 나라에서 변형되는 언어의 활용

"생각해보자. 오늘 아침에 일어났을 때 평소와 같았던가? 조금 다르게 느껴졌던 것 같기도 하고. 하지만 같지 않았다고 한다면, 다음 질문은 '나는 도대체 누구야?'라는 건데. 아, 정말 어려운 수수께끼야."

앨리스는 자신의 정체성이 '같음'과 '다름'이라는, 주로 언어로 지정된 범주로 이루어져 있다는 것을 알아차리는데, 이러한 범주는 마치 경험처럼 지속적으로 변화하는 것이기도 하다. 그렇기에 그녀는 이 순간 어쩔 줄 몰라 하며 심지어는 '그녀의 목소리조차 거칠고 이상하게 들렸고, 단어들이 예전처럼 나오지 않는다'고 표현한다.

이상한 나라는 앨리스가 살던 세계와는 아주 다른 기묘한 곳이다. 앨리스는 지상 세계에서의 언어나 인간관계(심지어 자신이 절대로 되고 싶지 않은 종류의 사람인 메이블과의 관계까지)를 떠올리며 편안함과 안정감을 느낀다. 왜냐하면 이 모든 것들은 앨리스에게 있어 익숙하고 알기 쉽기 때문이다. 지하 세계는 이와 반대로 앨리스에게 낯선 장소로서 호기심을 자극하며 그녀를 사로잡는 곳이고, 이는 그녀가 알거나 이해하지 못하는 자신의 일부를 가리키는 것이기도 하다. 바로 이 '낯섦'이야말로 앨리스로 하여금 자신이 알던 세계뿐 아니라 자기 자신으로부터 분리되는 기분, 그리고 그로 인한 외로움을 느끼게 한다. 이런 이유로 앨리스는 정체성의 혼란 가운데, "사람들이 들여다봐준다면 좋겠어! 여기 혼자 있는 건 정

루이스 캐럴의 《이상한 나라의 앨리스》

말 지긋지긋하단 말이야!"라고 외치며 그녀가 지상 세계에서 가졌던 애착을 그리워한다.

이제 앨리스가 해야 할 일은 명확하다. 변화하는 주변 환경에 맞추어 자신의 행동을 조정하듯, 앨리스는 자신의 언어를 상황에 맞게 지속적으로 조정해야만 한다. 다행히 언어는 그녀뿐 아니라 이상한 나라의 다른 존재들에게도 익숙한 것이다. 공통 기반은 이미 다져져 있다고 볼 수 있으며, 이에 따라 기묘함조차 사회적 유대로 탈바꿈할 수 있다. 하지만 언어가 난센스와 실패의 경계라는 한계점에 도달하면 대화는 불가능해진다. 이 같은 순간에 앨리스와 더불어 독자인 우리도 불안해진다. 웬디 스타이너에 의하면 이러한 장면은 '사고가 논리적으로든 실존적으로든 한계점에 도달했음을 시사하며, 이는 죽음과 같은 미지의 세계에 대해 알고자 하는 갈망과도 같다'는 것을 보여주는 것이다.

언어와 실존적 경험은 인간의 정체성을 형성하는 데 중요한 두 요소이며, 앨리스가 알아야 할 것은 그 둘의 유사점과 차이점이다. 경험으로부터 분리된 언어는 의미가 없으며 언어, 특히 서사로부터 분리된 경험 또한 그러하다. 앨리스는 이 두 가지를 혼동하곤 한다. 예컨대 쥐가 앨리스에게 자신의 처지가 이 모양 이 '꼴이라는' 이야기를 해주려고 할 때, 앨리스는 그 은유적 기능을 오해한 채 쥐의 이야기를 말 그대로 '꼬리라는' 모양의 이미지로 형상화하는 바람에 의미를 완전히 놓치고 만다. 만약 앨리스가 이러한 오해를 하지 않았더라면 쥐의 이야기는 또 다른 이야기를 불러일으켜 대화가 단절되지 않고 지속되었을지도 모른다. 쥐의 '꼬리'는 물질세계에 속해 있다는 점에서, 그리고 앨리스가 언어를 통해 그것을 공유된 사실로 만들어나가는 데 실패한다는 점에서 유한할 수밖에 없다. 그녀는 아직 타인의 이야기를 자신의 것으로 만들어 다시 이야기하는 법을 알지 못한다.

앨리스는 끝이 아닌 시작에 관심이 있으며, 이 시작이란 곧 언어를 통해 욕망과 새로운 의미 창조의 가능성을 떠올리게 하는 직관적인 지혜이다. 앨리스가 관찰하는 코커스 경주the Caucus Race 는 시작도 끝도 없으며, 그녀는 그 안에서 어떤 의미도 찾아내지 못한다(누군들 찾아낼 수 있겠는가?). 앨리스는 직접 자신의 책을 써야만 하는데, 자신이 그럴 수 있으리라고는 아직 생각하지 못한다. 앨리스는 책에서만 읽었던 동화나라에 본인이 있음을 알아차리자, "누군가 나에 대한 이야기를 책으로 내야 해. 그래야만 해!", "내가 커서 직접 하나 쓰기도 해야지. 그런데 난 이미 컸잖아"라고 말한다. 앨리스에게 있어 세계에 이름을 붙이고 임의적 경험들에 의미를 부여할 수 있는 목소리를 찾는 것은 다 큰 어른들이나 할 수 있는 일이다. 그러나 지금 이 시점에서 '다 큰' 것은 그녀의 몸뿐인 듯하다. 언어는 이상한 나라에서의 경험만큼이나 낯설고 혼란스럽기만 하다.

언어와 육체 사이의 변증법은 필연적으로 어긋날 수밖에 없으므로, 우리 자신이 결코 스스로 생각하거나 예상하는 존재가 아니라는 점을 드러낸다. 이는 앨리스의 경우에도 마찬가지이다. 예컨

루이스 캐럴의 《이상한 나라의 앨리스》

대 버섯 위의 푸른 애벌레가 앨리스에게 "너는 누구냐?"라고 물었을 때, "저도 몰라요. 그저, 지금 이 순간, 적어도 오늘 아침에 일어났을 때 제가 누구인지 정도는 알아요. 하지만 그 이후로 몇 번이고 바뀌었던 것 같아요"라는 앨리스의 대답은 이러한 맥락에서 이해할 수 있다. 우리는 물 담배를 피우고 있는 푸른 애벌레가 환각을 보고 있는지, 아니면 앨리스 본인이 환각을 보고 있는지 구분하기 어렵다. 독자로서 우리가 알 수 있는 것은 앨리스가 느끼는 혼란과 기묘함뿐이다. 앨리스는 자신의 몸이 자라나는 현상에 의미와 방향을 부여해줄 언어를 갖고 있지 못하다. "저도 잘 모르겠어요, 유감스럽지만요"라고 말한 앨리스는 "그게 말이죠, 저도 제 자신이 아니거든요"라고 설명한다. 그녀가 해야만 하는 일은 이런 말도 안 되는, 혼란과 무질서한 경험 속에서 의미를 만들어내는 작업이다. 그녀는 자신만의 방식으로 말하는 방법을 찾아야만 한다.

비록 자신감이 부족하고 순진하기는 하지만 푸른 애벌레를 만날 즈음의 앨리스는 분명 성장해 있다. 어떤 면에서 푸른 애벌레의 목소리는 앨리스의 내면의 목소리이기도 한데, 이는 이야기 초반에 앨리스가 '두 사람인 척 흉내 내며 노는 것을 좋아했다'는 것을 상기해보면 고개가 끄덕여진다. 푸른 애벌레는 앨리스에게 버섯의 비밀을 알려주면서 "한쪽은 널 크게 만들 것이고, 다른 쪽은 널 작게 만들 것이다"라고 하는데, 이 발언은 일견 물질세계에 어떤 지시도, 의미도 없는 담화의 파편을 제공하는 것처럼 보인다.

하지만 앨리스는 이미 이 떠도는 담화를 내면화하면서 그것을 이해하고 의미를 만들어내고자 한다.

"무엇의 한쪽이지? 무엇의 다른 쪽이란 말이야?" 앨리스는 논리적으로 궁리한다. 이에 푸른 애벌레는 마치 앨리스의 생각을 읽은 것처럼 "버섯이다"라고 대답하고 사라진다.

앨리스는 이제 환각과도 같았던 푸른 애벌레와의 만남을 재해석하고 자신만의 방식으로 의미를 만들어갈 준비가 되었다. 물론 버섯은 둥그렇기 때문에, 누군가가 임의로 지정하지 않는 한 어느 한쪽도 존재하지 않는다. 이는 누군가가 언어와 인간이 부여한 의미 앞에 열어놓지 않으면 시작도 끝도 없는 코커스 경주와도 비슷하다. 이 시점에서 앨리스는 아직 자신의 목소리로 사건을 표현하고 주조할 준비가 되어 있지 않지만, 자신의 오른손과 왼손을 사용해 왼쪽과 오른쪽이라는 맥락을 지정한다. 이 몸짓이야말로 그녀로 하여금 직접 의미를 부여하고 앞으로 나아갈 수 있는 원동력이 된다.

앨리스의 이러한 자신감은 이야기 중반 즈음에 도달해서 더욱 분명해진다. 그녀는 자신이 헤매고 있던 숲을 나와 더 문명화된 곳으로 나온다. 그럼에도 불구하고 그녀가 마주하는 것은 여전히 기묘하고, 더 잔인하기까지 하다. 숲을 빠져나온 앨리스는 처음부터 눈여겨보았던 '아름다운 정원으로' 갈 수 있으리라 믿었지만, 그녀를 기다리고 있었던 것은 그녀를 뱀으로 몰아가는 비둘기, 그리고 아기를 '폭력적으로 위 아래로' 던질 뿐만 아니라 습관적으

루이스 캐럴의 《이상한 나라의 앨리스》

로 "머리를 잘라버려!"라고 외치는 공작부인이었다. 하지만 체셔 고양이와 조우했을 즈음 앨리스는 '체셔냥이'라며 처음으로 이름을 붙여주는 행동을 한다. 그녀는 고양이가 이 이름을 어떻게 생각할지 모르지만 고양이의 마음에 들기를 바란다. 그리고 고양이가 마음에 든다는 증표로 히죽 웃었을 때 앨리스 역시 기쁨을 느낀다. 이처럼 상호 간의 욕망을 공유한 앨리스와 고양이는 공통점을 공유하기 시작한다.

체셔 고양이는 그 자리에 머문 채 나타났다 사라졌다 할 수 있는 신비한 능력을 가졌다. 이 불가사의함은 놀라운 여파를 남긴다. 사실, 체셔 고양이는 이상한 나라의 물질적 존재인 것만큼이나 앨리스의 인지 성장의 한 차원이기도 하다. '몸도 없이 웃음만 남아 있는 고양이'는 앨리스가 살아오면서 목격한 것 중 가장 특이한 것이다. 앨리스는 비로소 그것에 자신만의 의미를 부여할 능력을 갖게 된다.

질서와 구조로 대표되는 지상 세계와 비교했을 때, 이상한 나라는 임의와 우연으로 이루어진 꿈의 세계처럼 보인다. 하지만 이러한 이분법을 가정한다는 것은 앨리스, 더 나아가 인간의 탐구 여정이 아우르는 범주를 한정 짓는 함정에 빠지는 것이다. 인간의 삶은 임의적 경험들의 연속이며, 운명이라고 하는 것은 그 우연한 사건들이 서사, 혹은 이야기를 통해 의미를 드러냈을 때를 일컫는 것에 지나지 않는다. 광기나 난센스는 인간이 자아탐구를 그만둘 때, 과거와 현재, 미래에 대한 감각이나 유한한 인간을 상징하는 시간과 단절될 때, 그리고 임의적 사건과 내러티브 사이의 변증법이라는 은유적 기능을 포기할 때 발생한다. 이런 의미에서 이상한 나라는 환상이라기보다는 이야기를 만들기 전의 삶과 다름이 없다. 그리고 이러한 통찰력은 모자 장수 일행을 통해 앨리스, 그리고 더 나아가 독자에게까지 닿는다.

앨리스가 삼월 토끼, 모자 장수, 그리고 겨울잠 쥐를 만났을 때 그들의 시간은 '여섯 시'로 고정되어 있다. 이는 모자 장수와 시간의 사이가 틀어져 그가 '시간을 죽인' 순간이다. 그들은 티 파티를 하면서 수수께끼를 내고 난센스를 주고받는다. 그들은 또한 코커스 경주처럼 시작도 끝도 없는 자리 바꾸기를 계속하면서 지루하고도 의미 없는 반복에 갇혀 있다. 그들을 구제할 수 있는 것은 오로지 이야기뿐이지만, 삼월 토끼가 앨리스에게 이야기를 해달라고 말하자 앨리스는 "죄송하지만 아는 게 없어요"라고 대답한다. 그 후 겨울잠 쥐가 이야기를 꺼내기는 하지만 그의 이야기는 그들의 굴레를 타파하는 데 실패한다. 왜냐하면 그의 이야기는 글자('M')를 이용한 언어유희로 현실이나 경험으로부터 분리되어 있기 때문이다.

이런 연유로 앨리스가 그들의 어리석음을 거부하고 난센스로 만연한 티 파티를 떠나는 것은 의미심장하다. 왜냐하면 이를 통해 그녀는 비로소 처음 여행을 시작했던, 정원이 보였던 복도로 올 수 있게 되기 때문이다. 그곳에서 그녀는 '정원으로 바로 통하는 문이 있는 나무'를 발견하는데, 앨리스는 "이번에야말로 제대로 잘 해야지"라고 중얼거리며 작은 황금 열쇠를 사용해 문을 연다. 그녀는 나무를 통과한 후, 드디어 '형형색색의 꽃과 시원한 분수대가 있는 아름다운 정원'에 도착한다.

난센스와의 대면

여왕의 정원은 마치 아담과 하와가 선악과를 먹은 후 그들이 느꼈을 에덴동산을 연상시킨다. 이를테면 여왕의 크로케 경기장에는 연대가 이루어지는 공간이 없고, 아름답고 이상적인 겉모습은 부패를 잘 가린 광경에 지나지 않는다. 하얀 장미는 빨간 페인트로 덧칠해져 있고, 정원사들은 숫자('다섯'이나 '여섯')로 불리고 있으며, 에덴동산에서도 그러했듯이 그들은 서로를 탓하기만 한다. "어쩔 수 없었어요." '다섯'이 뿌루퉁한 얼굴을 한 채 말한다. "'일곱'이 내 팔꿈치를 쳤단 말이에요."

이상한 나라에는 연대할 수 있는 기반이 없고, 카드 더미처럼 평평해 깊이가 없다. 본질보다는 볼거리 위주인, 낙원이라기보다는 난센스의 경계에서 아슬아슬하게 줄타기를 하고 있는 공간이다. 예컨대 그곳의 장미는 단 한 사람, 여왕이 보고 즐기도록 표면의 가치만 강조된 채 볼거리로 전락해 있다. 그녀의 정원은 천리天理가 아닌 부조리한 힘에 의해 지배당하고 있는 곳이다. 다행히 앨리스는 호기심에 가득 차 있을 뿐 아니라 용감하기까지 하다.

여왕이 앨리스에게 "네 이름이 무엇이냐, 아가?"라고 묻자 그녀는 곧바로 "제 이름은 앨리스입니다"라고 대답하는데, 이는 여왕에게 어느 정도 존경을 표하는 부분이자 앨리스가 타인과의 관계에서 자신의 위치를 찾고 자신의 정체를 표현할 수 있게 되었다는 점을 상징적으로 보여주는 장면이다. 그리고 앨리스는 "어차피 그들은 카드 더미에 지나지 않아. 무서워할 필요 없어!"라고 중얼거리면서, 자신의 여행이 전환점을 맞이했음을 알린다. 특히 여왕의 난센스에 "제가 도대체 어떻게 알아요?"라고 소리치는데 이는 자기 자신조차 깜짝 놀랄 정도의 용기의 표현이자 중요한 지식을 얻는 데 한도가 있음을 인식하는 부분이다. 결국 앨리스는 "내가 상관할 바 아니야"라며 유아론적이고 깊이 없는 난센스에 참여하는 것을 거부할 수 있게 된다. 여왕의 권력은 마치 권력의 이미지 그 자체처럼 환상일 뿐이어서 진정한 인간적 의미를 내포하고 있지 못하다. 앨리스는 이를 인식하기 시작한 것이다.

여왕이 "저 자의 목을 쳐라!"라고 외칠 때마다 독자들은 그것이 공허한 어구로서 의미가 배제된 소리에 불과함을 알게 된다. 언어가 뜻을 이룬다는 것은 '실제 삶'의 경험과 언어 사이의, 지식과 행위 사이의, 감각적 몸짓과 그에 대한 이야기 사이의 지속적인 '대화'를 통해 우연을 필연으로 가공함으로써 언어에 목소리를 부여하는 것이다. 또한 언어를 실제 경험에 노출시키는 것이기도 하고 의미를 형성하는 것이기도 하다. 이러한 과정이야말로 앨리스로 하여금 자신을 타인과 연결시켜 그들과의 유사점을 발견하도록 한다. 이는 단순히 그녀가 '타자'로부터 익숙한 면모를 발견한다는 의미가 아니라, 다름을 인지함으로써 타인과의 관계 속에서 자기 자신을 판단할 수 있게 되었음을 시사한다. 우리가 앨리스에게 감탄하는 이유도 그녀가 불안감과 위험 속에서도 이러한 여정을 포기하지 않기 때문이다. 바로 이 지점에서 우리는 앨리스의 용기를 발견하고 그녀를 존중하게 된다. 웬디 스타이너가 지적하고 있는 것처럼, 자신이 경험하는 '모든 난센스와 끼어드는 말들, 그리고 모든 공간적 단절과 논리적 비약'에도 불구하고, 앨리스는 파멸을 거부하며 앞으로 헤쳐 나아간다. 그녀는 무질서와 '실제'의 임의성에 직접 형태를 부여하기 시작한 것이다. 다른 크로케 선수들과 달리 이상한 나라의 앨리스는 구속되거나 사형에 처해지지 않는다. 그녀는 순수하면서도 동시에 훌륭한 사람이 되기 위해 자기 자신의 인생을 책임지려 하고 있다.

그녀는 후에 "자, 네 모험에 대해서 들어보자"라는 그리폰의 요청을 거절하지 않고 자신의 이야기를 하기 시작한다. 앨리스는 그녀가 지금껏 경험했던 사건들의 특성 때문에 조리 있는 서사를 만드는 데 어려움을 겪기는 하지만, 그럼에도 첫걸음을 뗀다. "제 모험에 대한 이야기는 오늘 아침부터 시작할게요. 그전으로 거슬러 올라가는 건 의미가 없거든요. 왜냐하면 그때의 저는 지금과는 다른 사람이었어요."

하지만 그리폰은 이에 만족하지 않고 그전의 이야기를 요청한다. 이에 앨리스는 흰토끼를 봤을 때부터 이야기를 시작하고, 이야기를 하는 동안 점점 더 용기를 얻게 된다. 하지만 안정감을 잃고 혼란에 빠졌던 때를 이야기하면서, 그녀는 참지 못하고 이야기를 중단한다. 그리고 이야기를 더 이상 이어갈 수 없게 된 앨리스는 다시 한번 법과 명령에 복종하는 모습을 보인다.

소통하는 앨리스의 성장

이상한 나라에서의 마지막 이야기는 마치 법이 어떻게 작동하는지 직접 경험시켜주려는 듯 법정에서 이루어진다. 여기에서 우리는 엄격한 법이 얼마나 혼란스럽고 부조리하고 폭력적인지 목격하게 된다. 여왕의 타르트를 훔친 죄목으로 하트 잭은 재판을 받게 되는데, 여기서 중요한 것은 죄와 벌, 위반과 정당한 재판 따위가 아니라 내러티브의 형성이다. 정의구현은 법의 집행이 아니라 법과 서술의 상호작용을 통해 드러난다는 의미이다.

법정에서 앨리스의 몸은 극단적으로 커지기 시작하여 배심원석을 무너뜨리는데, 이는 그녀에게 자신감을 불어넣어준다. 그녀는 자리에서 떨어져나가 허둥대는 배심원들을 보면서 최근 집에서 어항을 떨어뜨렸던 사건을 떠올린다. 두 사건을 연결 짓는 앨리스는 물고기를 어항에 넣어야 하듯 배심원들을 '빨리 배심원석에 넣지 않으면 모두 죽어버릴지도 모른다'는 '어렴풋한 생각'을 하게 된다.

앨리스는 아직 성숙한 어른이 되지 못했으며 자신의 이야기를 정교하게 해나갈 자신감을 갖고 있지는 않지만, 점차 감각적인 육체와 그 유한성에 대해 인식하면서 타인에게 감정을 이입할 수 있는 공감 능력을 확장하고 있다. 이렇듯 앨리스는 과거의 이야기를

루이스 캐럴의 《이상한 나라의 앨리스》

현재와 연관시켜 자기 자신, 더 나아가 자신의 서술 능력에 대해 깊이 있는 이해를 하기 시작한다. 이러한 이해와 지식이야말로 그녀에게 부조리와 실정失政에 맞서는 자유와 목표 의식을 가져다줄 수 있을 것이다. 이렇게 앨리스는 이 세계에서의 자신의 운명을 알 수 있게 된다.

이상한 나라의 법정은 증거법證據法이 전무하다는 점에서 '모든 것이 관련 있을 수 있고, 반대로 무관할 수 있으며, 진실과 판결 사이의 관계는 파괴된다'는 스타이너의 주장은 일견 타당해 보인다. 하지만 아무리 정교한 증거법일지라도 증거들이 담고 있는 압축적 논리는 진실에 다가가는 데 역부족이라는 점을 잊어서는 안 된다. 논리가 수용할 수 있는 범위보다는 항상 더 많은 이야기가 있을 수밖에 없다. 이는 이상한 나라의 법정에서 가장 중요한 증거 역할을 하는 시 구절에서 특히 두드러진다.

왜냐하면 이것은
모든 사람에게 비밀로 지켜져야 하기 때문입니다.
당신과 나 사이를 제외하고 말이지요.

당신과 나, 혹은 독자와 저자 사이의 비밀이라는 암묵적 지식은 법이나 증거법이 아닌, 실제로 일어났는지의 여부와는 상관없는 '실제'로서 공유된 진실, 즉 이야기로 만들어진 경험과 그 느낌을 통해 남게 된다. 결국 이야기의 힘이 승리하는 것이다.

재판이 끝나갈 즈음 원래 크기로 돌아온 앨리스는 "쓸데없는 소리!"라고 외칠 수 있게 되고, '본질을 결여한 깊이 없는 겉모습의 가짜들'이라는 발언까지 할 수 있게 된다. "너희는 그냥 카드 뭉치일 뿐이야!"처럼 말이다.

이 카드 뭉치들은 꿈의 세계의 다른 것들과 마찬가지로 앨리스에게 공포와 분노를 느끼게 하는 존재였지만, '얼굴에 팔랑팔랑 떨어진 낙엽' 때문에 언니의 품 안에서 잠을 깨는 장면이 말해주듯 결국에는 지상 세계와 연결된 것으로 드러난다. 여전히 신비함과 가능성이 열려 있는 앨리스에게는 이제 지상 세계에서 되돌아보고 의미를 부여할 것들이 많다. 그러나 그전에 앨리스는 언니에게 자신의 모든 '신비한 모험'을 할 수 있는 한 자세히 이야기해준다.

앨리스의 이야기에 영감을 얻은 언니는 자신만의 방식으로 꿈을 꾸기 시작한다. 이 장면은 우리에게 이야기란 필연적으로 또 다른 이야기를 자아내며 미래의 이야기가 태동할 수 있는 맥락을 제공한다는 것을 환기시켜준다. 앨리스의 언니는 그녀 자신의 상상력으로 '동생이 꿈 꾼 기묘한 존재들'을 분명히 경험한다. 앨리스의 이야기에 나오는 찻잔의 달각거림, 여왕의 거친 목소리, 돼지가 된 아기의 재채기 소리 등과 같은 상세한 감각들은 경이로운 경험을 창조하고, 미래에 대한 그녀의 목적과 방향성, 희망을 자아낸다.

더 나아가 앨리스의 언니는 '동생'이 '어른'이 되어 어린 시절 '행복한 여름날'의 '단순한 슬픔'과 '단순한 기쁨'을 느끼면서, 이상한 나라의 '기묘한 이야기'를 '다른 똑똑하고 의욕적인 아이들'에게 계속해나가는 것을 상상한다. 앨리스의 언니는 이를 그저 여름날의 이야기로, 미래에 투영한 순수함의 기억으로만 경험하며, '어쩌면 오래전, 이상한 나라에 대한 낭만적인 꿈과 함께'라는 표현이 보여주듯 때때로 낭만적인 향수鄕愁에 젖는다. 하지만 우리는 앨리스의 모험이 단순히 '어린 시절의 순수와 사랑의 마음'만을 상징하는 것이 아니라, '성숙한' 시기의 성性이나 죽음의 세계까지 확장된 것임을 안다. 우리는 앨리스가 어떤 식으로 언니에게 이야기를 했는지, 또 앨리스의 언니가 그 이야기를 토대로 한 공상을 통해 어떤 경험을 했는지에 대해서 직접적으로 들은 바가 없다. 그러나 성숙한 독자로서 우리는 이 복합적인 이야기에 다양한 차원이 있다는 것, 서사와 우연적 경험이 상호작용한다는 것, 그리고 자기 자신이 누구인지 끊임없이 탐구하는, 인간 여정의 불가사의한 깊이를 인식할 수 있다.

앨리스는 이 모든 과정을 경험하면서도 순수함을 잃지 않는 놀라운 목소리를 갖고 있다. 비록 앨리스는 때때로 건방지기도 하고 계급의식을 보일 때도 있지만, '두 사람인 척 흉내 내며 노는 것을 좋아했다'는 구절에서 알 수 있듯 자신의 존재가 단순히 하나가 아니라는 상관관계에 대한 고찰을 가슴에 새기고 있다. 이러한 의미에서 앨리스는 그녀 자신을 비롯한 타인들과 항상 대화를 하는 언어적 존재로서 따뜻한 관심을 가진 인물이다. 그녀는 '점점 더 호기심이 강해지지만', 호기심에 강박적으로 사로잡혀 그것이 자신을 지배하도록 내버려두지 않는다. 그녀의 호기심은 이야기에 형태를 부여하는 언어가 그러하듯 장난스럽고, 새로운 발견에 기뻐하며, 결코 날카롭거나 억압적이지 않다. 비록 불안정한 세계에서 안정성을 추구하고 있을지언정, 앨리스는 미지의 세계를 완전히 이해하려 애쓰거나 통제하려 하지 않는다.

이상한 나라의 앨리스는 그녀가 가진 놀라운 적응력과 타인에 대한 존중의 마음에도 불구하고, 명령에 반응하거나 행동할 때 결코 완전히 복종하는 모습을 보이지 않는다. 앨리스는 융통성을 발휘하기도 하고 점점 더 자신감을 얻기도 한다. 앨리스는 자신이 이상한 나라에서 만나게 되는 흰토끼, 모자 장수, 채셔 고양이, 애벌레, 하트 여왕 모두를 익숙하고도 낯선 자기 자신의 일부(혹은 분신)로 인식하는 모습을 보인다.

그녀는 '가장 사랑스러운 정원'이자, 도달하고 싶지만 정작 경험하게 되면 처음 상상했던 기대와 달라 실망스러울 수밖에 없는, 그럼에도 불구하고 여전히 상상력과 꿈의 세계인 정원으로의 여행을 영원히 잊지 못할 것이다.

앨리스는 순수하고 장난기 넘치며, 강박적으로 집착하지 않고 호기심에 가득 차 있다. 이 '호기심'이야말로 인류 행복의 증표이자 서문의 시의 표현처럼 '신비한 끈'일 것이다. 또한 그녀가 가진 장난기는 이상한 나라의 광기와 난센스로부터 안전한 거리를 유지하도록 해준다.

앨리스는 분명 이상한 나라에서 외로움을 느끼지만, 동시에 그

루이스 캐럴의 《이상한 나라의 앨리스》

녀는 자신이 항상 다른 사람들과 연결되어 있는 사회적 존재라는 직관적인 자각을 놓치는 법이 없다. 그 결과 앨리스는 극도의 불안정성을 경험하는 중에도 결코 자기 자신으로부터 소외되지 않는다. 그녀는 항상 대화를 하고 있는 것이다.

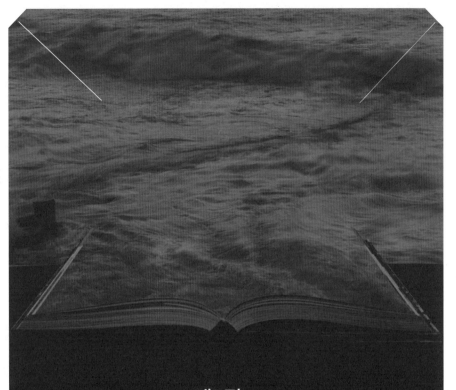

제5장
조지프 콘래드의 《암흑의 핵심》

배반을 수반한 윤리 서사

The Risk of Reading

어둠 속에서 제시되는 찰리 말로의 서사

조지프 콘래드Joseph Conrad의《암흑의 핵심Heart of Darkness》은 찰리 말로가 겪은 경험이 응집되는 지점이며, '거대한 암흑의 핵심으로 이끄는' 입구로 독자를 데려간다. 이 '항해의 가장 먼 지점'이란 바로 언어가 침묵으로 대체되는 장소이며, 우리는 독자로서 계속 나아가기 위해 그 속에 남겨진다.

모던 내러티브에서 많이 볼 수 있는 방식인 되짚어가는 서사 구조는 '실제'로 겪은 경험과 그것을 이야기하는 방식 사이의 간극을 보여준다. 그리하여 독자로 하여금 그 간극을 파고들게 하여, '빛과 유사'하지만 분명하지 않은 '지구의 맨 끝' 혹은 우리 존재의 끝자락을 흐릿하게나마 들여다보게 해준다. 독자인 우리는 말로를 따라 기꺼이 이 모험에 동참하기를 원한다. 21세기를 사는 독자라면 이 이야기가 아프리카(벨기에령 콩고)의 가장 깊은 곳에 있는 내륙 주재소로, 커츠에게로 데려다줄 것임을 알 것이다. 이는 이 소설의 존재 이유와도 같은 '암흑의 핵심'의 공포와 그 이야기의 진실성 문제로 이어진다. 이러한 맥락에서 우리는 처음부터 말로의 이야기가 커츠로 시작해서 커츠로 끝날 것이라고 추정하게 될 뿐만 아니라, 비록 서사를 통해 어느 정도 엿볼 수 있다 할지라도 그의 경험이 온전히 서술될 수 없을 것임을 예상하게 된다.

그런데 독자들이 처음 접하는 것은 말로의 목소리가 아니라 어느 이름 없는 서술자의 언어이다. 이 언어는 우리가 현재 해 질 녘의 템스강 위에 닻을 내리고 있는 범선 '넬리' 위에서, 조류潮流의 방향이 바뀌기를 기다리며 '지구 상 가장 크고 위대한 도시' 런던을 바라보고 있음을 말해준다. 배 위에는 선장, 변호사, 회계사, 그리고 말로가 타고 있다. 이들은 모두 '바다가 맺어준 인연'으로 연결되어 있지만, 이들 중 육지가 아닌 바다에 삶을 바친 사람은 오직 말로뿐이다. 독자가 처음으로 마주하게 되는 말로는 다른 이들과 떨어져서 마치 부처와도 같이 명상하는 자세로 앉아 있으며, 그 모습은 마치 우상과도 닮아 있다.

배경을 통해 드러나는 '애도하는 우울함'이 시사하듯이 작품의 초반부터 깊은 사색 혹은 명상의 분위기가 제시된다. 문제는 이야기의 시작을 담당하고 있는 이름 없는 서술자의 목소리에 맹목적인 애국주의가 드러난다는 점이다. 그는 런던에 대해, 그리고 '미지의 세계'를 탐험함으로써 '사람들, 영연방commonwealth, 그리고 제국'을 고무시킨 위대한 영국 선원들에 대해 대단한 자부심을 보인다. 사회적으로 성공한 사람들이 모인 넬리 호는 마치 발전이나 진화가 안정적으로 이루어진 문명사회의 핵심과도 같은 느낌을 준다. 만약 제국에 태양이 지고 있다 할지라도, 다음 날 아침 조류의 방향이 바뀔 즈음 분명 해는 다시 떠오를 것이다. 말로를 제외한 넬리 호 위의 사람들은 템스강 위에서 문명사회와도 같은 빛이 다시 도달하기를 기다리고 있다.

흥미롭게도 말로 역시 독자와 마찬가지로 서술자가 가진 과도한 애국심을 알아차린다. 영국의 승리, 제국주의의 성공, 서구 계몽주의를 묘사하는 서술자의 언어는 밝고 숭고한 결말을 약속하지만, 그 근원에 대한 성찰은 거의 없다고 할 수 있다. 말로는 현재 자신이 서 있는 곳(템스강의 배 위, 런던)뿐만 아니라 로마시대 혹은 그보다 '훨씬 더 오래된 과거'인 이 땅의 어둠의 기원에 대해 생각하고 있다. 그는 아마 이 순간, 그가 곧 시작할 이야기의 씨앗이자 기원인 커츠를 떠올리고 있는지도 모른다.

말로는 독자를 포함한 청중들에게 자신이 지금으로부터 약 8년 전, 바다로 돌아가고 싶어서 한시도 가만히 있지 못하고 런던에서 배를 찾아 헤매던 시기부터 이야기를 시작한다. 이렇듯 새로운 영역을 탐험하고자 하는 말로의 열정은 그가 소년이었던 시절로까지 거슬러 올라간다. 그는 어려서부터 지도를 좋아했는데, 특히 지도상에 비어 있는 미지의 공간은 아직 이름이 붙여지지 않거나 보이지 않는 곳을 향해 말로를 이끌었다. 그러나 당시 미지의 공간으로 여겨졌던 많은 장소는 이제 대부분 발견되어 이름이 붙여

조지프 콘래드의 《암흑의 핵심》

졌다. 모험과 깨달음에 대한 말로의 순수한 꿈은 마치 순수가 경험에 의해 무너지듯 좌절될 수밖에 없다. 그럼에도 불구하고 말로는 그 꿈을 포기하지 않은 듯하다. 문제는 그 순수한 꿈이 그것이 만들어낸 욕망에 사로잡혔느냐는 것이다. 우리는 궁금해하지 않을 수 없다. 말로의 꿈 역시 잠식당한 것인가?

말로가 런던의 거리를 헤매면서 지도를 보았을 때, 그의 눈에 들어온 것은 '마치 쭉 뻗은 뱀처럼 보이는…… 아주 거대한 호수'였다. 그가 가게 창문에 비친 지도를 보면서 느꼈던 감정은 마치 어리석은 작은 새가 뱀에게 매료된 것과도 같았다. 뱀에게 매료되어 가만히 있지 못하는 말로. 이 장면은 런던의 한 가게에 있는 지도에 나타난 강의 시각적 기호가 마치 악마처럼 말로를 유혹하는 대목이다. 비록 말로가 그 이름을 알려주지 않지만 우리는 이 뱀을 벨기에령 콩고라고 부를 수 있을 것이다.

이 지도는 말로에게 소년 시절의 꿈을 다시 상기시키는 동시에, 흐르는 강의 모습을 뱀과 연관시키게 하여 '이 강을 통해 교류하는 기업의 거대한 사업'을 떠올리게 한다. 이 '거대한 사업'이란 그의 고모와 관련이 있는 유럽 회사의 것이었고, 그녀의 영향력 덕분에 말로는 해당 증기선의 선장으로 임명된다. 말로의 임명 과정, 그리고 '유혹이든 범죄든 무슨 수를 써서라도' 콩고에 가겠다는 그의 생각은 부정不正해 보이지만, 말로의 일이 '빛의 특사와도 같은…… 하급 사도' 같다는 점에서 말로의 일에는 영광스러운 면모도 있다.

어둠에 잠긴 넬리호 위에서 전개되는 말로의 내러티브를 들으면서 우리는 의문을 가지지 않을 수 없다. 이 이야기는 (비록 뿌연 후광에 불과할지라도) 빛을 가져와 어둠을 밝히는 내용이 될 것인가, 아니면 상대방을 끌어들이고('유혹') 타락시키는('범죄'), 영원히 알 수 없는 것을 추구하는 인간의 원죄와도 같은 것일까? 그 어느 쪽이든 우리는 어둠 속 말로의 목소리를 통한 내러티브로 그의 여정을 듣고자 한다.

이야기 속에 공존하는 두 시기의 말로

브뤼셀에 있는 회사 사무실의 대기실 문턱에서 말로는 뜨개질을 하는 두 여인을 본다. 그 모습은 마치 몽유병 환자가 불러일으키는, 인간 내부에 존재하면서 동시에 인간이 아닌 낯선 무언가를 보는 것 같아서, 자신에게 닥칠 불길한 운명을 느끼게 한다. 탁자 위에는 또 다른 지도가 있다. '오색 빛깔 무지개' 색인 이 지도에서 말로가 향할 곳은 아프리카 대륙 '한가운데 위치하며' 노란색을 띠고 있다. 이곳의 강은 (마치 뱀처럼) 매혹적이기도 하고 치명적이기도 하다. 말로에게 계약을 체결하는 순간은 음모에 가담하는 기분이 드는 것으로, "죽을 사람이 그대에게 인사드립니다"라는 표현에서 알 수 있듯 불길하고 기묘하다. 심지어 말로를 진단하는 의사조차 마치 사람을 사냥하는 사냥꾼처럼 미쳐 있는 듯한데, 이는 독자로 하여금 과학과 문명의 발전이라는 것이 퇴화를 포함하고 있을지도 모른다고 생각하게 한다. 혹자는 무역상사라는 것을

조지프 콘래드의 《암흑의 핵심》

현대 성공의 절정이라든가, 문명이라는 '개념'과 이성적 통제라는 본보기의 정점으로 여길 수도 있으나 이는 사실과 다를지 모른다. 이러한 맥락에서 말로는 사무실에서 극도의 불안감을 느끼고 있다. 그 모습은 마치 질병에 걸렸거나, 그게 아니라면 적어도 자기 자신이 아닌 '사기꾼'으로 변화하는 과정처럼 보인다.

우리는 말로와 함께 프랑스 증기선에 올라 아프리카 대륙의 서부 해안을 타고 불가사의한 밀림의 경계를 따라 내려간다. 이때 이곳은 '소리는 없되 수군거림으로 가득하고, 전반적으로 희미하되 억압적인 경이감으로 가득한' 것으로 묘사되는데, 이렇듯 흐릿하고 무거운 언어는 말로의 경험 자체도 악몽 같아질 것임을 시사한다.

말로는 30일 동안 항해하여 강어귀에 도착하는데, 그는 다시 내륙으로 200마일 정도 들어가야만 회사에서 지령 받은 일을 시작할 수 있다. 그런데 그 과정에서 나타난 것은 교수형에 대한 소식이라든가, '동물의 시체와도 같이 마치 죽어 있는 것처럼 보이는' 화물차 등 불길한 전조들뿐이다. 이는 마치 목표도 '의미도 없는 폭발' 같아서, 욕망이 만연하고 죽음이 모든 곳에 도사리고 있는 듯한 느낌을 준다.

회사 주재소 근처에 도착했을 때, 갑자기 저 멀리 다 같이 족쇄가 채워진 여섯 명의 흑인 무리가 나타난다. 그들은 '범죄자'라고 불리는데, 그들을 그렇게 정의한 사람들은 바로 말로와 마찬가지로 계약상 '대단한 믿음으로 엮인…… 이 위대하고 정의로운 행위의 명분'을 함께한, 이 지역의 이름을 지도에 아로새긴 부류이다. 이러한 명분은 회사가 스스로 내건 것이기도 하지만 말로의 고모와 같은 사람들이 받아들이는 방식이기도 하다.

이 당시의 말로는 넬리호 위에서 이야기하는 말로가 아는 것을 알지 못했다. 주재소 근처에서 구속된 사람들을 본 순간부터 말로는 한마디로 정의하기 어려운 아주 묘한 상황에 처하게 된다. 흥미롭게도 그는 이 모든 일을 함부로 판단하거나 대면하고자 하지 않는다. 대신 그는 상황을 피하거나 이로부터 말없이 물러나면서, "그쪽으로 가는 대신 나는 좌측으로 내려가기로 했다. 저자들이 내 시야에서 벗어난 후에 언덕을 오르기 위해서였다"라며 상황이 그저 지나가기를 기다린다. 이때 말로는 주저하고 안절부절못하며, 두려움 때문에 직접 나서는 것을 꺼린다. 이러한 말로의 성향은 하나의 패턴으로, 그의 경험과 그것이 이야기되는 방식을 통해 지속적으로 반복된다.

넬리호에서 이 이야기를 전달하는 말로는 당시 자신의 생각과 행동을 정당화해야만 하는 입장에 놓여 있다. 이 과정에서 그는 자신뿐 아니라 사슬에 묶인 흑인들을 통솔하던 사람들까지도 변호한다. 그리고 그는 회사 중개인들을 '강하고 욕망에 가득 찬, 다른 사람들을 조종하는 붉은 눈의 악마'라며 경외심을 담아 표현한다. 이는 마치 말로가 넬리호 위에서 자신의 이야기를 듣고 있는 사람들의 남성성을 의식하면서, 자기 자신도 그들과 같다고 말하고자 하는 듯한 인상을 준다. 하지만 말로는 여기에서 그치지 않

조지프 콘래드의 《암흑의 핵심》

고 자신이 당시에 하지 못한 행위, 혹은 당시 느꼈지만 말로 표현하지 못한 것에 대해 설명하기 시작한다. 흘러가는 서사에 뒤늦게 덧붙이는 느낌으로 말로는 구속된 노예들에 대해 그들도 사람이라는 말을 무심코 내뱉는다. "사람이야. 사람이라고."

말로의 침묵과 그 의미

'고요하고 음울한' 죽음의 수풀로부터 외부로 향한 문턱을 향해 걸어오는 회사의 회계주임은 풀을 먹인 옷을 입고 광을 낸 구두를 신고 있다. 그의 모습은 주변의 '학살이나 역병의 이미지'와 비교했을 때 마치 '환상'과도 같았다. 말로에게 그는 '미용사가 연습용으로 사용하는 마네킹'처럼 실체가 없이 느껴졌지만, 동시에 '기적'처럼 보이기도 했다. 그는 혼란 속에서도 질서를 유지하고 이 비효율적인 곳에서 효율적으로 움직일 수 있는 사람이었다. 말로는 관료 조직의 상징과도 같은 그로부터 '이 당시의 기억과 떼려야 뗄 수 없는 관계에 있는 그 남자의 이름'을 처음 듣는다. '당신은 내륙으로 가면 분명 커츠를 만날 수 있을 것'인데(여기에서 '당신'이란 말로를 뜻하지만 독자, 즉 우리이기도 하다), 그는 '다른 사람들이 납품하는 물품들을 모두 합친 것보다 더 많은 상아를 보내는 사람'이라는 것이다. 이렇듯 처음으로 커츠라는 사람에 대해 듣게 되었을 때 말로는 그의 '인상적인' 이름뿐 아니라, 그의 이름이 연상시키는 회사의 욕망, 즉 주위에서 계속 속삭이고 있는 또 다른 이름인 '상아'에 대한 욕망을 함께 알게 된다.

15일 뒤, 말로는 '통통한 악마' 과장이 운영하는 중앙 주재소에 도착한다. 말로는 이 시점에서 죽음, 부조리, 구속된 자들을 향한 잔혹한 처우, 이득을 추구하느라 퇴화하고 병들어버린 회사 중개인 등을 목격한 상태이다. 그럼에도 불구하고 말로는 여전히 자기 자신에게만 관심을 쏟아붓고 있다. 말로는 자신이 선장으로 항해할 예정이었던 배가 '강바닥에 닿아' 가라앉는 상태라는 소식을 듣고 '적지 않은 충격'을 받게 된다. 과장이 상류 쪽으로 급하게 배를 몰다가 '돌에 부딪쳐 배의 가장 밑바닥이 파손된' 모양이었다.

청자이자 독자로서 우리는 밤의 어둠 속에서, 마치 말로 본인으로부터 분리되어 나온 목소리를 통해 펼쳐지는 듯한 무거운 이야기를 듣는다. 말로는 자신이 겪은 일, 더 나아가 그가 겪으면서 느꼈던 점을 우리에게 제공하고자 한다. 한 걸음 물러나서 바라볼 때, 말로는 모험을 찾아 떠난 방랑자이며 집이라는 개념 없이 돌아다니는 바닷사람이다. 또한 그는 어릴 때부터 어둠 속에서 달빛에 의해 드러나는 안개처럼 낭만적인 미지의 세계를 탐험하고 싶어 했다. 그는 동시에 질서와 효율이 적용되는 방식, 그리고 그에 대한 실질적 결과물을 중시하는 면모도 보인다.

중앙 주재소에 도착하자마자 자신이 항해할 증기선이 침몰했다는 소식을 접한 말로는 늦어진 일정에 대해 걱정할 뿐, 그가 목격한 끔찍한 단상들에는 상대적으로 무심한 듯 보인다. 물론 말로에게 과장은 그저 '통통한 악마'이자 '수다스러운 바보'일 뿐, 그의 음모와 속임수를 모르고 있기는 하다. 그러나 우리는 말로의

조지프 콘래드의 《암흑의 핵심》

무지가 과연 결백한 것인지, 그의 무관심이 사실은 그가 겪은 일들에 공모하고 있는 것은 아닌지 생각해보지 않을 수 없다.

말로는 중앙 주재소에 항해선이 침몰해 있다는 것을 알게 되자 끝장이 났다고 생각한다. 그렇기에 말로는 "내 배가 사라졌으니 난 이곳에서 도대체 무엇을 해야 좋은 건가"라고 자문한다. 현 시점에서 말로가 할 수 있는 일은 대갈못을 사용해 배를 고치는 것이지만, 그마저도 아직 배달이 되지 않은 상태이다. 그러나 이 꿈같은, 아니 그를 삼켜버릴 것 같은 악몽 같은 이곳에서 말로를 지탱해줄 수 있는 것은 이제 '그것'뿐이다.

한편, 이곳에서 말로는 독자와 함께 '상아'라는 속삭임을 계속 듣게 되는데, 그것은 마치 페티시즘fetishism이나 우상처럼 '그것을 향해 기도하는 듯한' 소리로 항상 주변을 맴돈다. 이는 또한 상아라는 상품에 매혹되어 그것을 원하는 것과도 같으며, 그 이름 뒤에 뭔가 숨어 있는 듯한 느낌마저 준다. 이러한 상황에서 말로가 그보다 더 많이 듣게 된 이름은 바로 커츠이다. "알려주세요. 도대체 커츠는 어떤 사람이죠?"라며, 말로는 커츠라는 이름 안의 인물을 알고 싶어 한다. 추궁당한 벽돌 제조업자는 커츠를 선지자, '이상주의'의 사도나 주창자로 묘사한다. 그는 우리가 일찍이 말로의 고모를 통해 알고 있는 회사의 언어이자 기독교적 감성을 통해 이야기한다. '그는 연민의 특사이자 과학, 진보, 그 밖의 여러 가지 등등을 수호하는 사절 같은 사람'이자, '특별한 존재'라는 것이다. 하지만 커츠가 이만큼 특별한 사람이라는 것은 과장과 벽돌 제조업자 같은 사람들에게 질투의 대상이 된다는 의미이기도 하다. 커츠 같은 사람은 회사의 '내륙 주재소의 감독 보조'에서 '대리', 그리고 '과장'까지 승진하는 게 당연하다. 이 시점에서 우리는 말로와 마찬가지로 커츠가 정말로 어떤 사람인지 알고 싶어진다. 그는 이상주의자인가, 아니면 상아로 대변되는 물질주의자인가? 아니면 그는 전혀 다른 존재일 수도 있을까?

벽돌 제조업자가 쉴 새 없이 말하는 동안 말로는 고장 난 배에 기댄 채 '숲의 원시적인 진흙'을 느끼고 있다. 다시 말해 그는 벽돌 제조업자의 말이 아니라, '말할 수 없는 무언가'의 소리를 들으며 압도되고 있는 것이다. 바로 이 '무언가'에 당황한 말로는 비로소 목적의식과 방향성을 갖기 시작한다. "저곳에서 상아가 나오는 걸 볼 수 있는 것 같다. 그리고 커츠도 저 안에 있다고 들었다. 많은 이야기를 충분히 들었지만…… 모르겠다." 벽돌 제조업자가 조잘거리는 동안 말로는 원시적인 수풀 속의 '무언가'와도 같은, '머나먼 행성'에서 온 '외계인'과도 같은 커츠를 만나 보기로 마음먹는다. 이는 말로에게 마치 자신의 운명의 형태가 빚어지는 것처럼 분명한 순간이다. 어쩌면 이 지점이야말로 말로가 이야기를 하고 싶어 하는 충동을 느끼기 시작한 장면인지도 모른다.

독자인 우리는 이 대목의 복합성과 이중성을 느낄 수밖에 없다. 말로는 벽돌 제조업자에게서 물러남과 동시에 커츠에게 전념하기로 결심했고, 당시에는 침묵했지만 지금은 이야기를 하고 있다. 이 순간이 말로에게 목적의식을 심어주었다고 한다면 이 부분은 또한 거짓말, 혹은 거짓말에 가까운 무언가로 점철되어 있다. 말로가 방향성을 갖고 커츠에게 헌신할 것을 결심한다는 것, 다시 말해 과장이나 벽돌 제조업자로부터 자신을 분리하고 구별한다는 것은 자기 자신 안의 무언가를 충족시키기를 포기하고 배신한다는 것을 뜻한다. "나는 커츠를 위해 싸워주는 것까지는 못하겠지만, 그를 위해 거짓말 정도는 할 수 있었다." 말로의 이 특이한 고백은 의혹을 일으키기 충분할 정도로 묘하게 완곡하다. 우리는 한 걸음 더 나아가 말로가 실제로 어떤 식으로 거짓말을 했는지 의문을 갖게 된다. 이렇듯 수상하게 느껴지는 순간, 말로는 존재적 불안을 느끼게 된다. 이 불안은 벽돌 제조업자와 이야기를 하던 당시뿐만 아니라, 이야기를 하고 있는 순간에도 여전히 존재한다. 넬리호 위에 있는 말로는 분명 불안해하고 있다.

이런 이유로 말로는 자신의 이야기의 흐름을 끊고 청중들에게 말을 건넨다. 이는 그가 다른 사람들이 자신의 이야기를 어떻게 받아들일지, 더 나아가 자신을 어떻게 생각하고 판단할지 걱정하고 있음을 반영한다. 그는 우리의 신뢰를 원하고 있다.

"있잖아, 나는 진짜 거짓말을 혐오해 정말 소름끼친다고. 거짓말에는 죽음의 흔적이랄까, 피할 수 없는 죽음의 맛이 있어. 이게 바로 내가 싫어하는 이유지. 정말 생각하고 싶지 않아. 마치 썩은 걸 입에 넣은 것처럼 괴롭고 구역질나거든."

말로가 자신의 이야기를 그만두고 한 발짝 물러난 것은 어찌 보면 당연하다. 이를 통해 말로는 불안한 순간을 안정시키고자 했으며 아직 시작조차 하지 않은, '믿기 힘든 실제 이야기'를 전달하는 것의 어려움을 호소한다. 왜냐하면 이 이야기는 마치 꿈처럼 진행되고 '거짓말에 가까운' 것이기 때문이다. "아니, 불가능해. 진리나 의미를 만들어나가는 어떤 존재의 한 부분에 대해 그의 삶이나 느낌, 그 미묘하면서도 한가운데를 관통하는 정수를 제대로 전달하는 것은 불가능해. 불가능하다고. 우리는 살고 꿈을 꾸지. 혼자서 말이야."

이러한 맥락에서 말로가 이야기하는 자신의 여정은 충족할 수 없는 것을 약속하는 꿈과도 같다. 그럼에도 불구하고 어둠 속에서 말로로부터 분리되어 나온 그의 목소리를 통해 '무거운 강가의 밤공기 속에서 사람의 입술을 통하지 않고 저절로 만들어지는 이 이야기'는 우리에게 영감을 준다. 이제 우리는 그의 언어와 커츠를 따라 아프리카의 중심부로 들어가게 된다. 말로가 이 시점에서 '적당량의 대갈못'이라는, 붙들 수 있는 견고한 무언가를 원하는 것은 자연스럽다. 현재 말로를 지탱해주고 있는 것은 그가 기대고 있는 '하찮은 배'인데, 이 배는 단순히 말로가 앞으로 항해할 배가 아니라 그가 직접 수리한 노력의 산물이다. 그리고 말로에게 의미 있는 것은 눈앞에 있는 헌신의 상징이다. 지금 말로는 자신이 작업에 착수하지 않았더라면 그저 고장 난 고철덩어리에 지나지 않았을 배를 보며 '애정'을 느낀다. 말로는 자신의 작업이 이 배에 다시금 생명을 불어넣어주었다는 것을 알고 있다. 말로가 찾아 나서겠다고 결심한 커츠의 작업이 말로에게 그러하다. "그저 모종의 도덕적 이념으로 무장하고 그곳에 왔다는 그가 도대체 어떻게 최고의 자리로 올라가게 될 것인지, 그리고 그런 자리로 올라가게 되면 자기의 과업에 어떤 자세로 임할 것인지가 궁금했을 뿐이야."

말로의 서사가 지배할 수 없는 것

비록 말로는 커츠가 하는 일에 대해 생각하고 있기는 하지만 커츠라는 이름 외에는 들은 바가 없다. 말로가 커츠에 대해 처음 제대로 알게 되는 것은 엘도라도 답사 탐험대의 대표로서 중앙 주재소에 막 도착한 그의 삼촌과 과장의 대화를 통해서이다. 그들은 말로가 듣고 있다는 것을 알지 못한 채 커츠의 야망과 태도에 대해 이야기하면서 그를 무너뜨릴 음모를 꾸민다. 말로는 당시 그 음모를 제대로 이해하지 못하지만, 그래도 그는 이 대화를 엿들으면서 커츠를 처음 본 듯한 느낌을 받는다. 이런 의미에서 커츠는 이제 말로에게 단순히 이름이 아니라 상상을 통해 구현된 인물로서 보다 구체적으로 다가온다. '잠깐이지만 뚜렷하게 보였다. 통나무배와 노 젓는 네 명의 야만인들, 그리고 한 사람의 백인. 그는 갑자기 본부로부터, 구제의 가능성으로부터, 심지어는 집에 대한 그리움으로부터 등을 돌린다. 그리고 저 깊은 황야로, 그의 공허하고 적막한 주재소로 고개를 돌린다. 나는 그가 무슨 생각을 하는지, 어떤 의도를 갖고 있는지 알 수 없다. 어쩌면 그는 그저 일

그 자체를 위해 일을 고수하고 있는 건지도 모른다.' 말로가 상상한 커츠의 이미지는 모험을 향한 말로의 어릴 적 꿈이라든가 일 자체에 대한 숭고한 열정이라는 환상으로 점철되어 있어서, 말로의 순수함을 상기시킨다. 말로와 마찬가지로 우리는 커츠의 의도를 알지 못한다. 말로를 끌어당기는 것은 어린 시절의 꿈인가? 아니면 일 자체의 숭고함인가? 아니면 혹시 '저 깊은 황야'가 아닐까? 말로를 움직이게 하는 것은 커츠를 향한 그의 환상이다. 그가 상상해낸 커츠의 이미지야말로 말로를 사로잡는 것이다. 이제 커츠라는 인물의 이미지는 말로가 엿들은 언어를 통해 주조된 꿈과도 같은 산물이다. 커츠라는 인물이야말로 말로에게 목표와 방향성을 제시해주고, 그가 갖고 있던 공허한 방황을 해소시켜주는 꿈인 것이다. 우리는 커츠를 따라가는 말로를 따라 '태곳적으로 돌아가는 강'을 타고서, 말로의 이야기를 가능하게 하는 그의 분신과도 같은 존재인 커츠를 만나러 올라간다.

말로는 애정을 담아 수리한 배가 침몰하지 않도록 애쓰면서 일찍이 커츠가 경험했을 중앙 주재소부터 내륙 주재소까지의 여정을 반복한다. 과장, 지팡이를 든 순례자들, 그리고 흑인 노동자들은 '상아'에 대한 욕심으로 승선한 반면, 말로는 단 하나의 목표만을 생각하고 있다. 그가 항해하는 배는 '오로지 커츠만을 향해 나아가고' 있었다. 그리고 이러한 목표는 배가 내륙 주재소에 가까워질수록 고조되기 시작한다. 이제 말로를 끌어당기는 것은 다른 사람들로부터 들은 커츠의 이름 따위가 아니다. 말로가 만나고 싶

조지프 콘래드의 《암흑의 핵심》

은 것은 '암흑의 핵심'이라는, 그의 이야기가 시작되기 전부터 존재한 원시적이고 섬뜩한 땅 저 깊숙한 곳에서 살고 있는 커츠이다. 이것이야말로 넬리호에서 말로가 고조된 언어를 통해 이야기하고자 하는, 이해할 수 없는 것에 대한 이해를 추구하는 행위다.

커츠의 내륙 주재소로부터 8마일 정도 떨어진 지점에서 배를 타고 있던 말로와 사람들은 안개 너머에서 태초를 알리는 자연의 외침과도 같은 '소란스럽고 음침한 비명 소리'를 듣게 된다. 이에 배 위의 승객들에게 안정감을 주는 것이라고는 일시적으로 닻을 내린 배뿐이었다. 애정(혹은 애정이라는 착각)으로 수리된 말로의 배야말로 그들이 가진 유일한 희망이었다. "세상 모든 것은…… 눈앞에서 사라져버렸다. 그 어떤 속삭임도, 그림자도 남기지 않은 채 안개에 쓸려나갔다."

배 위의 백인들은 공포를 느끼면서 자신들이 생각할 때 비인간적으로 폭주하는 흑인들을 향해 총구를 겨눈다. 반면 (아직 태고의 원시성原始性을 가진) 배 위의 흑인 식인종들은 '타고난 힘'을 통해 '오래된 굶주림을 달래줄 악행'에 대한 절제를 보인다. 여기에서 말로의 서술에 내포된 것은 우리를 사람으로 만드는 것이 서구 계몽주의나 진화가 아니라, 우리가 비인간적으로 여기는 것들이 그렇지 않을 수 있음을 인지할 때라는 것이다. 알고 보니 밀림에서 들려온 그 묘한 소란은 침략이나 경고를 위한 것이 아니라 '억눌리지 않은 통탄'의 소리였다. 그것은 '무한한 연민'을 불러일으킬 정도의, 피할 수 없는 상실에 대한 애도의 목소리였다.

이처럼 억눌리지 않은 통탄은 연민을 느끼게 하는 법이지만 당시 말로가 밀림을 향해 가졌던 감정은 사뭇 달랐다. 보다 많은 것을 이해하고 있는 넬리호 위의 말로는 당시 사건을 회상하면서 "극도의 슬픔도 결국은 폭력적으로 터져 나올 수 있다"고 말한다. 실제로 커츠의 주재소로부터 1.5마일 정도 떨어진 지점에서 나약한 '야만인'들은 꿋꿋하게 공격을 감행한다. 그들의 슬픔은 '막대기'와 '화살'로 표출되며, 마지막에 동원된 '뾰족하고 거대한 창'은 말로의 조타수를 찌르기에 이른다.

조타수의 죽음은 말로에게 밀림에서 들려오는 곡성만큼이나 심오한 사적인 슬픔을 불러일으킨다. "그는 소리도 내지 않고 팔 한 번 들지 못하고 근육 한 번 움찔거리지 못한 채 숨졌다." 이 같은 침묵 속에서 조타수는 마지막으로 말로를 쳐다보는데, 그 눈빛은 말로 자신이 느끼고 있는 슬픔과 연민을 반영한다. 말로는 이 순간을 결코 잊지 못한다. 마치 유한한 삶의 경계에서 들려오는 묘한 속삭임처럼 계속 남아 있는 것이다.

조타수의 죽음이 불러온 '치명적인 충격'으로 말로는 굳어버리고 잠시 동안이지만 본래의 목적에 대해 흔들리게 된다. 그의 죽음은 다른 죽음들에 대해서도 생각하게 하는데, 말로는 '커츠 역시 죽었을지도……'라며 커츠의 죽음까지 상상하게 된다. 여기에서 말로가 생각하고 있는 커츠는 회사의 이윤을 위해 '상아를 모으는 탁월한 능력을 지닌' 사람이 아니다. '혼란스럽게 하면서 동시에 빛을 밝혀주는, 가장 숭고하면서도 동시에 경멸할 만한, 맥동하는 빛 한 줄기거나 칠흑 같은 암흑의 핵심으로부터 나오는 부정한 흐름'과도 같은 유일무이한 존재다.

안절부절 못하는 말로는 "목소리, 목소리—그 여자조차도—지금—"이라며 환영을 보는 것처럼 말한다. 그리고 말로는 곧바로 이 묘한 목소리(와 이미지)를 지워버리려고 하는데, 그것은 마치 커츠를 찾아가는 이야기로부터 벗어나지 않으려는 말로의 노력처럼 보인다. 그러나 말로가 그 목소리를 잊고 그 부름으로부터 벗어나려고 한다 할지라도, '여자'의 목소리는 말로가 이야기하고자 하는 욕망과 관련이 있다. 그리고 이 순간, 말로는 커츠의 목소리를 직접 인용하기 시작한다. "너희들은 시체나 다름없는 커츠가 '내 약혼녀'라고 말하는 걸 들었어야 했어." 우리는 이 순간 처음으로 커츠의 목소리를 직접 듣게 되는 것이다.

커츠의 악몽, 말로의 악몽

말로는 '본래의 커츠'에 대해 말하면서 "모든 유럽이 커츠를 만드는 데 기여했다"라고 표현하는데, 이때 그가 강조하는 것은 국제야만문화근절협회를 위해 커츠가 쓴 보고서, 즉 그의 글쓰기다. 이 보고서의 말미에 적힌 '짐승 같은 것들을 전원 말살하라!'는 글은 자제력을 잃은 커츠의 면모를 고스란히 담고 있다.

커츠를 움직이는 것은 무시할 수 없는 존재가 되는 것에 대한 욕망이다. 실제로 커츠는 자신을 만나본 사람뿐 아니라 자신의 명성을 들어보기만 한 사람에게까지 지대한 영향을 미친다. 그리고 바로 이 지점이야말로 말로가 커츠에게 매료된 부분이다. 어떤 이들에게 커츠는 우상과도 같다. 마치 '상아'를 대하는 태도처럼 커츠는 '차마 표현할 수 없는 의식'을 통해 숭배되고 있다. 그런 의미에서 말로는 커츠를 잊을 수 없고, 또한 그를 잊고 싶어 하지 않는다. 뿐만 아니라 말로는 커츠가 자신에게 미친 영향을 우리에게 보여주고자 한다. 이는 커츠의 목숨이 예컨대 조타수의 목숨보다 더 중요하기 때문이 아니라 커츠가 '평범'하지 않았기에, 그리고 다른 사람들을 끌어당기고 있기 때문이다. 어쩌면 커츠는 인간이 언어적 존재의 한계점에 도달했을 때, 우리를 꿈의 감각으로 채워줄 수 있을지도 모른다.

내륙 주재소 지역에 도착한 말로는 망원경을 통해 '수레바퀴 같이 생긴 모자를 쓴 백인 남성'을 본다. 그의 우스꽝스러운 모습은 마치 '어릿광대'처럼 보이는데, 이는 자연스럽게 흐르는 서사 속에 익살극과도 같은 별나고도 믿기 힘든 차원이 내재하고 있음을 강조한다. 그런데 이 '어릿광대'가 부조리하게 느껴진다면, 그것은 어쩌면 그가 커츠의 끊임없는 말에 노출되어 있었기 때문인지도 모른다. 그는 커츠를 가까이에서 지켜보고 돌보았으며, 결국 커츠에게 매료되었다. 그렇게 그는 묻지도 따지지도 않고 커츠의 운명에 자기 자신을 바치도록 결정한 것이다. 그는 우스꽝스러운 광대인 동시에 신자信者라고 할 수 있다. 그는 커츠가 자신의 정신을 확장시켰으며 자신을 채워주었다고 주장하지만, 어쩌면 그는 처음부터 공허함을 느끼고 있었던 것인지도 모른다. 그런데 커츠

조지프 콘래드의 《암흑의 핵심》

역시 결핍이 있었을 수도 있다. 그의 마음 속 깊은 곳에 자리 잡은 공허함이야말로 그의 절제되지 않은 욕망을 꿈틀대게 하여, 사람들이 그에게 빠져들도록 한 것이 아닐까.

우리는 드디어 말로의 망원경을 통해 커츠를 보게 되는데, 그 모습은 마치 저 멀리 나타난 유령 혹은 '낡은 상아를 깎아 만든 죽음의 형상' 같다. 그런데 멀리서 본 커츠의 모습이 죽음 혹은 상아와 연결된 것과 달리, 가까이에서 만난 커츠는 아주 인간적이다. 예컨대 커츠는 "정말 기쁘다"며 따뜻한 말로 말로를 맞이한다. 그는 말로가 올 것을 알고 있었고, 또 기대하고 있었던 듯하다. 말로는 과장과 같이 믿을 수 없는 사람들과 다르기 때문이다. 다음 순간, '설명할 수 없는 야만적 슬픔'으로 가득 찬 커츠의 정부情婦가 모습을 드러낸다. 커츠가 매료된 모든 것들의 상징인 그녀는 마치 '미지의 생명과 비옥함'을 담고 있는 듯하다. 그리고 그녀는 자신의 시작과 끝의 원천인 '거대한' 땅으로 선명한 환상처럼 이내 사라진다.

우리는 배 위 커튼 뒤에서 커츠와 과장의 목소리를 엿듣게 된다. 커츠는 몸이 많이 좋지 않은 상태로 황야를 떠나야만 했다. 그런데 이때 커츠는 "날 구하겠다고! 상아를 구하겠다는 거겠지. 설마, 나를 구한다니! 내가 당신을 구원해야 할 것 같은데"라며 과장에게 소리 지르기 시작한다. 말로는 그 순간 과장이 커츠를 제거하려고 음모를 꾸며왔음을 알아차린다. 커츠가 '미쳐버렸다'고 한다면 과장은 남을 속이는 '통통한 악마'이며, 커츠가 절제와 판단력이 부족하다고 한다면 과장은 관료주의적·방침의 산물이다. 만약 커츠의 꿈이 '말 못할 비밀들'이 가득한 악몽으로 변해버린 거라면 과장은 부도덕한 판결을 내리는, 처음부터 거짓으로 점철된 악몽 그 자체라 할 수 있다. 이 대화로 인해 불안해진 말로는 과장이 아닌 커츠에게서 안정을 찾는다. 이때 말로가 의지하는 커츠는 '죽은 것과 다름없는' 그의 몸이 아니라 '눈에 보이지 않는 부패함'을 겪으며 자기 자신을 성찰하는 그의 정신이다. 말로가 추구하는 것은 우리가 추구하는 것이자 동시에 두려워하는 것이다. 알지 못하는 것에 대한 끌림이자 동시에 살기 위해서는 물러날 수밖에 없는 무언가다.

그런데 말로는 분명 커츠에게 매료되지만 그를 우상화하지는 않는다. 앞서 커츠로 자기 자신을 가득 채운 어릿광대와는 다르게, 황야 안에서 말로가 느끼는 고독은 온전히 말로 자신의 것이다. 비록 말로가 커츠가 겪은 것들을 알고 싶어 한다 할지라도 그는 커츠와는 다른 사람이다. 그런 의미에서 말로가 선택한 것은 커츠라기보다는 황야 그 자체라고 할 수 있다. "나는 커츠가 아닌 황야에 의지했다." 그렇다면 말로의 서사가 하는 일은 명백하다. 그의 이야기는 우리로 하여금 말로가 경험한 대로 커츠의 경험의 문턱까지 데려다주지만 딱 거기까지이다. 말로의 이야기를 통해 커츠를 경험하는 독자들은 말로가 그랬던 것처럼 한 걸음 물러나서 그를 바라보게 될 것이다.

말로는 커츠라는 악몽을 선택했다고도 볼 수 있지만 그것이 전

조지프 콘래드의 《암흑의 핵심》

부는 아니다. 우리는 악몽이나 운명을 선택할 수 없으며 악몽과 운명 역시 우리를 선택할 수 없다. 아마 말로 역시 이러한 생각을 하고 있을 것이다. 말로는 이야기의 흐름을 끊으면서까지 "나는 커츠를 배신하지 않았다. 나는 절대로 그를 배신해서는 안 된다고 정해져 있었다. 내가 선택한 악몽에 충실하도록 쓰여 있었다"라고 하는데, 이는 아주 묘한 대목이다.

우리는 여태껏 말로가 '오로지' 커츠만을 향해 헌신하기로 마음먹고 그 목적과 방향에 따라 행동했다고 추정해왔다. 그는 지금 이 순간 우리에게 그 헌신을 계속 믿어달라고 재차 확인하고 있는 것일까? 그는 운명의 장난에 따라 의리를 지킬 수밖에 없는 상황을 말하면서, 자신이 선택한 헌신이 요구하는 대가를 모두 지불할 것이라고 말하는 것일까? 그렇다면 말로는 우리의 존경심을 받아야 마땅할 것이다. 왜냐하면 말로는 그의 운명과 일체가 됨으로써, 운명이 자신을 만들어내는 만큼 자신도 운명을 만들어가고 있기 때문이다. 이것이야말로 말로의 유일무이한 업적이라고 할 수 있다.

"내가 선택한 악몽에 충실하도록 쓰여 있었다"거나, "나는 절대로 그를 배신해서는 안 된다고 정해져 있었다"라는 표현은 인상적이다. 이는 성서 같기도 하고 그리스 신화에 나오는 운명 같기도 하며, 그 결과 큰 대가를 치러야 할지도 모르는 위대한 이상이나 영웅적 서사를 상기시키기도 한다. 그렇다면 도대체 언제 이런 것들이 정해지게 된 것일까? 그리고 누가, 어디에서 '쓴' 것일까?

우리가 여기에서 떠올릴 수 있는 것은 브뤼셀에 있는 본사 사무실의 문턱에서 마치 순례자들의 운명을 짜듯 뜨개질을 하던 두 여인과 계약서에 서명하면서 '불길한 분위기'에 불안해하던 말로의 모습이다. 말로는 이미 그 순간부터 자신이 음모에 연루되었다고 느끼며 "죽을 사람이 그대에게 인사드립니다"라고 표현하지 않았던가.

개입하는 이야기를 통한 말로의 서사 윤리

황야의 끝에서 '네 발로 기어가는' 커츠는 '완전히 가망이 없는' 상태다. 그는 죽을 만큼 몸과 마음이 병든 채 퇴화하고 광기에 사로잡혀 땅을 발로 차댔다. 그런 커츠의 나약함에, 혹은 마지막 발버둥에 말로는 답한다. 말로는 커츠의 상태가 돌이킬 수 없다는 것을 알면서도 그를 처음으로 직접 대면했을 때 인간적이었던 커츠의 모습을 떠올린다. 여전히 커츠에게 사로잡혀 있는 말로는 이제 그와 나약함을 공유하며 '친밀감'을 느끼고 '거짓말에 가까운 무언가'로라도 그를 위로해주고 싶어 한다. "어찌되었든 유럽에서의 당신의 성공은 보장된 것"이라고 말하는 것처럼 말이다. 지금까지의 서사가 말로를 아들로, 커츠를 아버지로 두어 아들이 아버지를 찾는 구조였다고 한다면, 이제 말로는 뼈밖에 안 남은 팔로 자신의 목을 감은 커츠를 부축한다. 황야의 끝에서 단둘이 있게 된 커츠와 말로는 '부정한 방식'을 공유한 동료 관계이다. 아니, '방식'이라고 할 것도 없다. 그들은 평범하고 일상적인 관습적 존재들, 과장과 벽돌 제조업자 같은 '악취 나는 바보들', 그리고 커츠와 말로를 그저 사망자로 '셈할' 뿐인 관료들을 초월한 존재일 뿐이다.

　세계의 끝에서 말로는 커츠의 목소리를 들으며 타자의 이야기를 들어야 한다는 윤리적인 요구를 이행한다. '본래의 커츠'와 '속 빈 가짜'라는 애매모호하고 복잡한 커츠는 '보이지 않는 황야'와 '엄청난 어둠'을 겪은 존재로, 말로가 직접적으로 알 수는 없지만 커츠의 이야기를 통해 흐릿한 안개 사이로 꿈을 꾸듯 엿볼 수 있다. 우리는 지금까지 커츠의 이야기를 들은 것이 아니라, 커츠의 여정을 그리고 있는 말로의 이야기를 듣고 있었음을 상기해보자. 만약 커츠의 이야기 안에 말로가 있다고 한다면, 같은 논리로 우리 안에는 말로의 이야기가 자리 잡고 있다. 우리를 결속시키는 것, 그리고 우리에게 응답하도록 요구하는 것은 그 남자의 이름이나 그 이름 안의 인물이 아니라, '완전히 가망이 없는' 느낌을 불러일으키는 '무한한 연민'이라는 친밀감과 유대감일 것이다. 우리를 하나로 만드는 것은 바로 이야기를 관통하는 어떤 욕망이다.

　커츠는 조타실에서 '보이지 않는 황야'로부터 단절된 채 임종을 준비한다. 커츠는 말로에게 자신이 "어둠 속에 누워 죽음을 기다리고 있다"고 말한다. 이때, 말로는 공포로 인해 변해가는 커츠의 얼굴에 흥미를 느낀다. 그 모습은 마치 커츠의 인생이 한순간 주마등처럼 스쳐 지나가면서 '완전한 지식에 이른 위대한 순간'에 도달한 것처럼 보인다. 말로는 "지금 커츠는 혹시 자신의 인생을 다시 살고 있는 건 아닐까? 모든 욕망, 유혹, 그리고 완전한 지식에 이른 위대한 순간에 항복하기까지, 상세하게……"라며 질문을 던진다. 이는 자기 자신을 향한 질문이기도 하다. 그의 이야기는 말로 자신과 우리를 향해 질문을 던진다.

그리고 우리는 말로의 이야기를 통해 시대를 초월해 지금까지도 유명한 커츠의 마지막 말을 듣는다. '한숨 그 이상도 아닌', 그리고 그 이하도 아닌 외침, 혹은 수수께끼의 속삭임과 같은 한마디를 말이다. "끔찍하다! 끔찍해."

우리는 커츠가 도대체 무슨 뜻으로 그런 말을 했는지, 그리고 말로가 그 순간 어떤 경험을 했는지 알 길이 없다. 우리가 이야기할 수 있는 것은 이 수수께끼가 이후에 어떤 영향을 미치고 있는지, 어떻게 반복되고 있는지, 그리고 어떻게 말로와 우리를 괴롭히고 있는지에 대해서일 것이다. "여기에서 그나마 얻을 수 있는 것은 자기 자신에 대한 지식 정도인데, 그마저도 너무 늦게 알게 되어 영원히 후회하게 되는 것이다."

비록 커츠는 말로가 '선택한 악몽'이지만, 중요한 것은 말로가 커츠와는 다르다는 점이다. 커츠와 달리 말로는 정신을 단단히 붙잡는다. "사실이다…… 커츠는 미쳐버렸지만 나는 다시금 광기의 경계로부터 주저하는 걸음으로 돌아오도록 허락받았다. 이 한 끗 차이가 어쩌면 엄청난 것인지도 모른다."

말로는 회사와의 계약상의 의무를 이행하기 위해 '다시 묘지와도 같은 도시'로 돌아오는데, 커츠와의 일로 괴로워하는 말로는 아무렇지도 않게 마음대로 지껄이는 과장이나 다른 중개인을 향해 분개한다. 그리고 회사의 대표가 말로에게 커츠로부터 받은 서류를 요구하자, 그는 커츠가 썼던 국제야만문화근절협회 보고서를 제출한다. 그런데 말로는 보고서 말미의 '짐승 같은 것들을 진원 말살하라!'는 부분을 찢어내어 그의 명성에 흠이 가지 않도록 한다. 또한 말로는 커츠의 사적인 편지 역시, "상업 행정과는 관련이 없다"라며 회사에 제출하기를 거부한다. 이것이 만약 또 다른 '거짓말에 가까운 무언가'라고 한다면, 이는 어찌되었든 회사에 묶인 계약과 커츠 모두에게 충성하는 방식일 것이다.

말로는 마지막으로 커츠의 약혼녀를 찾아가는데, 그 이유를 말해주지는 않는다. "모르겠다…… 왠지 이유는 알 수 없지만. 그녀를 찾아갔다." 말로는 그 '여자'에 대해 생각하는 것만으로도 말을 더듬는다. 어쨌든 이제 그녀는 그의 이야기의 일부가 된다. 우리는 앞서 말로가 전한 커츠의 첫 대사가 '약혼녀'라는 것을 알고 있다. "너희들은 시체나 다름없는 커츠가 '내 약혼녀'라고 말하는 걸 들었어야 했어." 이 '약혼녀'의 존재는 이야기가 시작될 때부터 말로를 괴롭혀 왔으며, 아무래도 그녀 없이 이야기를 마무리 짓는 것은 불가능한 모양이다.

말로는 커츠가 애초에 아프리카 오지로 가게 된 이유가 약혼녀 때문일 것이라고 짐작한다. "나는 당시 두 사람의 약혼에 대해 사람들이 축복해주지 않았다고 들었다. 그가 재산이 많지 않았다나 뭐라나……. 그는 상대적 박탈감으로 인한 초조함 때문에 떠났던 것으로 보인다." 커츠를 움직인 것은 사랑이었을까? 그녀를 향한 욕망이 상아에 대한 욕망으로 대체되었던 것일까? 우리는 그저 추측할 수밖에 없다. 그런데 여기에서 알 수 있는 것은 커츠의 여정이 단순히 회사와의 계약을 기점으로 시작된 것이 아니라, 이 약혼녀와의 관계로 거슬러 올라간다는 점이다. 그리고 이것이야 말로 넬리호 위에서 말로가 지금 이 순간 약혼녀 이야기를 꼭 해야 하는 이유이기도 하다. 이러한 맥락에서 볼 때 그녀는 말로가 마지막까지 아껴두었던 이야기의 시작점이자, 채워지지 않은 커츠의 욕망의 주어와 술어이다. 그리고 말로는 그녀를 만났고, 현재 그것에 대해 이야기함으로써 그 욕망을 채우고자 한다.

약혼녀의 집 문지방을 건너는 순간, 말로는 황야에서의 기억과 환영에 시달리면서 "끔찍하다! 끔찍해"라는 환청을 듣는다. 이는 마치 약혼녀의 슬픔에 커츠의 죽음이 오버랩되는 듯한 느낌을 준다. "나는 그와 그녀를 동시에 보았다. 그의 죽음과 그녀의 슬픔을 말이다. 나는 그의 죽음의 순간에 그녀의 슬픔을 보았다"라며, 말로는 우리에게 "이해되는가?"라고 묻는다. 그리고 그는 우리에게 집중할 것을, 반성할 것을, 자기 자신에게 의문을 가질 것을 요구한다.

말로는 커츠에게 매료되었던 것처럼 커츠의 약혼녀에게 사로잡힌다. 그는 커츠와의 친밀감에 대해서 이야기한다. 이때 그는 아마 '완전히 가망이 없는' 상태였던 커츠의 모습, 잠시나마 함께 나약함을 공유했던 시간, 그리고 커츠의 또 다른 약혼녀처럼 보이

조지프 콘래드의 《암흑의 핵심》

는 아프리카 여성과 그의 죽음을 애도하는 다른 사람들을 생각하고 있을 것이다. '그곳에서 친밀감이란 아주 빨리 생기는 법'이라며 말로는 자신이 '한 인간이 다른 사람을 알 수 있는 최대한까지' 커츠를 잘 알았다고 말한다. 이에 커츠의 약혼녀는 '그를 제일 잘 알았던 사람은 나'라며 일견 자기중심적으로 반응한다. 그리고 그녀는 자신이 커츠에 대해 믿는 모든 것들, 즉 그의 삶이 빛과 선함으로 가득 차 있었으며, 그녀를 필요로 했다는 점이 사실임을 확신시켜주기를 바란다. "그는 날 필요로 했어! 나를 말이야!" 그러나 그녀는 또한 극한의 슬픔을 느끼면서, '살기 위해 붙들 수 있는 무언가'를, 정신적 지주로 삼을 수 있는 무언가를 간절하게 바라고 있기도 하다. 우리는 여기에서 그녀 역시 완전히 가망이 없는 상태 직전까지 가 있음을 알 수 있다.

말로는 아주 까다롭고도 견딜 수 없는 상황에 놓여 있다. 말로는 그녀의 이기주의와 환상에 울컥하지만, 이내 '무한한 연민의 감정'이 그의 화를 누그러뜨린다. 이 연민은 억제되지 않은, 일반적인 한계를 넘어선 것으로 사회적으로 적절한 태도나 관습적으로 흔히 받아들여지는 감정을 초월한다. 이것은 마치 아프리카에 있던 커츠의 정부가 표출한 울부짖음의 또 다른 모습과도 같으며, 동일한 논리로 커츠의 제어되지 않은 태도가 말로에게 투영된 것 같은 장면이다.

말로는 지금까지 그래왔던 것처럼 물러날 수 있었을 것이다. 그는 약혼녀에게 더 이상 아무 말도 해줄 수가 없다. 그럼에도 불구하고 말로는 약혼녀의 슬픔을 그대로 두지 않은 채 떨면서 "그의 마지막 말을 들었다"고 무심결에 말해버린다. 그리고 곧바로 그는 '무한한 연민'이 자신을 어디까지 끌고갈지 공포를 느끼며 입을 다문다. 그는 진퇴양난의 상황에 놓인 것이다. 커츠에게 충직하기 위해서 말로는 그가 실제로 했던, 그리고 지금까지도 지속적으로 속삭이고 있는 "끔찍하다! 끔찍해"라는 말을 알려줘야 한다. 그런데 말로는 차마 그 말을 슬픔에 가득 차 있는, '무한한 연민'을 불러일으키는 그녀에게 전할 수가 없다. 이러한 점으로 미루어볼 때 말로는 역시 커츠와는 다르다. 마음을 가다듬은 말로는 "그가 마지막으로 한 말은 당신의 이름"이라며, 미래에 대한 약속, 가능성, 그리고 죽음이 아닌 삶이라는 선물을 전달한다. 그가 말한 서사적 선물은 '거짓말에 가까운 무언가'가 아니라 완벽한 거짓이자, 픽션이다. 그러나 이 거짓은 공유된 나약함을 통해 '현실'이 마치 꿈인 것처럼 이야기하는 유한한 존재의 흔적이다.

말로는 커츠의 약혼녀와의 대화에서 커츠에게 충직하지 않았는지도 모르지만, 결과적으로는 그녀를 살린 셈이다. 그렇다면 말로는 커츠를 배반한 것일까? 그때는 맞고 지금은 틀리다. 그는 넬리호 위의 사람들, 그리고 독자인 우리에게 커츠의 이야기를 하면서, 커츠가 느낀 악몽과 '끔찍함'뿐만 아니라 자신이 약혼녀에게 한 거짓말이자 그녀를 살게 한 꿈을 공개한다. 이로써 우리는 그렇게 유지된 삶이 허상인지 실체 없는 속임수인지에 대해 판단할 수 없다 할지라도, 질문을 던져볼 수 있는 상황에 놓인다. 이는 말로가 앞서 이야기한 바 있는 '자신이 선택한 악몽'만큼이나 실제적이다. 삶이란 곧 우리가 이야기할 수 없거나 알 수 없는 경험의 문턱에서 머뭇거리는 것, 즉 꿈과 악몽으로 이루어진 것이다.

우리는 지금까지 거의 잊혀진 익명의 서술자를 통해서 말로의 이야기를 들었다. 우리는 이야기를 들어야 한다는 윤리적 요구에 따라 말로의 이야기를 들었다. 이야기되는 리듬에 맞춰 말로의 경험을 함께 경험하고, 그의 이야기가 보여주는 것과 숨기는 것, 그리고 넘치는 욕망과 완전히 가망이 없는 상태를 목격했던 것이다. 우리는 이를 통해 '칠흑 같은 암흑의 핵심으로' 삶이 확장되는 것을 엿볼 수 있을지 모른다. 말로의 여정을 함께 겪은 우리는 광기의 선을 넘을 필요 없이 꿈과 악몽으로 점철된, 우리가 언어를 통해 겪은 애매모호하고 복잡하며 유한한 세계로 주저하며 돌아오면 된다. 여기에서 우리는 스스로를 정의하는 각자의 여정을 찾아볼 수 있을 것이다. 각자의 한 끗 차이가 어쩌면 엄청난 것인지도 모른다.

제6장
어니스트 헤밍웨이의 《노인과 바다》

패배하지 않는
인간의 이야기

The Risk of Reading

내러티브, 하나의 거대한 물고기

어니스트 헤밍웨이Ernest Hemingway의 《노인과 바다The Old Man and the Sea》를 읽는 우리는 밧줄의 매듭처럼 내러티브 언어에 접근한다. 독자인 우리는 거대한 물고기와 씨름하며 고결하고 경이로운 청새치를 잡기 위해 고군분투하는 어부와 같다. 깔끔한 문체는 독자를 그 모험의 생생한 긴장감으로 끌어들이는 우아한 간결성을 창조해낸다. 화자는 우리에게 산티아고를 따를 것을 요구한다. 화자에게 사로잡힌 우리에게 다른 방도란 없다. 우리는 화자의 말을 따라 우리 자신의 내면 깊은 곳으로 끌려간다.

작품의 서두에서부터 우리는 산티아고가 84일간 작은 배에서 '고기를 잡지 못한 채' 낚시를 하고 있다는 것을 알게 된다. 마놀린이라는 이름의 한 소년이 첫 40일간은 노인과 함께했으나, 소년의 부모는 그 노인이 최악의 불운을 뜻하는 '살라오salao'라며 아들을 배에서 내리게 한다. 산티아고가 작은 배를 타고 항해하는 모습조차 '마치 영원한 패배를 뜻하는 깃발처럼' 묘사된다. 그러나 후에 화자는 독자에게 '인간은 파괴될지언정 패배하지는 않는다'고 상기시킨다. '슬픈' 상황들에도 불구하고 산티아고는 매일 바다로 나간다. 그의 인내는 거의 영웅적으로 보인다. 남들 눈에 그가 불운한 것으로 보일지라도 그의 눈은 '활기차고 굴하지 않는' 모습을 보인다.

소년은 노인을 사랑한다. 그는 노인을 믿고 있으며, 노인이 과거에 인내하여 끝끝내 승리해낸 일들을 상기시킨다. "할아버지가 87일간 고기를 한 마리도 잡지 못하고 나서 3주간 연속으로 큰 놈들을 잡았던 일을 기억해요."'별 믿음을 가지고 있지 않은' 다른 사람들과 달리, 산티아고와 마놀린은 당장은 눈앞에 보이지 않을지라도 믿음이 있다. 그들은 신뢰와 협력을 통해 서로 연결되어 경험과 기억을 공유하는 어부이다. 소년은 노인의 희망과 자신감, 겸손과 진정한 자긍심을 북돋아주며 말한다. "난 할아버지와 처음 바다로 나가던 때부터 모든 것을 기억해요."

경험 많은 숙련된 어부 산티아고는 고기 잡는 도구를 다루는 방법뿐만 아니라 자신의 운명과 헌신에 대한 의식을 잘 알고 있다. 쿠바의 한 어촌에 사는 어부인 그는 다른 사람들과 비슷해 보일 수도 있지만 남다른 면도 있다. "나는 이상한 늙은 노인네야"라고 스스로 인정한다. 화자가 이야기를 전개할 때 드러나는 노인의 특이성, 그 차이와 이상함이 바로 우리가 주목해야 할 부분이다.

소년은 노인을 돕고, 노인은 소년을 돕는다. 그들은 함께 일하고 자신들이 공유하는 '이야기들'을 인지하고 있다. 이야기를 지어내는 행위는 보이지 않는, 물질적인 것 내부로 더욱 깊숙이 들어가는 의식이다. "배 안에는 그물망이 없었고 소년은 그들이 그물망을 팔던 때를 기억했다. 그러나 그들은 이 이야기를 매일 이어갔다." 매일매일은 자연의 경건함으로 결속된 새로운 나날들이다.

믿음과 다짐—예컨대 미국 메이저리그 야구팀에 관하여 타이거스Tigers나 인디언스Indians, 더 레즈the Reds, 화이트 삭스White Sox에 대한 두려움보다는 양키스Yankees와 위대한 선수 조 디마지오 Joe DiMaggio에 대한 믿음을 가지는 것처럼—은 자신감을 주고 자신을 자신이게 하는 내면과 고유한 운명을 발견할 수 있는 영감을 불러일으킨다. 이제 '커다란 고기가 돌아오고' 선수들이 도전장을 내미는 9월이 되었으며 산티아고와 디마지오 역시 각자의 방식으로 변화를 꾀한다. 소년은 노인을 가리켜 "세상에는 많은 어부가 있고 그중에는 대단한 어부도 많아요. 하지만 (여기에는) 당신만이 존재해요"라고 말한다. 이때 '당신만'이라는 말은 독자인 우리 각자에게도 적용된다.

처음에 우리는 자연을 배경으로 산티아고를 뼛속까지 '이상한' 노인으로 보이게 한 많은 묘사들에서 아이러니를 발견할지 모른다. 상처 입고 지쳐 그의 육신은 결국 죽음의 흐름을 타고 파괴될 것이다. 지금 이 순간에도 그의 눈은 감겨 있다. 그의 '얼굴에는 생명이 보이지 않았'지만, 그가 아프리카에 대한 꿈을 꿀 때 그의 감각은 살아난다. 그는 파도가 포효하는 소리를 듣는다. 그는 원주민들의 배가 그 파도를 뚫고 나가는 것을 본다. 그는 갑판의 타르와 뱃밥의 냄새를 맡고 아침에 대지에서 불어오는 미풍을 느낀다. 그는 해변을 따라 뛰노는 사자를 느낀다.

이러한 체현된 경험들은 대부분의 다른 이들에게 보이지 않는 형태로 남아 있다. 그러나 마놀린은 산티아고에 대한 믿음을 통해 그것을 상상하고, 노인의 여정이 펼쳐짐에 따라 화자가 낚은 독자인 우리도 그의 언어를 통해 그 속을 살펴보는 것을 허락받는다. 노인처럼, 혹은 해가 미처 뜨기도 전에 노인이 부드럽게 깨운 소년처럼, 독자인 우리 역시 어둠을 뚫고 새로운 아침이 불러올 보이지 않는 이상한 전투를 예상하며 그의 보이지 않는 이상한 이야기에 동참한다. 소년이 말하듯, 그것은 '인간이 해야 할 일'이다. 노인(과 우리들)을 움직이게 하는 것은 '육지의 냄새'가 아닌 '바다의 냄새'인 것이다.

어부와 '바다의 냄새'가 가지는 관계는 독자와 이 소설 내러티브의 리듬이 가지는 관계, 혹은 산티아고와 (사람들이 바다에 대한 애정을 담아 부르는 스페인어인) '라 마르la mar'가 가지는 관계와 비슷하다. 우리가 이 독특하고 이상한 어부와 함께 육지에서 바다로, 다른 배들이 감히 가지 못한 먼 곳까지 떠날 때, 독자인 우리는 유한한 생이 가지는 불가해한 비밀을 엿볼 수 있다. 대자연 속에 산티아고가 홀로 하나의 예시로서 나타내는 보이지 않는 사랑과 죽음의 리듬을 엿볼 수 있는 것이다. 산티아고와 마찬가지로 우리는 자신의 이야기의 화자로서 '나'와 다르지 않은 '너'의 존재를 찾아 나선다. 여행이 끝나는 순간까지 결코 온전히 인식되거나 설명할 수 없는 유한한 정체성이 속한 비밀스러운 차원을 찾아 나선다는 말이다.

산티아고와 같이 행운의 날이 존재한다고 믿지만 당신에게 그 가능성에 대해서는 아무런 권한이 없을 때, 작품에서 나오듯 '매일 매일은 새로운 날'이다. 당신은 '적임자'로서 숙련되고 준비되고 모든 장비를 능숙하게 다루면서도 여전히 최고로 불운한 '살라오'일 수 있다. '틀에 박히지 않은' 가장 먼 여정을 떠날 때 당신은 준비되지 않은 상황, 예상치 못한 일련의 사건들과 불가피하게 마주할 것이고, 그 경험은 당신을 형성하는 중요한 요소가 될 것이다. 그리고 준비되지 않았기에 그 경험은 당신을 파괴할 것이다. 그러나 당신이 허락하지 않는 한 그 경험이 당신을 좌절시킬 수는 없다.

"당신만이 존재해요"라고 소년은 말했다. 산티아고가 소년에게 말했듯, 두려움 대신 신념을 가진다면 당신은 파괴될지언정 패배하지 않는다. 우리는 각자의 방식으로 각자의 이야기를 통해 이 진실을 추구한다. 이러한 추구는 위험을 감수해야 하는 것이지만, 이야기는 우리로 하여금 (이야기에) 갈고리를 걸고 고군분투하여 그 고유의 의미를 펼쳐내기를 요구한다. 산티아고의 여정은 또한 우리의 여정이다.

어니스트 헤밍웨이의 《노인과 바다》

홀로, 그러나 같이

소년 없이 혼자 바다로 떠나는 산티아고의 작은 배에 탄 채 우리는 도움을 줄 동료나 이야기를 나눌 동행 없이 철저히 자신만의 외로움과 걱정을 마주하는 것의 의미를 경험한다. 이 여정을 홀로 떠난다는 사실은 개별적 존재로서 자신을 알고, 대자연 속에서 고유한 존재로서 혼자 무엇을 할 수 있는지를 알기 위해 중요하다.

독자인 우리는 자연을 다양성이 넘쳐나는 장소이자, 노인이 그러했듯 내면의 신성한 공명을 들을 수 있는 곳으로서 경험한다. 거북이의 심장은 우리와 닮았고, 새들은 미끼로 쓸 참치의 위치를 알려주며, 그들은 모두 닮은 모습으로 서로에게 경의를 표한다. 우주 안에서 그들은 모두 연결되어 있지만 각각은 고유한 경이와 목적을 가지고 있다. 산티아고가 그러했듯 우리는 이 모두를 경험한다.

홀로 이 모든 여정을 겪어내는 일의 개별성과 필연성에는 일종의 위엄이 서려 있다. 그러나 산티아고도 동행을 원하며, 소년이 함께 있었으면 하고 생각한다. 그는 바다 한가운데 있을 때조차 사회적 존재이자 고유한 존재, 언어를 사용하는 유한한 존재이다. 그는 소년과 함께 바다 위에서 '궂은 날씨에 폭풍에 갇혀' 있으면서 '밤에 어떻게 이야기를' 했는지, 어떻게 '자신의 생각을 여러 번 크게' 외쳤는지, 혼자 크게 소리 내어 회상한다. 그러면서 자연 속에서 인간이라는 존재가 얼마나 주변의 다른 생명체와 비슷하면서도 다른 복잡한 존재인지를 떠올린다. 그는 결국 자신이 떠나온 고향 마을로 다시 돌아가야만 한다.

독자인 우리는 산티아고가 그토록 쫓는 '커다란 녀석'이 정확히 무엇인지 궁금할 것이다. 의심의 여지없이 그는 어부로서 자신의 목표를 성취하기를 바란다. 유한한 존재로서 자신의 한계를 넘어 '그러기 위해 내가 태어난' 것을 이루고자 한다. 그는 단독자單獨者로서 자신을 다른 누구도 아닌 '자신으로' 만드는 것이 무엇인지 알고 싶어 한다. 헤밍웨이의 독자로서 우리는 이 고독한 여정이 다른 존재, 예컨대《킬리만자로의 눈The snows of Kilimanjaro》에서 소설가 해리가 죽기 전 주마등처럼 잠깐 본, 킬리만자로의 '눈 덮인 높은 곳'에서 얼어 죽은 표범이 그러했듯 미지의 무언가를 찾는 여정과 같다는 것을 안다. 그러나 산티아고는 그 이상의 것을 원한다. 그가 원하는 것은 해리가 죽기 직전 환상 속에서 언뜻 보게 되는 깨달음이나 킬리만자로의 꼭대기에 얼어 죽어 있는 표범의 시체를 넘어서는 것이다. 유한한 세계에서 그러한 깨달음은 다른 사람들에게는 미지의 것으로 남아 있다. 산티아고는 먼 바다에서 거대한 청새치를 잡으려 하지만, 그 여정이 다시 원래의 자리로 돌아가야 하는 것임을 안다. 그는 가능하다면 자신이 잡은 '꿈'을 가지고 마을의 다른 이들에게 돌아가려고 한다. 인간이 해낼 수 있다는 것을 다른 이들에게도 알리고자 하는 것이다.

"오늘은 85일째 날이고, 나는 오늘을 잘 낚아볼 것이다." 이날은 양키스가 결승전을 치르는 날이기도 하다. 디마지오가 양키스 팀을 이끌듯이 산티아고는 우리를 이끈다. 디마지오가 그날 젖 먹던 힘을 다해 고통을 이겨냈듯, 산티아고 역시 그렇다. 디마지오 는 내면의 믿음에 의해 움직이고 산티아고는 어부로서의 기술을 (특히 다음 세대에게) 남긴다. 디마지오는 자신과 타인을 위해 일하 고, 방식은 다르지만 산티아고 역시 그렇다. 산티아고는 85일째 되는 날 거대한 청새치를 잡는다. 운명의 날이다.

거대한 물고기를 잡던 날, 산티아고는 청새치에 끌려 작은 배 를 타고 혼자 '멀리' 싸우러 나간다. 둘의 대결은 고군분투의 경험 으로 우리를 깊고 변화무쌍한 곳으로 끌고 가는 화자와 독자 사이 의 팽팽한 언어적 긴장과도 같다. 산티아고와 마찬가지로 우리는 큰 물고기를 아직 보지 못했지만, 그것이 '믿을 수 없을 만큼 무거 운', '엄청난 무게'를 가졌음을 안다. 산티아고처럼 우리 역시 물 고기를, 우리가 대결하고 있는 것의 정체를 한번이라도 보고 싶어 하는 것이다.

우리는 물고기를 볼 수 없지만 그것이 마치 산티아고처럼 '멋 지고 이상한' 것임을 느낄 수 있다. 노인은 소년이 곁에 없음을 아 쉬워하는데, 이는 단지 소년의 도움이 필요해서가 아니다. 소년이 이 기적을 함께 경험하고 어부가 할 수 있는 일, 인간이 견뎌낼 수 있는 일을 목격하기를 원하기 때문이다. 독자인 우리는 산티아고 가 추구하는 '세상 사람들의 상상을 넘어서는' 물고기와의 전투 에 '동참'하면서 이 이야기에 '동참'한다.

우리는 언어의 팽팽한 당김이 주는 생생한 긴장, 삶과 죽음 사 이의 고전적인 분투를 생생하게 경험한다. 자연이 '세상 사람들의 상상을 넘어서는' 곳으로 우리를 끌어당기는 경험은 고유하고 도 특별하다. 우리는 산티아고가 죽으리라고 생각한다. 그는 애정을 담아 큰 소리로 선언한다. "물고기야, 내 죽을 때까지 너와 함께 하리라." 그러나 이야기가 끝나면 우리는 노인이 성취하고 견뎌낸 것을 생각하며 '실제 삶'으로 돌아올 것이다.

아마도 물고기는 노인을 죽음으로 이끌 것이다. 그러나 노인은 물고기를 존중하고 사랑하며, 자신이 물고기를 죽이기를 바란다. 손에서 피가 나고 경련이 일지만 그는 겸허하고 단호하다. "내가 이 물고기에게 먹이를 주고 싶다. 그는 내 형제다. 하지만 난 마음을 단단히 먹고 이 물고기를 죽여야 한다."

어부 산티아고는 이전에도 천 파운드가 넘는 큰 물고기를 두 마리 잡은 적이 있다. 그러나 혼자 있을 때 이번처럼 큰 물고기를 잡은 적은 없었다. 거대한 청새치가 드디어 수면 위로 모습을 드러냈을 때 그 물고기는 '그가 지금껏 보고 들은 어떤 물고기보다 커다란' 것이었다. 산티아고에게 물고기는 일생일대의 적수, 그를 시험하는 진정한 기회, 그의 운명을 뜻하는 상징적인 표지이다.

거대한 물고기를 보고 산티아고는 다시 한 번 이것이 '인간이 할 수 있고 견디어야 할' 것임을 확신한다. 그는 소년에게 자신이 '이상한 노인네'라고 말하며 여러 차례 이를 증명한다. 하지만 그 시도들은 매번 새롭고 특이하고 이상해서, 그는 이번에도 다시 증명해야 했다. 그가 추구하는 이상함, 뚜렷한 개성, 정체성은 바로 우리가 추구하는 것이다.

어니스트 헤밍웨이의 《노인과 바다》

물고기와 노인은 모두 '이상한' 존재다. 팽팽한 줄 뒤에서 그 둘은 자신의 운명을 찾아 여정을 떠난다. 그들은 우리가 선택한 것처럼 이 여정을 스스로 선택했다. 물고기는 '덫과 미끼와 배반으로부터 멀리 떨어진 깊은 물속에 머무르기를' 선택하고, 산티아고는 '모든 사람들을 뒤로 하고 그곳으로 가서 그 물고기를 찾아내기를' 선택한다. 우리 또한 이 이야기에 반해 깊은 물속에 머물러 다른 이들이 상상하지 못할 것을 발견한다. 또한 언어의 팽팽한 끈을 당기고 당겨 그 긴장이 불러오는 낯선 파동을 통해 산티아고의 경험을 우리 자신의 것으로 여겨지도록 한다. 만약 산티아고의 이야기가 우리의 이야기라면 우리는 유한한 세계의 끝, 그 문지방 가까이에 있는 것이다.

자신감을 회복하기 위해 산티아고는 다시 '위대한 디마지오가 뒤꿈치 뼈의 통증을 참아내고 모든 일을 완벽하게 해냈던' 기억을 되살린다. 디마지오의 위대함—다른 이들의 선례가 되기 위해 고통을 이겨낸 그의 인내와 끝까지 해내기로 한 결의—은 마치 산티아고의 내러티브가 우리에게 영감을 주듯 산티아고에게도 영감을 준다. 그러나 이렇듯 영감을 통해 생명의 활기를 되찾는다 하더라도, 우리는 산티아고를 통해 우리가 통제할 수 없고 경험하지 않고서는 알 수 없는 것들이 많음을 안다. 그는 디마지오가 고통을 참으며 물고기와 함께 머물 수 있을지 알 수 없다.

그러나 뼈의 통증이 너무 심하진 않았을까?

"난 잘 몰라." 그가 크게 대답했다. "나는 그렇게 뼈가 아팠던 적이 없거든."

그리고 이제 산티아고도 큰 손실을 가져올 자연의 포식자 상어를 통제할 수 없음을 실감한다. "만약 상어가 온다면, 신은 그와 나를 동정할 거야"라는 산티아고의 선언은 공동 운명체인 물고기와 자신의 파멸을 의미한다.

팽팽한 줄에 끌려가며 산티아고는 멀리 떠나온(혹은 깊이 들어온) 여정이 자신을 유한한 존재로서의 극한, 즉 삶과 죽음의 경계까지 몰고 왔음을 알게 된다. 고기의 진실성을 지키기 위해 그는 가능하면 청새치를 낚싯줄로 낚아 올려야 했다. 어렴풋이 보이는, 통제할 수 없는 상어의 존재가 노인에게 주는 위협은 거대하고 확인되지 않는 것이었다. 그는 멀리 떨어진 바다에서 육지로 돌아와야 했다.

우리는 이제 자연스럽게 산티아고가 '그 부두에서 가장 힘이 센 시엔푸고에스 출신의 대단한 흑인과 팔씨름을 겨루던 카사블랑카의 여관에서의 일'을 회상하는 것을 따라간다. 팔씨름은 하룻밤하고도 다음 날 낮까지 이어졌고, 산티아고는 마지막 힘을 짜내어 흑인의 팔이 결국 판자에 닿을 때까지 아래로 아래로 눌렀다. 모두 그를 챔피언이라 불렀고, 그때의 기억은 산티아고가 물고기와 씨름하는 현재로 이어진다. 그러나 '대단한 흑인'에게 맞섰던 젊음의 시합은 산티아고에게 인간의 취약함과 모멸감에 대한 고요한 명상을 일으킨다. 산티아고가 승리하자 '대단한 흑인'은 자신감을 잃고 코가 납작해져서 위엄과 목적을 지닌 인간에 미치지 못하는 존재로 전락해버린다. '대단한 흑인'은 제구실을 하지 못하는 산티아고의 '반역자' 왼팔과 같은 존재다. 그 흑인은 취약하고 모멸적인 존재, 신뢰할 수 없는 존재가 되어버린다. 그는 파괴되었을 뿐 아니라 패배한 것이다.

유한한 존재가 벌이는 생사의 결전

산티아고의 문제는 단지 물고기와 싸우는 것이 아니라 이전에 그 누구도 넘어서본 적 없는 극단적인 한계를 넘어서는 것에 대한 그 자신의 동기와 연결되어 있다. 그가 형제와도 같은 물고기를 파괴시키고 물고기의 존엄성을 빼앗아 모욕을 주고자 하는 것은 오만한 행위일까? 산티아고는 자신의 고유한 개별성, 어부로서의 특이성을 인지하고 챔피언이 되는 동시에, 그가 사랑하는 친구이자 적의 존엄성을 지켜주고 그가 자신의 특이성과 개성을 지킬 수 있게 도와줄 수 있을까? 산티아고는 이러한 질문에 맞서 고군분투하는 듯 보이며, 독자인 우리 역시 그렇다.

산티아고는 청새치와 교감하지만 그와 청새치는 동일한 존재는 아니다. 그는 청새치에 대해 슬픔을 느끼지만 그를 죽이기로 결심한다. 산티아고는 상어의 출현을 예상하지만 그들의 공격을 막아내지는 못한다. 그는 양가적이고 복잡하며 불가피한 모순과 싸우며 운명을 향해 나아가는 인간이다. 그 운명은 결국 그를 파괴하겠지만 그는 패배하지는 않으리라.

노인은 신이 아닌 유한한 인간이다. 그는 자신의 존재론적 상황의 제한 속에서 인간으로서 할 수 있는 것을 하는 것이 자신의 책임임을 안다. 세상에는 그가 이해할 수 없는 수수께끼들과 통제할 수 없는 사태들이 있다.

'나는 도저히 이해할 수가 없어.' 그는 생각했다. '하지만 태양이니 달이니 별들을 죽일 필요가 없다는 건 좋은 일이지. 바다 위에서 진정한 형제들을 죽이는 걸로 족해.'

팽팽한 낚싯줄로 연결된 거대한 물고기와의 중대한 사투가 삼일째 접어들 때, 산티아고를 움직이게 한 것은 자만이 아닌 결의였다. 산티아고는 태양이나 달이 아닌 '진정한 형제'와, 유한한 존재로서 가지는 겸손한 한계 내에서 싸운 것이다. 그는 자신이 깊이 존중하고 일부가 되어 운이 좋았다고 느끼는 존재를 허물어버리고자 (혹은 변화시키고자) 하지 않았다. 그는 모든 전투가 끝나야만 얻을 수 있는 평화를 얻기 전에는 죽지 않으리라 결심한다.

갑자기 줄이 홱 당겨지고 물고기가 날뛰자 줄곧 낚싯줄을 잡아당기기만을 기다려온 산티아고는 흥분하며 집중한다. 이때 언어의 팽팽한 줄 역시 산티아고의 내면 깊은 곳의 진동과 리듬에 맞춰 움직여간다. '만약 소년이 여기 있었다면, 낚싯줄에 물을 적셔줄 텐데.' 그는 생각했다. '그래, 소년이 있었다면. 녀석이 여기 있

어니스트 헤밍웨이의 《노인과 바다》

었다면.' 산티아고와 함께 우리 또한 '줄의 압력을' 느끼고 그것이 '부러지는 순간'에 도달한다.

청새치가 원을 그리며 작은 배에 점점 가까이 다가옴에 따라 산티아고는 희미한 어지러움을 느끼며 거의 미칠 지경이 된다. 그는 정신을 똑바로 차리려 애쓴다. 그는 고기의 고통을 함께 나누면서 고기의 아름다움과 기품을 새삼 인지한다. 그러나 삶과 죽음 사이의 이 결투가 무승부로 끝나지 않을 것이라는 것 또한 재확인된다. "그런 식으로는 아무것도 이루어지지 않아." 오직 한쪽만이 승자가 될 수 있다. 그러고는 청새치의 심장에 작살을 꽂아 넣고 사랑과 죽음의 의미를 밀어 넣으면서 노인은 드디어 자신이 찾아왔던 것을 잠시 바라본다. 고기는 은빛으로 빛나며 파도와 함께 가만히 떠 있었다. 그의 형제는 죽었지만, 그 죽음 속에는 경이가 빛났다. 산티아고는 문제의 핵심에 도달한 것이다.

그러나 산티아고에게는 여전히 '노예의 일'이 남아 있었다. 남들을 위해 해야만 하는 일이 남아 있으므로 그는 다시 육지의 집으로 돌아가야 한다. 너덜해진 손을 바라보며 그는 작은 배에 등을 대고 '결국 이 일이 정말로 일어났음'을 깨닫는다. 그는 '이건 꿈일지도 모른다'고 생각했지만 이제는 현실임을 알게 된 것이다. 위대한 디마지오도 오늘은 그를 자랑스러워할 것이다. 그는 줄곧 자신이 찾고 있던 비전을 경험한다. 그 경험은 이제 그의 일부가 되었으나 그에게는 여전히 상어와의 싸움이 기다리고 있다.

거대한 물고기 등뼈가 지닌 빛나는 진실

'상어는 우연히 온 것이 아니다.' 마치 갑자기 일어난 우연처럼 보일지라도, 못생기고 거대한 턱을 가진 '굉장히 큰 마코Mako 상어'에게도 고유의 아름다움이 있다. 상어는 우주적 움직임의 일부이며, 살아 있는 생명체들과 화음을 이룬다. 빠르고 파괴적인 상어는 바다의 다른 모든 물고기들의 적이며, '정확히 자기가 원하는 대로' 하는 존재다. 겸손이 결여된 상어는 총체적인 굴복을 요구한다. 상어는 죽음을 상기시키고 피할 수 없는 파괴를 가져온다. 상어가 청새치의 몸을 훼손하자 노인은 마치 '자기 자신이 갈가리 찢어지는' 느낌을 받는다.

"그러나 인간은 패배하라고 창조되지 않았어……. 인간은 파괴될 순 있어도 패배하진 않아." 산티아고가 이제 '못이 내 손을 통과해 나무에 박히는' 듯한 느낌을 받는 것은 놀랍지 않다. 십자가에 못 박히는 형벌은 그의 운명인 것이다.

산티아고는 청새치의 살점을 뜯어내는 상어를 공격하기로 결심하지만, 상어는 물고기를 압도한다. 추악하고 혼돈스러운 폭력이 다시금 산티아고에게 슬픔을 불러일으킨다. "고기야, 나는 이렇게 멀리 와서는 안 됐어"라고 그는 말한다. "너에게도 나에게도, 그건 좋은 일이 아니었어. 미안하다, 고기야." 그러나 집으로 가까이 올수록 산티아고의 내러티브에 깃든 리듬을 지배하는 것은 슬픔이 아닌, 싸우고자 하는 의지이다. "싸우겠어"라고 그는 말한다. "죽는 순간까지 난 싸우겠어." 단지 '삶의 고통'만이 지금의 산티

어니스트 헤밍웨이의 《노인과 바다》

아고를 죽음으로부터 분리시킨다. 그는 마지막으로 평온하게 잠
드는 순간까지 죽을 수 없다.

독자인 우리는 하바나 해안을 향하는 산티아고와 함께 이동한
다. 상어와의 싸움은 끝났고, 청새치는 뼈만 남은 채 앙상해졌으
며, 산티아고는 '집이라는 항구를 향해' 작은 배를 본다. '이제 모
든 걸 지나' 자신의 '진짜 인생'의 마지막으로 향한다는 그의 감각
적 경험은 내러티브의 진정된 어조에도 반영된다. 이는 마치 그가
존재의 빛, 즉 슬픔보다 깊은 깨달음을 얻은 것과 같다.

육지에 다다른 노인은 돛대를 어깨에 짊어지고 언덕 위 작은 판
잣집을 향해 기어가기 시작한다. 갑자기 그는 '길거리의 빛이 비
치는 것을' 보는데, 이는 거대한 청새치의 뼈가 마치 그의 성취와
상실에 대한 흔적과도 같이 마법처럼 빛나는 모습이었다. 집으로
가는 길에 돛대에 발이 걸려 넘어지기도 하지만 그는 마침내 집에
돌아와 침대에 누워 얼굴을 파묻는다. 그의 팔은 바깥으로 뻗어
있었고 손바닥은 위를 향해 있었다. 그런 그의 모습이 예수를 떠
올리게 하는 것은 우리가 그의 커다란 희생에 대한 응답을 기다리
기 때문이리라.

산티아고와 마찬가지로 소년은 배에 묶인 고기의 뼈를 보았다.
소년은 우리와 마찬가지로 산티아고가 무엇을 견뎌냈는지, 무엇
을 성취했는지를 안다. 잠든 노인의 손과 상처를 바라보며 소년은
이해와 슬픔의 눈물을 흘리기 시작한다. 산티아고는 파괴되었을
지언정 패배하지 않았다.

청새치와 산티아고의 특별한 전쟁은 위험을 무릅쓰고 이해하려는 독자 앞에 내러티브로서 펼쳐진다. 전쟁의 긴장이 해소됨에 따라 우리는 산티아고를 가만히 바라본다. 꿈속에서 그가 얻고 잃은 것의 진실이 생생히 빛나듯, 긴 여정의 의미는 거대한 청새치의 뼈에 반사된다. 마놀린 역시 이것을 이해했다.

물고기는 어부를 이기지 못했지만 탐욕스러운 악마 같은 상어는 어부를 이겼다. 산티아고와 마놀린은 모두 그 사실에 동의한다.

"마놀린, 그들이 날 이겼어." 노인은 말했다. "그놈들이 날 제대로 이겼다구."

"물고기는 아저씨를 이기지 않았어요."

"그렇지. 일은 그 다음에 벌어졌단다."

부두 위의 여행자들은 결코 이것을 알 수 없을 것이다. '거대한 물고기의 기다란 등뼈'를 바라보는 것만으로는 맥락을 알 수 없으며, 일어난 일의 진실을 이해할 수 있는 내러티브를 결코 알 수 없기 때문이다. 독자인 우리는 그들보다 더 슬프고 현명한 존재이다.

내러티브의 마지막 파동인 산티아고와 청새치 사이의 분투. 그 위대한 분투에 대한 기억은 노인과 소년 사이의 유대, 청새치를 찌른 창에 봉해진 사랑의 리듬을 불러온다. 산티아고는 인간이 무엇을 할 수 있는지에 대한 상징으로 마놀린에게 창을 주고, 마놀린은 특별한 사건에 대한 기념이자 앞으로 다가올 영웅적 사건에

어니스트 헤밍웨이의 《노인과 바다》

대한 영감으로 그 창을 간직한다. 산티아고는 평온한 잠에 빠져든다. 사자와 청새치가 서로 사랑하고 유대하는 꿈속에서 그는 다른 청새치를 잡으러 나갈 채비를 한다. 산티아고의 여정을 염두에 두고 우리 또한 '실제 삶'으로 돌아올 준비를 한다.

미국문학 사상 가장
유명한 가출기

인생은 비밀스럽고 신비로운 것

J. D. 샐린저J. D. Salinger의 《호밀밭의 파수꾼The Catcher in the Rye》
은 '소설적인 소설'이다. 작품이 가지는 문학적 내러티브의 중력은
독보적이며, 때로는 낯설기까지 하다. 주인공 홀든 콜필드의 목소
리는 샐린저가 주장했듯 '그의 일인칭 기법과 엄밀히 분리될 수 없
다.' 홀든이 우리에게 그의 삶의 전환기에 그 앞에 한없이 펼쳐진
섹슈얼리티와 죽음이라는 유한한 세계에 대한 '에덴의 동쪽'에서
의 깊은 망설임을 제시한다는 주장에는 설득력이 있다. 그러나 이
러한 주장을 따르게 되면 규범적인 지배 담론의 전형적인 문법으
로는 불가능하지만 홀든의 목소리에 담긴 욕망과 흡입력 있는 언
어를 통해서만 일별할 수 있는 특별한 경험을 놓칠 수 있다.

샐린저는 홀든이 '독자에 대해 확연히 차별되는' 태도를 취했
다고 주장한다. 홀든은 자신이 때로 매력적으로 보일 때뿐 아니

라 (시니컬하고 나르시시즘적일 때를 포함하여) 항상 독자가 자신에게 집중하기를 원했으며, 자신이 말하는 것을 유심히 듣기를 원했다. 왜냐하면 그는 자신이 무엇을 말하고자 하는지를 (혹은 쓰고자 하는지를) 신경 쓸 뿐만 아니라, 무엇보다도 독자인 우리를 신경 쓰기 때문이다.

홀든은 독자를 불신하며, 이야기를 시작하자마자 당신들은 '데이비드 코퍼필드식의' 미리 정해진 법칙에나 익숙한 '위선자'이므로 자신의 말을 잘 이해하지 못할 것이라고 말한다. 그를 고유한 존재로 만들어주는 '미치광이 짓'의 특별함을 깨닫기도 전에, 그의 '탈선'에 소리를 지르며 책을 덮어버려 자신이 사라져버릴 것이라고 말이다.

그러나 홀든은 미심쩍어하면서도, 할리우드에서 '거의 주말마다' 그를 보러 요양원을 찾는 형 D. B.와 비슷하게 우리가 '정말 그것에 대해 듣고 싶어 한다'고 믿고 기꺼이 위험을 감수하려 한다. 우리는 홀든이 선형적 전개를 고려하지 않은 언어적 묘사로 자신의 이야기를 시작할 때 그 요양원에 그와 함께 있는 것이다.

홀든은 "내가 이야기를 시작하고 싶은 지점은 펜시 프렙스쿨_{미국}의 사립고등학교을 떠나던 날"이라고 말한다. 그는 분명 자신의 탄생이나 유년기에서 시작하여 성년기로 끝나는 자서전적 연대기에 관심이 없어 보인다. 대신 그는 자신이 말하고 싶은 시간('그날')과 장소('펜시 프렙스쿨')로 이야기를 시작하는데, 그가 떠났기 때문에 그 시공간은 언어적으로 의미를 띤다. '작별good bye'의 감각은 이야기 속에서 시공간의 부재를 환기하는데, 이러한 감각이야말로 홀든의 내러티브를 시작하게 하는 것이다. 또한 이는 독자인 우리에게 처음 손짓하는 것이며, 우리에게 작별의 감각이 자아낸 그의 언어와 욕망에 열린 마음을 갖도록 요구하는 것이다. 우리가 그것을 외면한다면 그는 사라질 것이다. 우리는 그를 따라가야 한다.

그날은 토요일이었고 홀든은 혼자 톰슨 힐로 가는 길이었다. 펜시와 섹슨 홀은 풋볼 경기장에서 시합을 하고 있었고, 관중들은 소리를 지르고 있었다. 펜싱팀의 매니저인 홀든이 아침 일찍 뉴욕에서 돌아오는 길에 펜싱용 검과 장비들을 지하철에 놓고 내리는 바람에 시합을 앞둔 펜시와 맥버니의 미팅이 시작되지 못하고 있었다. "내 탓만은 아니에요." 그는 주장했다. "우리가 대체 어디서 내려야 하는지 보느라 이놈의 지도를 계속 봐야 했단 말이에요."

홀든을 따라 우리는 톰슨 힐에서 '올드 스펜서'를 향해 '작별'을 외치는 시점으로 이동한다. 올드 스펜서는 홀든의 역사 선생님으로 독자인 우리는 그를 명확히 알지 못한다. 홀든이 우리에게 정확히 설명하기를 주저하기 때문이다. "말한다는 걸 잊었는데……" 그는 말한다. "그들은 날 퇴학시켰어. 갑자기 나는 뭔가로 인해 후딱 떠나야 한다는 생각을 하게 되었지."

우리는 홀든과 함께 꽁꽁 언 얼음 위를 거의 넘어질 듯 숨 가쁘게 달려 스펜서의 집에 도착한다. 길을 건너며 홀든은 자신이 사라지는 것처럼 느낀다. "나는 마치 사라지는 것 같은 기분을 느꼈다." 그는 독자 역시 그 감각을 느끼기를 바란다. "끔찍하게 춥고,

햇살도 뭣도 없는 그런 미친 오후였어. 당신도 아마 길을 건너는 순간마다 마치 사라질 것만 같이 느꼈을 거야." '당신'은 '우리(각각의 독자)'이며 이야기가 전개되면서 홀든의 목소리를 통해 그와 연결된다.

홀든은 방학이 시작되기 전 들르라고 편지를 남긴 스펜서에게 '작별' 인사를 하러 왔다. "그러실 필요 없었는데. 어쨌든 작별을 하러 왔어요." 홀든은 그의 침실로 가서 친절하게 말한다. 스펜서의 침실에서는 빅스 코감기약 같은, 질병과 쇠락, 유약함의 냄새가 났고 그것은 홀든에게는 슬픔과 불편함으로 다가왔다. 침대에 앉아 홀든은 파자마와 목욕 가운을 입은 스펜서가 인생에 관해 늘 어놓는 설교를 듣는다. "인생은 게임과도 같아. 게임의 참여자는 그 게임의 규칙을 따라야 하는 거지." 우리는 홀든이 이런 종류의 설교를 처음 듣는 것도 아니고, 마지막으로 듣는 것도 아님을 알 수 있다. 그러나 홀든이 볼 때 인생은 소위 '잘 나가는 사람', 즉 자의식 없이 정해진 규칙을 지킴으로써 혜택만을 추구하거나, 자신의 개성과 '작별'을 고한 채 개별성을 경험할 가능성을 차단함으로써 위안을 얻는 사기꾼들에게만 '게임'이었다. 그에게 인생은 규칙으로 결정되는 것이 아니라 사라질까 봐 두려운, 비밀스럽고 신비로운 것이었다.

호수가 얼어버리면 오리들은 어디로 갈까

홀든이 순수에서 경험의 세계로, 소년에서 성년의 세계로 이행하는 과정에서 고통을 겪는 중이라는 주장은 물론 설득력이 있다. 그러나 그가 지키고자 하는 것은 단순히 순수함이 아니며, 안정된 성정체성은 더더욱 아니다. 무엇보다 그는 인간의 욕망 속에 담긴 깊은 신비로움에 스스로를 열어두고자 했으며, 독자 역시 그 욕망에 관여하고 반응하기를 원했다.

홀든은 여전히 스펜서와 수다를 떨고 있지만, 우리가 센트럴파크 남쪽에 있는 호수에 대해 생각하기를 원한다. "나는 집에 가면 그곳이 얼어 있을지 궁금했어. 만약 그렇다면, 오리들은 어디로 갔을지도. 호수가 죄다 얼어버리면 오리들은 어디로 가는지 궁금했다고." 물고기는 얼음 아래의 환경에 적응할 수 있지만, 오리는 그렇지 않다. 홀든 (혹은 우리) 역시 마찬가지이다. 그가 신경이 쓰인다면, 우리는 그의 도주에 동참해야 한다. 우리는 사라질 수 없으며, 그를 몰아낼 수도 없다. 우리는 스펜서가 그랬듯 단순히 그에게 "행운을 빌어"라고 말하며 갈 길을 가라고 그를 보낼 수가 없다.

홀든을 따라 우리는 편안하고 난방이 잘된 그의 따뜻한 기숙사 방으로 돌아온다. 그런 다음 홀든은 기숙사 룸메이트인 워드 스트라드레이터와 이웃 방에 사는 로버트 애클리를 만난다. 홀든처럼 애클리는 아웃사이더 내지는 방랑자로 보이며, 홀든에 따르면 '치아가 엉망'이고 '여드름이 가득한', '아주 별난 놈'이다. 그는 게으르고 짜증스러운 존재로, 홀든이 그를 무시하는 것은 별로 놀랍지 않다.

반면 스트라드레이터는 애클리와 반대되는 인물이다. 그는 넓은 어깨를 가졌고 학교에서 존재감이 있으며 홀든의 말을 빌리자면 누구에게나 친근한 위선자이다. 그는 나체로 기숙사 주변을 걸어 다니며 언제나 자신의 나체를 거울에 비춰본다. 스트라드레이터도 애클리처럼 게으름뱅이다. 그러나 애클리와 달리 스트라드레이터는 '비밀스런 게으름뱅이'다. 졸업 앨범 속의 그는 완벽한 이미지의 미남이다. 그는 인생이라는 '게임'에 적합한 승자처럼 보인다. 반면 애클리의 인생에는 '게임이 존재하지 않는' 듯하며, 주류문화에 어울릴 법한 그럴싸한 외모도 신체도 갖추지 못한 듯하다. 애클리는 사회와 조화를 이루지 못한다. 이는 스트라드레이터가 '게임'을 위한 완벽한 신체와 주류문화의 리듬에 보폭을 맞춰가는 데 적합한 매력을 가진 것과는 매우 대조적이다.

그러나 홀든은 그러한 속성, 즉 인생의 '게임'이나 법칙에 큰 관심이 없어 보인다. 그가 관심을 갖는 것은 완전한 차별성, 간극, 존재적 고독, 그리고 결핍이다. 애클리와 스트라드레이터는 생각보다는 다르지 않은 존재이다. 그들은 홀든을 지루하게 하거나, 때로는 짜증나게 한다. 그들은 홀든 자신의 불완전함과 모순을 입체적으로 반영하는 존재이다.

그러나 홀든은 스트라드레이터가 제인 갤러허와 데이트할 것이라고 말하자 고개를 숙인다. 홀든은 제인을 신경 쓰고 있었으며, 스트라드레이터가 그녀를 정복하고 이용하고 순결을 빼앗아 그녀의 순수를 훼손하리라 생각해서 우리에게 제인에 대한 이야기를 꺼낸 것이다. 그러나 홀든이 좋아하는 표현대로라면 그것은 진실의 일부이지만 전부는 아니다. 홀든이 제인에 대해 (혹은 다른 누구에 대해) 생각할 때 단순히 순수함만을 신경 쓰는 것은 아니기 때문이다. 다시 말해 홀든이 신경 쓰는 것은 단지 성적 순결만은 아닌 것이다.

홀든은 스트라드레이터에게 제인은 체스 게임을 할 때 절대 '왕'을 움직이지 않을 것이라고 말한다. "아마 한쪽 줄에 나열돼 있는 모습이 좋았던가 봐." 그녀는 게임에서 이기고 지는 것에는 관심이 없었다. 그녀는 자신의 '엉망진창이었던 어린 시절'이 관심과 사랑을 받고자 하는 즐거운 욕망으로 바뀌는 순간의 아름 다움을 사랑했다. 홀든에 따르면 스트라드레이터는 그러한 순간에 아무런 관심이 없다. 그는 자신 앞에 놓인 신비에는 관심이 없는 나르시시스트이자, 보이고 만져지는 것을 통제하는 힘에만 관심 이 있는 '성적으로 난잡한' 위선자에 불과했다. 그는 자신이 통제 할 수 없는 개별적이고 특별한, 그러나 일시적이고 유약한 순간이 가진 신비는 알 수도 없었고 알고자 하지도 않았다. 홀든에게 있어 스트라드레이터는 성적 존재여서가 아니라(사실 우리 모두는 성적 존 재이다), 성적 공격성으로 성적 취향을 파괴하고, 타인을 알고자 하 는 것을 타인을 소유하고자 하는 것으로 만들기 때문에 위협적이 고 부패한 존재인 것이다.

'실제 삶'과 연결되고자 하는 욕망

홀든은 섹슈얼리티나 인간 경험에 두려움을 갖는 것이 아니다.

J. D. 샐린저의 《호밀밭의 파수꾼》

그는 (스트라드레이터와 같은) '섹시한 개자식들'이나 (애클리와 같은) 시끄러운 녀석들, 혹은 (스펜서와 같은) 가르치려 드는 꼰대들의 대안을 절실하게 찾는다. 붙잡을 수 없는 것을, 특별하고 고결한 개인의 개별성과 온전함을, 들리는 것보다 더 많은 것을 이야기하는 목소리를 잡을 수 있다고 믿는 사람 말이다.

스트라드레이터가 홀든에게 대신 작문을 해달라고 할 때 독자는 처음으로 홀든의 남동생 알리에 대해 듣게 된다. "그 애는 죽었어." 홀든은 불쑥 말한다. "그 애는 백혈병에 걸려서 우리가 메인에 있을 때, 1946년 7월 18일에 죽었어." 알리는 3~4년 전에, 홀든의 여동생 피비의 현재 나이와 비슷한 나이에 죽었다. 알리의 죽음은 홀든에게 강한 영향을 끼쳤고 그 트라우마는 지금도 유효하다. 그의 슬픔과 갈망, 폭발적인 폭력성, 상실과 실종에 대한 존재론적 외로움과 예민한 불안, 동시에 보살핌과 유대감에 대한 열렬한 갈망은 모두 이 트라우마와 연결되어 있다. 알리의 죽음은 비석에 적힌 (그리고 홀든의 이야기에서 유일하게 정확하게 명시된) 날짜인 1946년 7월 18일에 영원히 갇혔지만, 그날의 일이 남긴 정신적 외상은 시간의 속성 자체가 그러하듯 불안정하기만 하다. 알리의 죽음은 홀든의 삶에 매순간 현재형으로 스며들어 있다. "그는 지금 죽은 거야." 홀든은 앞으로도 계속 그렇게 말할 것이다. 알리는 지금 그리고 앞으로도 홀든에게 타자이며, 그가 움켜쥐지 못하지만 사라지도록 허락하지도 않으며 알 수 없지만 깊이 마음을 쓸수밖에 없는, 재현될 수 없는 인간 삶의 신비이다. 홀든이 우리를 위해 자신의 이야기를 하고 있는 것이라면, 가장 깊은 층위에서는 명백히 알리를 위해, 즉 그 자신의 마음속에 알리가 살아 있도록 하기 위한 의도로 이야기를 하는 것이다. 그것은 윤리적으로 용기 있는 행위이자 약속과 사랑의 행위이다.

스트라드레이터가 홀든에게 대신 작문을 해달라고 했을 때, 그는 기술적으로 그저 그렇고 아주 평범하고 독창성 없는 글을 기대했을 것이다. 그러나 홀든은 방이나 집을 묘사하는 대신 '여기저기에 초록색 잉크로 잔뜩 시를 써놓았던' 알리의 야구 글러브에 대해 쓴다. 홀든은 정작 자신이 왜 그러는지 모르지만, 그가 그 이야기를 할 때 우리는 그것이 단지 청소년기의 고집이나 치기가 아니라, 알리를 위한 선물이며 우리 모두에게 주는 선물이라는 것을 알 수 있다. 삶의 유한함이 주는 경이로움을 인지하는 방식임을 알 수 있다는 말이다. 홀든은 분명 알리에 대한 기억과 벼랑 끝에서 떨어져 사라지려 하는 그의 순수성을 지키려고 한다. 그러나 그것만이 진실은 아니다. 내러티브를 통해 홀든은 알리의 부재가 주는 고통과 씨름하며 '실제 삶'에서 그가 겪은 일들에 형태를 부여한다. 언어를 통해 형태가 부여되는 그 특별한 상실의 감각은 그와 우리 모두를 사로잡고, 우리는 모두 피할 수 없는 강렬한 '작별'의 감각을 공유한다.

홀든은 피터 팬 콤플렉스 혹은 발육 정체를 겪고 있다거나 타락으로부터 어린이들의 순수함을 지켜내고자 하는 향수 어린 환상에 갇혀 있는 것이 아니다. 그는 오히려 대안에 대한 용감한 질문

J. D. 샐린저의 《호밀밭의 파수꾼》

을 던진다. 뿐만 아니라 자신의 개별성, 자신을 사로잡는 '미치광이 짓'이 가진 별남을 잃지 않는데, 이는 알리가 죽자 폭발적으로 분출된다. 홀든은 차고에 있는 모든 창문을 부수는데, 그때 입은 상처는 4년이 지난 지금까지도 그를 아프게 한다. 그 트라우마는 홀든을 흔들어놓고, 끊임없이 불안하게 하며, 계속 이 학교 저 학교를 전전하게 만든다.

홀든은 스트라드레이터가 데이트를 마치고 돌아와도 그가 제인에 대해 이야기할 것이라고 기대하지 않으며 독자인 우리도 그러하다. 또한 알리에 대해 쓴 홀든의 글 속 의미를 스트라드레이터가 알 것이라 기대하지도 않는다. 스트라드레이터는 그저 "너란 놈은 뭘 시키든 틀림없이 엉망진창으로 만들어놔"라고 외칠 뿐이다. 홀든이 기대하는 것은 독자가 계속해서 그의 이야기를 듣고 이해해주는 것이라는 점을 우리는 기억해야 한다.

제인과 데이트를 마친 스트라드레이터가 홀든의 진심 어린 걱정에 반응하지 않자, 홀든은 미칠 지경이 되어 그에게 주먹을 휘두르며 화자로서의 역할을 잠시 잊을 만큼 분노를 표출한다. "그 다음 순간은 사실 너무 화가 나서 잘 기억이 나질 않아……. 난 그를 때리려 했어. 아마 그는 조금 다쳤을 거야……. 오른손으로 그를 쳤는데 난 오른손을 잘 못 쓰거든. 그때 다친 것 때문에."

그러나 홀든은 자신이 평화주의자라고 주장하기도 한다. "사실을 말하자면, 난 평화주의자야." 그는 스트라드레이터에게 맞아 코피를 흘리면서 말한다. 그는 때로는 평화주의자이지만 잠재적 살인자, 보복 심리에 사로잡힌 자살 폭탄 테러범과 같은 존재이기도 하다. 이야기의 뒷부분에 가서 그는 다음과 같이 말한다. "어쨌든 난 핵폭탄이 발명된 게 기뻐. 만약 전쟁이 또 일어난다면 난 그 지옥의 선두에 설 거야. 자원할 거라고. 신에게 맹세해도 좋아." 독자는 의아해할 것이다. 그가 가진 다른 선택지라는 것이 정말 있기는 한 것일까?

스트라드레이터와의 싸움 이후 홀든이 유령처럼 보이는 애클리에게 유대감을 느끼는 것은 자연스럽다. '그는 어둠 속에서 마치 유령처럼 보였다.' 어둠 속에서 홀든은 애클리와 간단한 대화를 나누고 그에게 손을 내밀기까지 하지만 거절당한다. '그는 나에게서 멀어져갔다.' 그리고 어두워진 기숙사에서 모두가 자고 있을 때 홀든은 점점 참을 수 없이 외로워진다. 갑자기 그는 '바로 그날 밤' 떠나기로 결심한다. 그러나 그는 바로 집으로 가지는 못한다. 홀든의 부모님은 그가 목요일에 올 것으로 알고 있기 때문이다. 여행을 떠날 채비를 끝낸 그는 짐을 들고 펜시를 떠난다. 슬프고 불안정한 '안녕'을 외치면서. 기껏해야 뉴욕으로 떠나는 정도지만 말이다.

펜역에 도착한 홀든은 '누군가에게 전화하고' 싶은 기분에 즉시 공중전화로 향한다. 처음에 그는 가족을 떠올린다. D.B., 다음으로 피비, 그리고 예전에 사귀었던 여자 친구 샐리 헤이스, 늦은 밤 기숙사에서 그에게 성적인 이야기를 해주곤 하던 오랜 지도교사 칼 루스가 떠올랐지만, 홀든은 결국 아무에게도 전화하지 않고 택시에 올라탄다. 화가 난 듯 그러나 의미심장하게 그는 기사에게 자기 집 주소를 부른다. 센트럴파크를 반쯤 지났을 때 그는 갑자기 적어도 지금은 바로 집으로 갈 수 없음을 깨닫는다. "완전 정신이 나갔어, 기사에게 집 주소를 습관적으로 말하다니…… 난 원래 호텔에 며칠 정도 머무르다가 방학이 시작되면 집에 가려했는데. 공원을 반쯤 통과할 때까지 그걸 완전히 잊고 있었단 말이야."

홀든(과 우리)에게 집은 트라우마와 극도의 불안으로부터 잠시나마 피난처가 될 수 있다. 그러나 홀든은 아직 (우리의 예상대로) 교육 시설이나 요양원에 가서 순응적인 생활을 하기보다는, '며칠 정도 호텔에 머물기'를 원한다. 정확히는 휴가를 보내는 것이 아니라 피할 수 없는 것을 최대한 유예하는 것이다.

택시에서 그의 정신을 차리게 한 것은 센트럴파크의 얼어붙은 호수 위의 오리들이었다. 그 순간 홀든의 머리에 떠오른 상념들은 어떤 이에게는 마치 샛길로 빠지는 것처럼 느껴지겠지만, 그것은 그가 우리에게 반드시 이야기해야만 했던 것이다. "혹시라도 저 오리들이 어디로 가는지 아는 사람이 있을까? 호수가 완전히 얼어붙어버리면 말이지. 혹시라도 아는 사람이 있을까?"

대안을 향한 끝없는 탐색

홀든은 스탠퍼드 암스 호텔에 사는 '익살스러운 스트리퍼나 그런 종류의' 여자 페이스 캐번디시에게 들뜬 감정을 갖는다. 우리는 홀든을 여전히 살인과 성도착에 사로잡혀 어른들의 제도권 세계에 어울리지 못하는 유한한 육체라고 생각할 것이다. 에로스eros, 성 본능이나 자기 보존 본능을 포함한 생의 본능와 타나토스thanatos, 자기를 파괴하고 생명이 없는 무기물로 환원시키려는 죽음의 본능에 사로잡혀 불안 증세를 보이는 전형적인 십 대 소년이라고 생각할 것이라는 말이다. 만약 그렇다면 우리는 또한 그러한 불안의 암류暗流가 우리 자신에게도 해당되지는 않는지, 그리고 그러한 불안에 대안이 있을지 의문이 생길 것이다. 호텔방에서 깨끗한 셔츠로 갈아입고 여동생 피비에게 연락해보려 하는 홀든은 바로 그 대안적 가능성으로 마음이 향하는 듯하다. 피비와의 연락은 그에게 가장 소중한 희망이다.

피비와 알리는 놀랄 만큼 서로 닮았다. "당신도 그걸 봐야 하는데"라고 홀든은 말한다. 피비는 알리처럼 붉은색 머리를 하고 있으며, 누군가 그녀에게 무언가를 이야기하면 귀신같이 그 이야기를 알아들었다. 알리가 죽었을 당시와 비슷한 나이가 된 피비는 매우 명석하고 지적이다. 비록 '가끔은 지나치게 다정했지만' 말이다. 우리는 피비에 대해 알아가는 것이 알리에 대해 알아가는 것이라 상상할 수 있다. 혹은 불가능한 지식과 순수한 섹슈얼리티를 엿보는 것이라 상상할 수 있다. 피비는 홀든과 우리가 욕망하는 것이다. '언제든 전화를 걸어 이야기하고 싶은 누군가'는 바로 피비이다. "그녀도 알리를 죽였어. 내 말은, 알리도 피비를 좋아했다는 거야." 홀든은 말한다. "피비는 여전히 모두를 죽이고 있어. 누구든 어떤 의미에서든 말이야." 죽음 앞에서 짝을 이루는 알리(혹은 알리를 연상시키는 것)와 대조적인 의미에서 피비는 타락하기 전 에덴동산의 하와와도 같다. 그녀는 근친상간을 연상시키는, 피할 수 없는 상실의 비극으로 가득 찬 로맨스의 정령이다.

뉴욕에서 홀든은 라벤더 클럽을 드나들며 유명 인사에만 관심을 보이는 시애틀 출신의 삼십 대 여행객 버니스, 마티, 라번을 만난다. 홀든이 보기에 세 사람은 전형적인 위선자였지만, 그중 버니스는 '멋진 댄서'였다. 홀든의 손 안에서 기쁨의 환상에 도취된 그녀의 몸이 뭐라 말할 수 없는 리듬으로 움직이자, 홀든은 이를 여느 무도회장에서와는 다른 만남으로 여긴다.

소녀들의 거절은 홀든을 낙담시켰지만, 이 순간 느낀 몸의 리듬감, 언뜻 맛보았으나 소유할 수도 붙잡을 수도 없는 유한한 세계에서 뿜어져 나온 그 기운은 그로 하여금 다시 제인 겔러허를 생각하게 한다. 라벤더 라운지를 떠나며 홀든은 우리에게 이렇게 말한다. "나는 제인 겔러허를 다시 머릿속에 떠올렸다." 제인은 '내가 가족 이외에 유일하게 알리의 야구 글러브를 보여준 사람'이었다. 스타라드레이터와 달리, 그녀는 그런 종류의 일에 관심을 보였다.

홀든이 호텔로 돌아와 만난 사람은 그의 방에 여자를 불러주겠다고 제안한 '엘리베이터 보이' 모리스와 매춘부 써니였다. 써니는 할리우드에서 왔고 홀든에게 그곳은 타락과 매춘의 장소다. 그녀는 모리스와 시간당 계약을 맺고 몸을 파는, 인간으로서의 의식을 잃어버린 타락한 상태다.

여기서 다시 우리는 불안감에 휩싸인 십 대 소년인 홀든이 성性

의 세계, 혹은 위선자들이 지배하는 부패한 어른의 세계로 들어서기에는 아직 이르지 않은가 하는 의문을 가질 수 있다. 그는 써니에게 말을 걸어 진정한 관계를 맺고자 하지만, 그렇다고 '더러운' 세계로 빠져들고자 하는 것은 아니다. 그것이 진실의 전부는 아니다. 써니에게 말하듯 홀든은 자신의 기준에서는 조숙하다. 그는 최소한 자신의 실수에 대한 대가를 치르고자 한다. 그는 아직 의식을 잃지 않은 것이다. 그의 실수는 모리스와 같은 '누군가'와 계약을 맺고 써니와 같은 '누군가'와 성적 관계를 맺으려 한 것, 다시 말해 인간의 가치를 교환하려 한 것이다. 홀든의 말대로 이러한 실수는 인간의 비극을 강화한다. 이것은 자신과 타인에 대한 배반이기 때문이다.

써니가 호텔방을 떠날 때 느낀 슬픔으로 인해 홀든은 '알리에게 말을, 아니 소리를 지르기' 시작한다. 우리는 홀든의 이야기의 고리가 이어지면서 그의 언어적 리듬, 그의 기억과 욕망은 언제나 알리에게 돌아옴을 알 수 있다.

여전히 알리에 대해 생각하며, 홀든은 자신이 알리에게 "집에 가서 자전거를 가져와. 바비네 집 앞에서 만나자"고 말했던 것을 떠올린다. 그것은 만나자는 약속(윤리적 계약)이었다. 그러나 바로 그날, 홀든은 알리를 만나고 싶지 않아졌고 그를 혼자 두고 떠난다. 그것은 실수이자 배반이었고, 위선자나 할 법한 홀든이 살아있는 내내 후회할 잘못이었다.

여드름 가득한 엘리베이터 보이 모리스와 깜찍한 괴짜 써니는 다시 홀든의 방으로 돌아와 계약을 들먹이며 5달러의 추가 요금을 요구한다. 모리스는 추가 요금을 지불하지 않겠다고 하는 홀든을 바닥에 내동댕이치고 돈을 빼앗는다. "나는 죽는 줄 알았어. 진심으로 말이야. 마치 익사하는 듯한 기분이었어……. 거의 숨을 쉴 수가 없었지." 폭력적인 힘에 압도된 홀든이 할 수 있는 것이라고는 상상적 복수뿐이었다. 홀든이 요양원의 침대에서 그 자신의(어쩌면 우리의) 인생을 구원하기 위해 이 이야기를 하고 있다는 것을 감안하면, 우리는 그가 당시 자살을 생각했음을 알 수 있다. 그러나 홀든이 진정으로 그 자신을 포함한 누군가를 죽이려 하지 않았음을 독자는 느낄 수 있다. 결단코 그가 원한 것은 죽음이 아니었다.

"내 이야기를 들어줘"

마크 데이비드 채프먼Mark David Chapman과 존 힝클리John Hinckley 등 몇몇 평자들의 주장처럼, 홀든의 주된 관심사를 종말론적 결말이나 내재된 폭력성의 분출, 심지어 보복의 논리에 따른 총체적인 어둠으로 왜곡하여 해석하는 것은 정확한 독법으로 보기 어렵다. 홀든이 추구하는 것은 최종 결말이 아니라, 유한한 세계에서 자신이 누구이고 어디에 있는지를 파악할 수 있는 대안 내지는 반문화counter-culture이다. 그는 타협이 아닌, 복합적이고 영원한 자아의 의미를 찾고자 한다.

모리스와의 사건 이후 홀든은 샐리 헤이즈에게 전화를 걸어 일요일에 공연을 보러 가자고 데이트 약속을 잡고, 아침을 먹으러

가서는 여행 중인 두 명의 수녀를 만난다. 수녀들은 여행 가방을 옆에 두었는데, 홀든은 그들의 기부금 상자에 어쩌면 모리스에게 줄 뻔했던 10달러를 넣으면서 말을 건다. 그는 특히 수녀들이 '책에 있는 연인과의 사랑 이야기들'을 문학 시간에 어떻게 가르치는지 궁금해한다. 수녀들은 성인成人이지만 홀든에게는 (제인이나 피비, 알리처럼) '진짜' 같아 보였다. 위선자들과 달리, 그들은 타인을 돕기 위해 (그의 엄마처럼 화려한 모금 파티에 참가하는 것이 아니라) 모금 활동을 하고 책을 읽고 문학에 대해 토론하기를 좋아한다. 홀든은 이러한 성인들에게는 편안함을 느꼈기에, 그들에 대해 궁금해하고 그들에게 말을 걸며 그들의 질문에 기꺼이 대답하려 한다. "솔직히 말하자면,《로미오와 줄리엣》에 대해 그녀와 이야기를 나누는 건 어떤 의미에선 약간 쑥스러웠어. 내 말은 그 작품에 때론 야한 장면들이 나오는데, 그녀는 수녀잖아. 그렇지만 그녀가 질문을 했기 때문에 난 한참이나 토론을 했지."

아침 식사 후 홀든은 피비를 위해 '리틀 셜리 빈즈Little Shirley Beans'의 레코드판을 구하러 브로드웨이 쪽으로 걸어간다. 백인 소녀 가수가 20년 전에 부른, 앞니가 두 개 빠진 어린 소녀에 대한 노래는 귀엽고 순수한 것은 아니다. 그러나 아주 먼 곳으로부터의 목소리는 울림을 준다. "아주 오래되고 멋진 음반이었어. 흑인 여가수 에스텔 플레처가 불렀지." 홀든은 말한다. "그 여자는 그걸 딕시랜드의 매춘부처럼 불렀는데 전혀 감상적으로 들리지 않았어." 그 노래는 홀든에게 특별한 목소리, 슬픔과 상실로 가득한 동시에 순수한 섹슈얼리티, 약속, 욕망의 부름, 그리고 블루스를 환기한다. 또한 그 목소리는 그의 과거와 미래, 두려움과 희망을 상기시킨다. 홀든은 멀리서 보내는 애정의 표시로 그 음반을 피비의 선물로 5달러에 산다. 이는 모리스가 요구한 돈과 같은 액수라는 점에서 의미가 있다.

그 후 홀든은 함께 길을 걷고 있는 가족—아빠, 엄마, 그리고 여섯 살 정도 되어 보이는 아이—을 바라본다. 홀든에 따르면 이는 '멋진 것'인데, 그(혹은 우리)의 '기분을 나아지게' 하고 불안감을 누그러뜨려주며, 심지어 희망을 주는 장면이다. 그 '작은 꼬마'는 부모로부터 떨어져 있지만 부모가 '바로 모퉁이를 돌면' 서 있기에 혼자이지만 외롭지 않으며 고독하지만 타인과 연결되어 있다. 꼬마는 노래를 흥얼거리며 직선 위를 걷는 듯한 걸음걸이로 걷고 있었다. 그는 '그저 아무런 이유 없이' 노래를 반복해서 불렀다. "만약 누군가 호밀밭을 뛰어오는 누군가를 계속 붙들 수 있다면." 이 경험은 홀든을 잠시 안정시키는 듯하나, 우리는 '그 작은 꼬마'가 실제로 '붙들catch a body'(실제 노래의 가사는 '만날meet the body'이다) 수 있다고 노래 했는지, 혹은 홀든이 이 부분의 가사를 정확히 들은 것인지 의구심이 들 수 있다. '붙들다catch'라는 단어는 홀든이 '파수꾼catcher', 즉 순수한 아이들의 보호자이자 구원자가 되는 꿈을 꾸게한다.

어쨌든 그것은 홀든에게 순간적인 환상이다. 그 환상은 그의 내면 깊은 곳에서 나타난 이전의 환상들(미친 폭파범, 갱스터 살인범)이나 그의 윤리적 자아의 극단에 있는 밀도 높은 욕망과는 대비되는 것이다. 호밀밭의 파수꾼이 되는 것이 눈에 보이는 '진짜 세계'에서 불가능하다 해도 그는 순간적이나마 희망의 기분을 느낄 수 있다. 알리의 죽음처럼 그것은 지속되는 기억이다. 그 환상은 그의 정체성에 스며들어 그를 구성하는 일부가 되고, 과거와 현재를 연결시켜 미래를 예견하게 한다.

홀든은 샐리 헤이즈와의 데이트를 위해 런츠가 출연하는 브로드웨이 쇼 〈알아요, 내 사랑 Know My Love〉의 표를 두 장 산 후, 자연사박물관을 향해 걸어가면서 과거와 미래, 그리고 피비에 관해 생각한다. 홀든은 박물관 안으로 들어가지 않는다. 그 대신 학교 현장학습으로 방문했던 상설전시관인 인디언실을 떠올린다. 인디언실의 전시품들은 홀든이 사로잡혀 있는 그의 관심사를 다른 모습으로 제시한다. 홀든에게 박물관은 그가 조금 전에 본 가족처럼 이미 '좋은 곳'이다. 그곳은 '건조하고 편안한, 아무것도 변하지 않는' 장소다. 그러나 그 장소는 흥미롭거나 비밀스러운 곳은 아니다. 그곳은 '아무도 변하지 않는' 곳, 제인의 체스보드에 줄지어 서 있는 말처럼 '모든 게 있어야 할 제자리에 머물며' 매번 경험할 때마다 '다르게 느껴질' 곳이기도 하다.

홀든은 샐리가 다가오는 것을 봤을 때 '그녀와 결혼하고 싶다'고 느낀다. 그는 "그녀와 사랑에 빠진 것 같다"고 말하고는, 곧바로 우리에게 그녀를 진정으로 좋아하는 것은 아니라며 "그녀는 골칫덩어리였다"고 말한다. 홀든은 미모가 뛰어나고 '법석을 떨

J. D. 샐린저의 《호밀밭의 파수꾼》

어대는' 샐리와 택시에서 즐거운 시간을 보낸다. 그는 그녀에게 매혹된 동시에 매혹되지 않은 것처럼 보이는데, 독자인 우리는 이제 이러한 리듬의 변화에 익숙하다. 우리는 그런 양가감정과 리드미컬한 복합성이 놀랍지 않다. 홀든이 타인을 대하는 자세는 늘 그렇듯 그의 '실제 삶'에서의 경험과 그 경험을 이야기하는 발화 사이를 오간다. 그리고 그 리듬은 독자인 우리에게서도 느껴지는 것이다.

브로드웨이 무대에서 주연 배우는 홀든에게 그 전날 밤 피아노 바에서의 어니를 연상시킨다. 그들은 재능이 있지만 홀든의 표현을 빌리자면 유명 인사들과의 관계를 '과시'하며 연기 자체보다 자신을 거울로 비추는 것에 더 관심이 있다. 재현해낼 수 없는 타인의 내면을 감지하는 것보다 보이는 것에 더 관심이 있는 것이다.

극이 끝나고 홀든과 샐리는 라디오시티에 스케이트를 타러 간다. 홀든은 '그녀의 작은 엉덩이가 얼마나 귀여운지' 바라본다. 그러나 그것은 보통 홀든이 관심을 가지는 성적인 정복 행위나 시각적 감각은 아니다. 그것은 설명할 수 없는 것이며, 그가 샐리를 사랑하게 되었다고 주장할 때 소유할 수 없고 심지어 안다고 해도 정의될 수 없는 것, 즉 샐리의 어떤 속성이 아니라 샐리 그 자체다.

샐리는 홀든과의 대화가 이상해진다고 느낀다. 그의 말은 혼란스럽고 거의 알아들을 수 없으며 너무 시끄럽고 장황하며 두서없는 헛소리처럼 들린다. "도대체 네가 무슨 말을 하는지 모르겠어"라고 샐리는 홀든에게 말한다. 홀든이《로미오와 줄리엣》에 대해 이야기할 때 주인공이 아닌 티볼트의 죽음에 집중하자 수녀들이 보였던 반응처럼, 샐리는 홀든이 화제를 바꾸기를 바란다. 그러나 독자인 우리는 그의 혼란과 고통, 자신에게 집중해달라고 샐리와 우리에게 보내는 요청을 감지할 수 있다.

샐리의 손을 잡고 홀든은 훗날 결혼을 하여 매사추세츠나 버몬트의 오두막집에서 사는 자신의 꿈을 이야기한다. 그것은 환상이자 대안이며, 결혼이라는 약속을 포함한 가능성이다. 그 순간 샐리에게 그 꿈은 미성숙하고 장황한 말에 불과하다. "모든 게 너무도 환상적이라, 전혀……" 정의조차 내릴 수 없다는 듯 그녀는 말한다. "환상이 아니야. 나는 일자리를 구할 수 있어"라고 홀든은 답한다. 반면 샐리에게 그런 것들은 나중에도 얼마든지 할 수 있는 것들이다. "대학에 진학하고 결혼을 한 후에 갈 멋진 곳들이 얼마나 많은데." 그러나 홀든은 샐리에게 '귀를 열라'고 (그리고 자신의 말을 찬찬히 들어달라고) 애원하며 대학에 진학한 후에는 그녀가 말한 것과는 '모든 게 완전히 달라질 것'이라고 말한다. 그들은 다른 모든 사람들과 똑같이 행동하고, 인생을 지연시키며 살아가거나 죽어갈 것이라는 의미이다. 샐리는 전혀 이해하지 못한다. 그녀의 환상에는 아무런 가능성이 없다. 단지 순간적인 현실도피인 그녀의 환상에는 아무런 대안이 존재하지 않는다. 홀든이 할 수 있는 말은 "넌 내말의 의미를 전혀 이해하지 못하는구나"뿐이다.

샐리는 그렇게 하지 못했지만, 홀든은 우리가 자신의 말을 이해하기를 바란다. 말할 것도 없이 홀든에게 샐리의 말은 실용적이고 사회적 표준과 규범에 충실하며 자신의 '광기'에 적대적인 다른 위선자들의 말과 똑같이 들린다. 홀든은 시시하고 따분한 클리셰 Cliché의 소비자, (적어도 그가 보기에는) 샐리가 대변하는 듯한 위선자 중 한 명이 되고 싶지 않다. 그에게 샐리는 너무나 익숙했다. 만약 그에 대한 샐리의 평가가 정당하다면, 그의 말은 이해할 수 없는 것이며 홀든 자신도 어쩌면 자신의 말이 의미하는 바를 모를 것이다. 그러나 과연 그럴까?

벼랑 끝에서 꾸는 파수꾼의 꿈

우리가 따라가고 있는 홀든의 이야기는 이제 그가 스스로의 언어로 만들어낸 경계선의 끝자락, 즉 한계점에 다다랐다. 그러나 그 순간 그는 침묵에 빠지는 대신 샐리가 울음을 터뜨리게 한다. "내 진심을 알고 싶다면 말해주지. 너는 완전히 골칫덩어리야"라는 그의 말은 샐리의 인생에서 '이전의 그 어떤 소년도 하지 않은' 말이었다. 이는 일종의 언어적 공격으로, 홀든이 가진 폭력적 환상을 반영한다. 그는 사과하려고 하지만 소용이 없다.

스케이트장을 떠나며 홀든은 제인에게 전화를 걸지만 아무 말도 하지 않는다. 그리고 라디오시티 뮤직홀에서 크리스마스 쇼를 보고 난 후, 후튼 스쿨에 다니던 시절 지도교사였던 칼 루스를 만난다. 처음에 홀든은 루스에게 성에 관한 상담을 받으려 한 듯 보이지만, 루스가 샐리(그리고 알리)처럼 그냥 '일어서서 떠나버릴'까봐 걱정한다. 홀든은 지금으로서는 더 이상의 '작별'을 견딜 수 없어, 루스가 입을 다물라고 경고하자 그렇게 한다. 루스의 말은 다른 듯 보이지만 결국 샐리의 말과 크게 다르지 않다. "들어봐" 그는 홀든에게 말한다. "솔직하게 한 가지만 인정하자. 나는 오늘 밤 콜필드식의 질문에 단 한 개도 대답해줄 수 없어. 대체 너 언제 철 들래?"

루스가 동양 철학에 대한 이야기를 시작하면서 동양과 서양의 차이에 대해 "동양은 성을 신체적인 것이자 동시에 영혼의 경험으로 간주했다"고 말하자, 홀든은 진심으로 대화에 집중하기 시작한다. 그 순간 그는 자신의 신념과 욕망 사이에 열려 있는 다른 대안을 발견한 것이다. 홀든은 그것을 루스와 논의하려 하지만, 루스는 다시 홀든을 입다물게 하고 쫓아낸다. 루스는 지나치게 개인적인 것은 감수하려 하지 않는다. 그는 자신의 유약한 자아를 홀든에게 보여주고 싶어 하지 않으며 사실상 그럴 수도 없다. "너는 정신이 미성숙해"라고 루스는 홀든을 계속 몰아세우며, 홀든과 그 자신의 질문으로부터 스스로를 방어하려 하는 듯하다.

루스는 홀든에게 정신분석학자인 자신의 아버지를 만나보라고 제안한다. "단순하게 말해서, 아버지는 너에게 이야기하고 너는 아버지에게 이야기하면 돼." 진정으로 정신분석이 필요한 사람이 홀든인지 루스인지는 불분명하다(아마도 둘 다일 것이다). 그런 후 홀든의 표현을 빌리면 '다른 골칫거리'인 루스는 사라져버린다.

홀든은 상처 입었고 그 상처는 치유되지 않는다. 아무도 모르는 내밀한 틈새에서는 피가 뚝뚝 떨어지고, 그는 술에 취해 소리 지른다. 홀든은 거의 정신이상, 광인의 상태가 되어 아픈 몸을 부르르 떤다. 그가 펜시를 떠난 지 24시간 정도가 지났다. 그는 집 쪽으로 표류하면서도 수요일까지는 부모님을 만나고 싶어 하지 않는다. 그는 어둠 속에서 센트럴파크 쪽으로 향하며 오직 피비를 보고자 한다.

"그때 공원에 도착하자마자 뭔가 끔찍한 일이 벌어졌어. 나는 피비에게 줄 레코드를 떨어뜨렸어. 그게 수십 개의 조각으로 깨져버린 거야."

이런 일은 그저 벌어지는 법이다.

그는 깨진 조각들을 모아 그것이 마치 얼마 안 남은 미래의 가능성이기라도 하듯 코트 주머니에 집어 넣는다. 그는 자신의 인생을 내던져버리듯 그 조각들을 버리지는 못한다. 그는 마치 죽고 싶어 하는 사람처럼 행동하지만 죽기를 원하지 않는다.

어둠의 절정에서 늪을 향해 표류할 때, 모든 것은 어둡고 또 어두워져 점점 으스스해진다. 홀든은 점점 유령이 되어가는 듯하다. 오리들은 이미 떠났으며 홀든은 (스스로 생각하기에) 강에 버려져 죽을, 즉 영원히 떠날 준비가 되어 있다.

알리에 대한 그의 상상 속 애착, 피비에 대한 욕망, 부모에 대한 기억이 아니었다면 홀든은 공원의 어둠 속에 홀로 앉아 죽었을 것이다. 그러나 그러한 기억들은 욕망의 원천이 된다. 그는 자신이 죽으면 피비가 어떤 기분일지를 생각하면서(그리고 우리는 여기서 그가 알리의 죽음에 대해 느꼈을 감정 또한 추측할 수 있다), '이 망할 공원에서 벗어나 집으로' 가기로 한다.

　홀든은 가족이 있는 집 안으로 살금살금, 아무에게도 들키지 않고 평소처럼 몰래 들어간다. 그러나 막상 들어가자 그에게 집은 박물관과 마찬가지로 진정한 장소였다. 친숙하고 특별한 장소인 동시에 다른 곳과 달리 '언제나 당신이 집이라 느낄 수 있는' 그런 장소였던 것이다. 홀든은 정확히 '그게 제기랄 뭔지는 모르겠지만' 그 장소를 특별하게 만드는 무언가를 감지해내고 경험하며, 독자 또한 이 '낯선 익숙함'을 느낄 수 있도록 그의 언어를 통해 이를 구현해내려 한다.

　홀든은 피비의 방으로 몰래 건너간다. 방에 피비가 없어서 그는 D. B.의 방에 가서 그녀를 찾아낸다. 피비는 입을 '크게 벌린 채' 잠들어 있다. 피비가 잠든 사이 홀든은 그녀의 개인적인 노트를 읽으며 친밀감을 느낀 뒤 그녀를 깨운다.

　홀든에 따르면 피비는 지나치게 정이 많다. 홀든을 본 피비는 홀든이 자신을 보고 있음에 환호한다. 그들은 D. B.와 그의 영화들, 피비가 베네딕트 아놀드 역할로 출연할 학교 연극, 반역과 배신에 대해 이야기한다. 그리고 나서 피비는 홀든이 내민, 깨진 '작은 셜리 빈즈' 음반을 잘 보관하겠다며 침대 옆 서랍장에 넣는다. 이 모든 대화는 전형적인 친숙한 오누이의 대화로 보인다. 그러나 홀든이 또 퇴학당했다고 피비에게 말하는 순간 예상치 못한 폭력의 순간이 다가온다. 피비는 정신병자처럼 발작하며 홀든을 주먹으로 때린다. "아빠가 오빠를 죽일 거야." 피비는 공포에 사로잡혀 소리 지르고, 베개 아래 머리를 파묻어 홀든의 시야로부터 숨는다. "피비는 나를 완전히 외면했어." 홀든은 말한다. "마치 내가 지하철에 그 빌어먹을 펜싱 칼들을 죄다 놓고 내렸을 때 펜시의 펜싱팀처럼."

피비는 다소 과장되게 아빠가 홀든을 죽일 거라고 걱정하지만, 홀든은 그런 위협은 걱정하지 않는 듯하다. 그의 첫 대답은 "아무도 날 죽이지 않아"다. "최악의 경우에 아빠는 나를 빌어먹을 육군사관학교로, 지옥으로 보내겠지. 그게 아빠가 할 수 있는 최악의 일이야."

안정적인 기반을 원했다면 홀든은 아버지의 규율에 휘둘렸으리라. 그는 대안적 가능성, 현실이 아니라 상상 속에서라도 자신이 지낼 수 있는 곳, 순수하고 어쩌면 정신적인 신성불가침의 장소를 찾기 위해 그 공동체적이고 군국주의적인 규율을 거스르기로 결심한다. 그가 찾는, 혹은 두려워하는 것은 죽음이나 폭력이 아니라 이 세계에서 그가 살아나갈 방법이다. "난 아마 콜로라도의 목장에 있을 거야." 그는 샐리가 거절했던, 헨리 데이비드 소로우Henry David Thoreau가 숲 속 오두막집에서 꾸었던 꿈을 피비에게 이야기해준다.

홀든은 피비에게 펜시에서 겪었던 일을 간단히 이야기한다. "내 말을 믿어도 좋아." 피비는 홀든의 말을 잘 들어주는데 이러한 선의의 관심은 홀든이 원하는 언어적 공간을 창조해내는 데 도움이 된다. "뭔가를 이야기하면 그 애는 늘 들어줘. 웃기는 건 막상 그 애는 그 이야기의 반밖에 이해하지 못한다는 거야. 정말이야." 홀든에게 뭐가 더 필요하겠는가?

이제 우리는 타인이 그의 이야기를 들어주는 것이 그의 우울과 낙담을 걷어낸다는 것을 알 수 있다. 홀든이 추구하는 것은 지식의 소유나 물리적 장소가 아닌, 언어적 교환과 언어 자체의 심연을 통해 이루어지는 오묘한 인간 간의 교감이다. 그것이 바로 그가 우리에게 전하고자 하는 것이다.

피비는 홀든이 '일어나는 그 어떤 일도 좋아하지 않는다'고 주장하고, 홀든은 그렇지 않다고 반박한다. 피비가 홀든에게 좋아하는 것을 말해보라고 하자, 그는 제임스 캐슬과 알리(그들의 특이성 덕분에 확실히 기억하고 있는), 그리고 피비의 이름을 댈 수 있을 뿐이다. 피비가 더 말해보라고 다그치자 홀든은 마침내 '미친 벼랑의 끝'에 몰려 그 자신의 특이성을 깨닫는 데 이른다.

홀든은 피비 덕분에 '어린애들'이 벼랑에서 떨어지기 전에 붙잡아주는 '호밀밭의 파수꾼'이 되고자 하는 자신의 꿈을 환기한다. 그런 다음 그는 조용히 피비와 춤을 춘다. 어둠 속에서 홀든과 피비는 선물을 주고받듯 잊히지 않을 '작별'을 만들어낸다.

피비를 떠난 홀든은 콜필드 근교에 사는 예전 영어 선생님, 앤톨리니를 찾아간다. 앤톨리니는 보기 드물게 홀든이 존경하는 어른이다. 이는 그가 엘튼 힐스에서 유일하게 제임스 캐슬을 염려하는 인물로서, 캐슬이 창문에서 뛰어내렸을 때 차가운 땅 위의 시체에 가까이 다가갔기 때문이다. 피비에게 했던 것과 마찬가지로 홀든은 앤톨리니에게 특이성의 분출로서의 '탈선'을 설명하기 위해 펜시에서의 절망, 그를 화나게 했던 위선들에 대해 이야기한다. 그러나 홀든은 많이 지쳐 있는 상태로 간신히 의식을 지탱하고 있다. 펜시를 떠난 이후 그는 거의 잠들지 못했고 호흡곤란을 겪기도 했으며, 이제는 지독한 두통과 복통에 시달리고 있다. 그는 곧 쓰러질 듯 무기력하다.

앤톨리니는 '대화할 의지가 충만'한데, 이 대화란 주로 홀든에게 건네는 충고다. 펜시의 역사 선생님이었던 스펜서가 홀든을 위해 최후의 교훈을 줬다면, 앤톨리니는 홀든에게 어느 정도 공감을 보이고, 그에게 필요한 지혜를 줄 수 있는 듯 보인다. 그는 홀든에게 자신의 말을 들으라고 한다. 그는 뭔가 중요한 할 말이 있다고, 지금 말해주는 대신에 홀든이 나중에 복기할 수 있도록 적어주겠다고 한다.

정신분석학자인 빌헬름 스케텔Wilhelm Stekel의 저서에 근거한 앤톨리니의 조언은 지혜와 겸손의 자세, 지식 공유, 역사와 시詩를 '상호 간의 협의'로 보는 감각, 유한한 세상 속 자신의 위치를 깨닫기 위한 여정에서의 윤리 의식을 전수하는 듯하다. 그 조언은 홀든에게 대안적 가능성, 앞으로 나아갈 길, 조각난 삶의 파편들을 되살릴 기회를 제시할 뿐만 아니라, 그가 바로 눈앞의 벼랑 끝에서 떨어지지 않도록 붙잡아줄 수 있는 것이다. 앤톨리니는 홀든에게 말한다. "내 생각에 너는 지금 엄청나게 끔찍한 질주를 하고 있는 것 같구나."

홀든은 앤톨리니의 걱정에 고마움을 느끼지만 앤톨리니를 감동시킨 것은 그의 말, 즉 묘사와 정보, 교훈과 주제가 아니다. "감사합니다, 선생님. 선생님과 사모님은 정말이지 오늘 제 생명을 구해주셨어요."

그날 밤, 홀든은 세상의 막다른 곳에 다다라 죽을 듯이 피곤한 상태다. 홀든은 앤톨리니와의 대화를 생각하며 잠이 드는데, 앤톨리니 부부는 그에게 '호밀밭의 파수꾼'과도 같은 존재이지만 그런 환상은 일시적일 뿐이다.

"그 순간 뭔가가 일어났어. 그게 뭔지에 대해선 말하고 싶은 생각조차 없어. 난 갑자기 정신을 번뜩 차렸어. 그때가 몇 시였는지, 그게 뭔지도 모르겠지만 벌떡 일어났어."

그 사건은 어둠 속에서 앤톨리니가 소파 옆에 쪼그리고 앉아 홀든의 머리를 쓰다듬은 것이다. 우리는 앤톨리니가 그의 주장대로 호감을 표현한 것인지, 아니면 홀든의 주장대로 '완전히 변태'인지 홀든과 마찬가지로 알 수 없다. 그 사건은 이 속에서 해결되지 않은 복잡한 수수께끼로 남는다.

그 사건은 유한한 자아에 대한 위협이자, 우리 모두가 경험하지만 설명할 수는 없는 트라우마이며 미지의 것이다. 처음에 앤톨리니의 손길은 피비의 손길이나, 홀든이 어둠 속에서 애클리를 향해 내민 손, 혹은 어두운 극장에서 홀든의 뒷목을 만지던 제인의 손길을 떠올리게 한다. 그러나 '그 남자의 손'이 홀든의 머리를 어루만졌을 때 홀든을 깊은 잠에서 깨운 불쾌함은 '알리의 사라짐'과도

J. D. 샐린저의 《호밀밭의 파수꾼》

같은 것이다. 즉, 홀든이 삶이란 이런 모습이어야 한다고 생각하는 '진짜 삶'의 타락인 것이다. 그것은 마음을 쓴 만큼 크게 돌아오는 배신이고, 제인의 새아빠가 뿜어내는 위협이자, 제임스 캐슬을 죽음으로 몰고간 괴롭힘, 홀든이 아이였을 때부터 '스무 번은 더 겪었을 변태 짓일 것이다. 홀든은 벌떡 일어나 떠난다.

우리는 홀든과 함께 '갑자기 굉장히 <u>으스스</u>한 일이 벌어지기 시작한' 뉴욕의 5번가로 돌아간다. 그는 자유낙하 중이다. "이 블록의 끝에 있는 저 빌어먹을 모퉁이에 들어서면, 다시는 이 길 너머로 건너가지 못하리라는 기분이 들었어. 난 그냥 아래로, 아래로, 아래로 떨어지고 그러곤 아무도 다시 못 보게 될 거라고."

앤톨리니는 홀든에게 '바닥에 부딪치는 걸 듣거나 느끼는 게 결코 용납되지 않는' 사람처럼 끔찍하게 떨어지고 있다고 경고했다. 그러나 홀든은 사실상 바닥이라는 것이 없다는 것을, 그리고 우리를 구원해줄 호밀밭의 파수꾼도 실제로 존재하지 않는다는 것을 알고 있다. 단지 우리 자신의 유령—완전히 이해할 수는 없지만, 우리와 같은 것을 욕망하며 소유하지 못한 것에 대한 결핍을 인지하고 그 부재를 잠시 들여다볼 수 있는 상태에 있는 으스스하고 낯선 타자—만이 우리가 길 건너편으로 건널 수 있게, 우리를 살아 있게 도와줄 수 있다. 이제 홀든이 사라지지 않고 길을 건너도록 도울 수 있는 것은 알리다.

알리는 홀든의 '호밀밭의 파수꾼'이 아니다. 그러나 알리는 이제 홀든이 도움을 청하는, 저승에서 돌아온 자다. "알리, 내가 사라지게 두지 마. 알리, 난 사라지기 싫어. 제발 나 좀 도와줘, 알리."
홀든이 마치 구호를 반복하듯 외치는 순간, 알리는 그 요청을 들어주는 듯하다. 홀든은 그의 관대한 선물에 고마움을 표한다. 그 선물은 홀든이 우리에게 주는, 우리가 희망하고 반응하는 내러티브이기도 하다.

그러나 무엇보다도 그는 피비에게 돌아가야 했다. "내가 제일 하고 싶은 건 단지 피비에게 작별 인사를 하는 것이었어." 피비를 찾는 홀든은 깨끗해질 수 없는 세상을 학교 담벼락에 있는 '엿 먹어라fuck you'라는 낙서를 지우듯 깨끗이 하고자 한다. 그러나 그는 이집트인들이 시체가 부패되지 않도록 사용했던 '비밀스러운 화학 물질'에 호기심을 가지면서도, 이제 자신이 그것을 추구하는 것은 불가능하다는 것을 깨닫는다. 그는 우리에게 "이집트인을 제외하곤 누구도 그 방법을 모른다. 현대 과학조차도"라고 말한다.

홀든이 먼발치에서 피비를 보았을 때, 그녀는 새빨간 모자를 쓰고 있었다. "10마일 떨어진 데서도 볼 수 있었을 거야." 또한 피비는 커다랗고 낡은 여행 가방을 끌고 있었다. 무거운 가방을 질질 끌며 피비는 서쪽으로 도망가자고, 자신을 그곳에 데려가 달라고 홀든에게 애원한다. 그러나 홀든은 단호하게 대답한다. "닥쳐." 그는 외친다. 그는 이성을 잃고 피비를 때리기라도 할듯이 다가간다. "그 애는 울기 시작했어."

홀든이 피비를 밀어낼 때, 독자는 그가 '집에 얌전히 있으면서 학교에나 다니라'며, "명령을 어기면 혼난다"고 말하는 아빠처럼

J. D. 샐린저의 《호밀밭의 파수꾼》

전형적인 어른 흉내를 내고 있다고 생각할 것이다. 그러나 그는 피비가 지나치게 자기 자신처럼 될까 봐 걱정한 것이다. 홀든과 도망친다면 피비는 학교 연극에서 베네딕트 아놀드 역할을 맡지 못할 것이다. 홀든은 알리(와 우리)를 걱정하듯 피비를 걱정하며, 피비(와 그가 걱정하는 다른 이들)가 스스로를 각별히 주목하고 자신의 개성을 발견해내 진정한 자기 자신이 되기를 바란 것이다.

홀든과 피비는 끝나지 않을 노래와 함께 영원히 움직일 것만 같은 회전목마 앞에 도착하고, 홀든은 피비를 위해 입장권을 산다. 그는 멀리 떨어진 벤치에 앉아 피비(와 다른 아이들)가 떨어질 위험을 무릅쓰고 금색 링을 잡으려는 것을 구경한다. 그는 피비를 잡아주려 하지도, 그녀를 방해할 어떤 말도 하지 않는다. "아이들이 금색 링을 잡고 싶어 하면 그렇게 두고 아무 말도 하지 않는 것이 옳다." 아이들이 떨어진다면 떨어지는 대로 둬야 하는 것이다. 피비는 우리 모두와 마찬가지로 그러한 고독과 침묵, 기회, 그리고 신뢰를 얻을 자격이 있다. 그런 순간에 우리는 사랑의 힘과 순수의 힘을 느낄 수 있다. 홀든에 따르면 그 힘은 위선자들은 절대로 상상조차 하지 못하는 것이다. 홀든은 이제 그것을 알게 된 것이다.

비에 흠뻑 젖은 빨간 모자를 쓴 채 홀든은 피비가 '파란 코트를 입고 돌고 또 도는 것'을 바라본다. 그는 그 순간 '지독할 만큼 행복'함을 느낀다. 홀든의 내러티브는 시작했을 때와 마찬가지로 캘리포니아의 요양원 침대에서 우리를 부르는 소리와 함께 끝난다. 홀든의 독특한 목소리는 이제 침묵으로 잦아들고, 그가 스트라드레이터, 애클리, 심지어 모리스까지 모든 이들을 그리워하듯 우리 또한 그의 목소리를 그리워할 것이다. 그는 이야기가 끝난 후 우리가 무엇을 해야 할지 모르는 것과 마찬가지로 자신이 무엇을 해야 할지를 모른다. 그럼에도 우리가 그에게 애정 어린 작별 인사를 건네는 것은 어려운, 아니 불가능한 일이다.

J. D. 샐린저의 《호밀밭의 파수꾼》

제8장

켄 키지의
《뻐꾸기 둥지 위로 날아간 새》

사라진 역사와
진짜 목소리를 찾아서

The Risk of Reading

사라진 땅의 기억과 이름을 찾아서

켄 키지Kenneth Elton Kesey의 소설《뻐꾸기 둥지 위로 날아간 새 One Flew Over The Cuckoo's Nest》는 '멸종되어가는 아메리칸American' 이자 '인디언 혼혈인' 화자, 추장 브롬든의 혈통 외에도 다양한 측면에서 독자에게 생각할 거리를 안겨준다. 브롬든의 여정은 끝보다는 시작, 즉 기원을 찾기 위함이지만 그 기원은 현대 미국의 전경에 너무나도 깊숙이 묻혀 있다. 이는 마치 그의 고향 마을이 '거대한 백만 불짜리 수력발전소 댐' 건설로 시멘트 속에 묻혀버린 것과 같다. 이제 독자는 그의 뒤늦은 여정이 어떠한 성취를 이룰지 궁금해하며 지켜보게 된다.

인디언으로서 추장은 백인 사회로부터 배척당하고 브롬든이라는 백인 어머니의 성을 강제로 부여받는다. 이로 인해 그는 북미 원주민Native American 조상과 부족, 그리고 그가 마음속에 그리던 이름들과의 연결 고리가 끊어지는 트라우마를 겪는다. 그는 그의 아버지가 그랬듯 북미 원주민으로서의 정체성을 상실하고, 그의 상상 속 조직인 콤바인Combine과 백인의 이름이 강요하는 엄격한 규율과 법칙에 따라 존재를 부정당한다. 또한 그의 육체는 댈러스의 콜롬비아강 속 깊이 매장된 인디언 정체성, 선조, 부족 공동체와의 연결로부터 단절된다.

이러한 맥락에서 사라져가는 아메리칸이자 북미 원주민으로서의 아버지와 자신의 역사를 찾으려는 추장의 도전은 오로지 불가시적인 상상 속에서만 가능해 보인다. 추장과 그의 동료들은 자신들의 실존을 위협하는 관료 문화가 임의로 부여한 이름과 비인간적인 기술에 분개한다.

추장은 언제나 타자이며, 임의적인 것과 확립된 담론 간의 경계에 서 있다. 우리는 기름을 친 듯 순조롭게 돌아가는 관료적 기계장치처럼 추장의 언어를 일축해버릴 수 없다. 우리는 그를 미친 인디언이자 사이코패스, 정신분열증 환자로 정의내릴 수 없다. 우리는 그를 믿고, 그가 '큰 소리로 외치고 열변을 토하는' 이야기를 들어야 한다. 그의 말을 믿는다면, 우리는 이를 '설령 벌어지지 않은 일이라 해도 진실'이라 할 것이다. 이는 자신에 대해 이야기하는 그의 고유한 방식이며, '실제 삶'을 가시적인 가능성으로 만들어가는 방식이다.

우리는 그의 이야기의 전부를 세세히 따라가지는 못하지만, 적어도 그의 여정이 시작부터 한데 얽힌 두 가지 모험으로 이루어져 있음을 알아야 한다. 하나는 그가 찾는 보이지 않는 유산, 매장되어버린 자신의 뿌리, 아버지가 남긴 파괴된 이야기이다. 다른 하나는 그가 감각적으로 육체에 대해 느끼는 거리감에 대한, 즉 그의 고유한 감정과 감각이 그의 백인 이름에 의해 단절되는 과정에 대한 이야기이다. 우리는 브롬든이 정체성을 되찾는 과정에서 그가 누구인지를 물어야 한다. 지배문화가 직계 가족과의 경험을 부정할 때 그가 어떻게 자신의 기원을 되찾는지를 말이다. 생애 전반에 걸쳐 추장은 부여받은 백인 어머니의 이름과 그것이 상징하는 바에 의해 움직였다. 이는 북미 원주민으로서의 그의 육체와 경험으로부터 그 자신을 분리하는 일종의 거세와도 같다.

북미 원주민으로서 추장은 아버지와 다시 연결되어야 하고, 아버지가 남긴 파괴된 이야기를 이어가야 한다. 그렇게 이어진 이야기를 통해 그는 자신을 길러낸 땅과 원시 세계의 리듬과 다시 연결되어야 한다. 원시 세계의 리듬은 할머니의 목소리이자 새벽안개 속에서 아버지와 사냥을 했을 때 느낀, 그에게 비전을 제시해준 시적 감수성이다. 이는 이미 성인이 된 추장에게 만만치 않은 도전이다.

추장이 그의 이야기를 시작할 때 그의 위치는 시간적·공간적으로 불명확하며, 그가 (우리 외에) 누구에게 이야기를 하는지도 불분명하다. "그들이 저기 밖에 있다." 그는 우리가 ('그들'의 편이 아닌) 자신의 편이기를 바라며 말한다. 추장은 말을 할 수 있음에도 불구하고 벙어리 행세를 한다. 콤바인의 질서 쪽에 속한 이들에게

켄 키지의 《뻐꾸기 둥지 위로 날아간 새》

그는 침묵의 존재이다. 그러나 그는 우리가 자신의 말을 믿어주기를 바라며, 동시에 존재적 침묵을 전달하고자 하는 자신의 목소리를 인지해주기를 바란다. 우리가 아닌 '그들을 속이기' 위해서 그의 이야기는 '비밀스럽게' 시작된다. 비밀스러움은 그가 '반은 인디언으로' 살아가면서 얻은 생존 방식이다. '이 더러운 세상을 살면서 내가 반은 인디언이라는 사실이 날 도와준 건, 살아오는 동안 내가 비밀스럽게 굴 수 있도록 해준 것이다.' 그러나 이 비밀스러움은 단지 생존을 위한 전략이 아니라, 그가 진정 원하는 것을 알아내기 위한 방법이기도 하다.

랫치드 수간호사는 인디언들이 엮은 '버드나무 가방'을 든 모습으로 처음 등장한다. 그 가방에는 그녀가 병동의 환자들을 비인간적으로 통제하기 위해 사용하는 도구가 담겨 있다. 추장의 어머니와 마찬가지로 수간호사는 인디언을 이용하고 통제하지만 인디언의 일원은 아니다. 추장은 곧이어 그녀의 딱딱하고 엄숙한 외양 아래 숨겨진 '거대하고 여자다운 젖가슴'을 언급하며, 그녀 또한 관료적 기계 너머의 존재, 즉 불완전하고 연약한 인간이라고 주장한다. 그 가슴은 언젠가는 결국 노출될 것이다. '살색 에나멜 같은 피부'를 가진 수간호사는 '거의 완벽한 결과물'의 상징으로 가공된 욕망을 암시한다. 그 욕망은 추장의 아버지가 가졌던 진짜 이름을 빼앗아버리고 부족의 역사와 정체성을 지층 깊은 곳의 붉은 흙 속에 묻어버린 관료적 힘과 통제를 만들어낸다. 그러나 수간호사의 빳빳한 하얀 유니폼 안의 '거대하고 여자다운 젖가슴'

은 또한 추장이 다시 방문하고 기억하고 상상하고 싶어 하는 그의 정체성의 기원인 영토와 성적 욕망을 환기시킨다.

추장에게 아버지는 그를 다시 본연의 모습, 즉 어린 시절 느꼈던 땅과의 유대감과 댈러스의 새벽안개 속에서 사냥하던 기억으로 인도하는 존재이다. 처음에 이 기억들은 그의 깊은 잠재의식 속에 자리 잡은 욕망과 현재, 그리고 상상 속 이야기로 연결되지 못한다. '과거를 거슬러 마을과 커다란 콜롬비아강에 관한 기억을 떠올려본다. 아버지와 함께 댈러스 근처의 삼나무 숲에서 새를 잡던 때도 생각한다. 그러나 늘 그렇듯 과거로 돌아가서 그곳에 숨어 있으려고 하면, 눈앞에 도사리고 있는 두려움이 침투해 들어온다.' 그는 새벽안개 속에 있는 것처럼 현재로부터, '흑인 소년들', 수간호사로부터 잠시 숨고자 한다. 그러나 두려움은 그가 스스로에게서 벗어나 상상 속 세계로 진입하는 것을 방해한다. 고요한 향수 속에서 그는 단지 멸종 위기에 처한 북미 원주민이자 실험 대상인 '추장 브룸'에 불과하다.

그런데 갑작스럽고 분열적인 방식으로, 맥머피가 병동에 등장해 추장에게 그와 그의 아버지의 표현 방식을 일깨운다. "그는 아빠와 조금 비슷한 방식으로 말했어. 목소리는 크고 지랄 맞았지……." 전염성 있는 발작적인 그의 웃음은 '진짜'였다. 맥머피는 조종 받는 이가 아닌 진짜다. 맥머피의 넘쳐나는 욕망은 그의 웃음과 마찬가지로 '원을 이루고 그 원이 병동의 벽 전체를 덮을 정도로 커지고 커지는 것처럼' 브롬든을 전염시킨다.

켄 키지의 《뻐꾸기 둥지 위로 날아간 새》

맥머피는 추장에게 아버지를 대신할 인물이기보다는 아버지의 분신에 가깝다. 그는 추장이 되찾고자 하는 활기찬 육체와 언어를 향한 문턱에 서서, 그 자체로 정체성의 기원을 떠올리게 하는 진짜 목소리를 가졌다. 맥머피가 병동에 도착했을 때 그는 브롬든에게 묻는다. "이봐 추장, 너의 사연은 뭐지? 넌 연좌시위에 나온 시팅 불Sitting Bull, 백인들에 저항한 북아메리카 인디언 수족의 추장 같군 그래." 그는 마치 브롬든이 저항하고 항의하며 자신의 내러티브를 찾고자 하는 것을 처음부터 알고 있는 것처럼 보인다. "네 이름은 뭐냐, 추장?" 맥머피는 콤바인에서 부여한 이름이나 정체성이 아니라 추장 자신이 스스로 이름을 짓고 불가능한 가능성을 마음속에 그리기를 기다리듯이 묻는다.

맥머피는 브롬든에게 자신만의 특별한 이야기, 즉 스스로 믿고 상상한 진짜 이야기를 들려주기를 원한다. 그는 추장이 상상의 이름을 만들어, 육체를 지배하고 구성하는 고정된 이름을 넘어서는 비전을 창조해내기를 바란다.

맥머피는 추장과 그의 육체를 다시 온전히 결합시키기 위해 게임과 도박, 낚시 여행 등의 방안을 고안해낸다. 그는 추장에게 피가 흐르는 손을 내밀어 인간 보편의 욕망과 최초로 교감하게 한다. "그의 손바닥은 내 손과 맞부딪혀 소리를 냈어. 딱딱하고 힘센 손가락이 내 손가락을 꽉 쥐자 내 손에는 이상한 기분이 전해졌어. 마치 그가 자기 피를 나한테 수혈해주는 것 같이 피와 힘이 흘렀지." 이러한 움직임과 흐름은 욕망에 관한 기억과 함께 추장이 향수 어린 안개 너머로 과거와 현재를 오가며 상상해내는 것들에 깊이를 더해준다.

수간호사의 관료적 태도와 숨 막히는 청결 의식에도 불구하고, 추장은 자신의 신화를 기억해내고 과거에서 현재로 흘러온 기억과 욕망을 통해 미래를 향한 방향을 제시하려 한다. 부분적으로 맥머피에게서 영감을 받은 그 시도는 마치 그를 내면 깊은 곳으로 내려보내는 듯하다. "나는 직업 훈련 캠프에서 전기 기사의 조수였어. 그러다 독일로 파병되어 거기 대학에서 몇 년간 전기 조작법을 배웠지." 추장은 수간호사가 통제를 위해 사용하는 기계 장치와 전기 회로에 대해 이런 식으로 이야기한다. 그는 서서히 언어의 에로틱함에 빠져든다. 공장에서 일할 때의 '실을 감으며 도는 방추'와 '위아래로 왕복 운동을 하는 직조기의 북'에 대한 기억이 그의 욕망을 자극하여 그로 하여금 '병실은 콤바인을 위한 공장'이라고 생각하게 한다. 독자는 그가 나중에 맥머피에게 다음과 같이 말해도 놀라지 않으리라. "내 아빠는 진짜 추장이었고 이름은 티 아 밀라투나였어. 산에서 가장 키가 큰 소나무라는 뜻이지. 우린 산에 살지 않았어. 내가 어렸을 때 아빠는 정말 컸지." 그것은 그가 '브롬든'이라는 이름 대신에 찾아낸, 공동체의 신화적이고 독보적인 상상 속 이름이다.

'미소 짓는 엄마의 얼굴을 하고 분을 바른' 수간호사는 북미 원주민을 위협하고 그들의 육체와 목소리를 제거하려는 콤바인과 공공질서를 대변한다. 그러나 병동에 나타난 맥머피는 수간호사의 통제와 언어 체계 속에서 자신만의 육체와 독보적인 능력을 가진 편안한 존재로 보인다. 그 경계에서 맥머피는 체계의 빈틈을 발견하고 상상 속에서 규칙을 바꾸며 원래 자리에서 그것들을 비튼다.

추장이 과거의 기억과 현재 진행형인 욕망을 모두 전달할 수 있는 목소리를 찾는 데는 시간이 걸리지만, 그 목소리의 리듬을 통해 묻혀 있던 깊은 과거가 형체를 드러낸다. '맥머피의 침대 밑에서 먼지 덩어리를 치우는데, 어떤 냄새가 코를 자극한다. 병원에 온 후로 처음 맡아 보는 냄새다. 새삼 나는 마흔 명의 성인 남자들이 잠을 자는, 침대로 가득한 이 커다란 병동이 늘 수많은 여러 냄새들로 끈적끈적했다는 걸 깨닫는다. 살균제와 아연화 연고 냄새, 발 냄새 제거 파우더 냄새, 오줌 냄새, 노인의 지독한 대변 냄새, 패블럼과 안약 냄새, 빨고 난 직후에도 퀴퀴한 냄새가 나는 반바지와 양말, 빳빳하게 풀을 먹인 리넨 냄새, 아침에 자고 일어난 뒤의 입 냄새, 바나나 냄새와 비슷한 기계 기름 냄새, 그리고 가끔씩 풍기는 머리칼 그슬린 냄새. 그런데 지금은 전에는 없었던, 맥머피가 들어오기 전에는 결코 없었던 탁 트인 들판의 먼지와 흙 냄새, 땀과 노동의 냄새가 난다.' 그것은 육체적 감각이자 추장의 의식 속에서 진동하는 대지의 붉은 진흙과도 같은 냄새였다. 이야기가 펼쳐지면서 추상적 개념과 엄격한 법칙으로부터 벗어난 그의 목소리는 우리에게 유년 시절의 광활한 대지를 보여준다.

추장은 듣지도 말하지도 못하는 것처럼 연기하지만, 이야기할 때 그의 목소리는 거짓 침묵과 대조된다. 육체의 충만함을 찬양하듯 그의 목소리는 풍부하고 즐겁게 들리며, 굴곡이 심하지는 않지만 친밀함과 경험, (먼지와 때가 묻은) 인생의 복잡성이 주는 위험과 요행을 풍부하게 전달한다. 맥머피와 마찬가지로 그의 목소리와 웃음은 전염성이 강하고 개성과 집단성을 동시에 지닌다. 1960년대라는 시대적 배경을 고려했을 때 그 목소리는 수간호사의 엄격한 담론의 경계에 존재하는 추장의 몸이자 과거이며 대항 문화 그 자체로 이해할 수 있다. 그 목소리는 모멸감의 언어로 쓰인 '커다란 관측 노트'와 엄격한 통제의 언어로 쓰인 '단풍나무 조각에 압정으로 고정되어 있는 작은 놋쇠 평판'의 반대 지점에 있다. 커져가는 추장의 존재감은 지배 담론에 압력을 가한다.

시적 감수성으로 아버지의 이야기 복원하기

이상의 것 중 어느 하나도 추장에게 쉬운 것은 없었다. 경험하는 것과 그 경험을 말하는 것은 다르다. 트라우마를 겪은 그는 안개 속에서만이 아니라 대부분의 경우 길을 잃고 실패하고 때로는 포기하려 한다. "나는 너무 오랫동안 길을 잃는 게 두려워서 스스로 문을 찾았고 그들이 나를 따라오게 소리를 질렀어……. 뭐든 길을 잃어버리는 것보단 나을 것 같았어. 심지어 전기치료실이라도. 이젠 모르겠어. 길을 잃어버리는 것도 그리 나쁘지 않은 것 같아." 그러한 종류의 상실, 완전한 상실에 가까운 고군분투를 통해 그는 이제 확신을 갖게 되었다. 고군분투하는 이야기가 지닌 반복적인 리듬은 상실을 통해 앞으로 나아갈 수 있게 한다.

추장이 단지 맥머피를 만나 자신을 되찾는다는 해석은 지나치게 단순하다. 맥머피는 그를 자극해 새로운 가능성을 열어줬다. 맥머피의 웃음과 그의 이야기는 추장을 아버지와 고향에 대한 어릴 적 기억으로 연결한다. 그러한 경험은 그의 여정을 풍부하게 하고 사물의 단순함 속으로 후퇴하지 않게 만든다. 추장의 비전이 깊어질수록 두려움과 희망의 리듬은 과거가 현재를 짓누르듯 더욱 복잡해진다. 추장이 우리로 하여금 믿게 하고자 한 것은 그의 고유성이며 그의 언어를 통해 발화된 경험으로서 그가 이제 막 발견해내려고 하는 것이다. 수간호사가 가진 관료제의 완벽성과 총체성에 대한 믿음, 도덕적 흠결이나 먼지를 멸균하려는 태도와 달리, 추장은 계속해서 육체적 감각과 유한한 인간적 삶의 흐름을 포용해야 한다.

맥머피는 추장에게 희망을 주는 존재이다. '맥머피는 그 자신으로 존재하고 그걸로 충분하다.' 그는 추장이 추구하는 특별하고 고유성을 지닌 존재다. 그러나 추장은 거울을 들이대도 여전히 자신을 인지하지 못한다. "저건 내가 아니야. 저건 내 얼굴이 아니야. 난 심지어 진짜 나도 아니었어…… . 그저 보이는 모습, 사람들이 원하는 모습으로 있었을 뿐이야." 그는 맥머피가 되고 싶은 것이 아니다. 스스로를 발견하여 상상의 이름인 티 아 밀라투나로 살며 고유한 존재로서 부족을 책임지기를 원한다.

맥머피는 다양한 육체가 지니는 에로틱한 유희성을 부추긴다.

그는 반체제의 영웅처럼 지배문화의 제도적 질서에 맞서 윙크와 행동, 이야기로 즐거움을 표현한다. "맞아. 나는 너희 새들에게 게임의 즐거움을 알려주려고 여기 왔지."'새들(환자들)'의 날개를 꺾어버리려 했던 수간호사와 달리 맥머피는 그들이 비행을 상상하도록 도우려 한다. 그는 병동과 콤바인 간의 경계를 허물고 모두가 낚시 여행을 떠나자고, 종다리(이들을 태우고 떠날 배의 이름)를 타고 뻐꾸기 둥지속어로 정신병원을 의미함를 떠나 낯선 지역으로 날아가자고 제안한다. '그가 치누크 연어 낚시를 가자고 말할수록' (결국은 뻐꾸기 둥지 위를 날아갈, 무리 중 가장 큰 새인) 추장은 점점 더 낚시에 대한 열망이 커진다.

맥머피는 추장에게 가장 즉각적인 영향을 미쳤는데, 추장이 (그 자신과 우리를 위해) 살려내려고 고군분투한 기억들은 부족의 존재, 특히 그의 아버지와 고향이었다. 그것은 저항의 행위, 즉 사라져가는 스스로(와 자신의 부족)의 존재에 맞서는 방식이다. 그는 스스로의 존재를 신뢰하는 내적 감각을 일으켜 자신(과 우리)을 사라지지 않게, 묻히지 않게 한다. 추장은 자신의 이야기를 맥머피와 연결시킴으로써 다른 사람들에게 스스로를 드러내고 이야기하는 방식을 기억하려 한다. 그 과정에서 그의 정체성 대신 콤바인의 체제가 사라진다.

"나는 많은 것들을 다르게 바라봤어. 저 연무기가 금요일에 너무 세게 틀어져서 벽을 허물면…… 어느 날 밤 창밖을 볼 수 있을 거라고 말이야." 추장이 창밖으로 본 개 한 마리는 '아빠랑 삼촌들

켄 키지의 《뻐꾸기 둥지 위로 날아간 새》

이랑 사냥을 떠나지 않은 날, 할머니가 짜주신 담요 속에 누워 함께 놀던 개와 똑같이 생긴' 것이었다. 그는 창문 너머로 당장 보이는 것뿐만이 아니라 과거와 미래를 생생하게 바라보고 그려낸 것이다.

낚시 여행을 떠나기 하루 전날 밤, 추장은 침대에 누워 콜롬비아 강변 마을에 살던 열 살 무렵을 떠올린다. 그의 회상은 지금까지 그가 들려준 다른 이야기들과 달리 상세하고 강렬하다. 그것은 정부 관리들이 마을로 찾아와 추장과 아버지의 말을 듣지 않고 그의 어머니를 조종해 '낭떠러지 옆의 판잣집 대신에 수력발전소 댐을 만드는 것의 이익'을 부족에게 이해시키려 했던 이야기이다. 낚시 여행에 대한 추장의 상상은 그의 내면 깊숙한 곳에서 현재에서 과거로, 과거에서 다시 현재로 의미심장하게 변해간다. "그건 놀라운 일이었어." 그는 말한다. 그의 상상은 더 나아가 기억으로 이어진다. "……내가 그걸 기억해냈다는 것이 놀라워. 소년 시절에 대해 이렇게 기억하게 된 게 처음인데 마치 몇 백 년은 지난 것 같아. 내가 여전히 기억할 수 있다는 게 놀라워. 나는 밤새 뜬눈으로 침대에 누워 다른 것들을 기억해냈어……."

또한 추장은 이날 밤 처음으로 맥머피의 노래와 침대 밑에 붙여놓은 껌 때문에 함께 웃었던 아주 오래전 일을 기억해내고, 언어를 되찾아 말하기 시작한다. 맥머피가 과일 주스를 선물로 주자 추장은 자신이 무슨 말을 하는지 의식하지도 못한 채 "고맙다"고 말한다. 추장이 몇 년 만에 처음 입 밖으로 꺼낸 말이자, 이야기에 대한 보답과 대화를 향한 감사의 인사였다. 그 후 주고받는 언어가 점점 늘어나면서 추장은 맥머피에게 아버지와 어머니, 그리고 부족에 대해 이야기한다. 그의 이야기는 마치 맥머피의 웃음과 같이 '벽에 점점 큰 원을 그리며 찰랑대듯 퍼져나간다'.

이어서 맥머피는 추장이 이야기를 더 확장해 콤바인과 관련된 가족의 역사까지 말해주는 것을 듣는다. 맥머피의 표현대로 추장의 이야기는 '미친 듯' 보이지만, 한편 (맥머피 자신도 인정하듯) 꽤 그럴듯하다. 추장은 이야기를 통해 자신이 누구인지, 그리고 말할 때 자신이 다른 사람에게 어떻게 보이는지를 배우고 있다.

맥머피 일당은 미지의 위험을 감수하고 콤바인의 엄격한 제한, 수간호사의 규율과 단속을 넘어설 큰 비전을 가지고 돌아온다. 추장은 자신의 깊은 내면과 고향의 대지와 관련된 시들에 대한 기억을 새로이 되살려낸다. "나는 어린아이였을 때부터 내가 느꼈던 모든 것이 좋고, 땅이 아이들의 시를 노래해주던 그 시절의 기억들을 기억해."

낚시 여행은 추장의 시각을 확장시키고 새로운 자신감을 심어주며 수간호사가 억압했던 자신의 비전(과 육체)을 더 온전히 이해할 수 있는 계기가 된다. 그는 자신이 태어난 이름으로 살아갈 필요가 없으며 스스로 이름을 상상하고 만들어낼 수 있음을 알게 된다. 그러나 그 확장된 시각은 수간호사의 엄격한 통제 아래 야기될 갈등과 폭력, 심지어 죽음을 암시한다. 수간호사는 예상대로 반응했다. 모든 일에는 희생이 따르는 법. 그러나 추장은 복수가

켄 키지의 《뻐꾸기 둥지 위로 날아간 새》

아닌 저항으로 대응하고, ('그들'보다는 '우리'에 해당하는) 타인을 위해 헌신해 나아간다. 이제 그를 움직이는 것은 연민이다. 샤워장에서 다른 환자들을 위해 싸우면서 그는 결국 맥머피와 함께 특수 병동으로 강제 이송된다.

믿으면 일어날 수 있는 불가능의 가능성

추장은 수간호사의 전기충격요법이 일으키는 '번쩍거리는 불빛…… 엄청난 색깔들'에 저항하고, 그로 인해 요동치는 기억과 욕망의 리듬이 그를 다시 뒤흔든다. 한창 전기충격이 가해지는 와중에 그는 "딸랑딸랑, 따끔따끔, 발가락을 꼼지락거려…… 한 마리는 동쪽으로, 한 마리는 서쪽으로, 뻐꾸기 둥지 위로 날아간다"라는 할머니의 노랫소리를 들으며, 어린 소년이었던 자신이 '뻐꾸기 둥지 위를 날아가는 거위'가 되었음을 명백히 인식한다. 그의 운명과 부족과의 관계, 과거와 미래는 이제 점점 또렷하게 모습을 드러낸다. 아버지와 삼촌 '달리고 뛰는 늑대'는 함께 할머니의 시신을 묘지에서 파내어 나무에 매달고, 부족의 의식과 공동체의 이야기에 권위와 명예를 부여함으로써 백인 사회에 저항했다. 특수 병동에서 전기충격요법을 경험한 후, 충격들 사이의 간극을 발견한 추장은 여전히 자기 자신에 대해 파고든다.

과거의 유희적이고 시적인 기억들—할머니의 삶과 죽음, 그녀의 유약함과 비전—을 되살리고 미래를 향해 나아가면서, 추장은 이제 맥머피의 종말을 기념하는 디오니소스적인 축제에 참여

한다. 그의 비전은 맥머피의 삶이 고갈되어감에 따라 성장하는
데, 이는 맥머피가 추장(과 무리의 다른 이들)에게 주는 마지막 선물
이다. 유한한 육체가 가진 에로틱한 유희성과 인간 공동체 정신이
가진 웃음을 살려내는 것. 이는 또한 신뢰하면 일어날 수 있는, 불
가능의 가능성을 일깨운다. 파티가 끝나가자 추장은 이렇게 말한
다. "'콤바인'의 가장 강력한 본거지의 한가운데서 여자들과 술에
취해 웃으며 돌아다니고 있었다니! 나는 우리가 한 일을 돌이켜보
았다. 좀처럼 믿을 수 없는 일이었다. 그러나 그것은 진짜 일어난
일이며, 우리가 그 일을 했다고 나는 몇 번이고 마음속에 되새겨
야 했다."

　추장에게 맥머피는 개인적인 구원자가 아니라 부족의 일원으
로서, 콤바인의 비인간적 체제에 저항하는 인간 부족의 일원이 되
었다. 그들 중 누군가가 아닌 '우리 중 하나'가 된 것이다. 계속되
는 병동의 비인간성에 빌리 비빗이 수치를 느끼자 간호사들은 앙
상한 목으로 혀를 차며 "오, 빌리, 빌리, 빌리—우린 네가 너무 부
끄럽구나"라고 말했다. 맥머피는 마지막으로 이 수치스러운 비인
간성을 노출시키려 한다. 추장의 아버지가 결국 굴복해 '브롬든'
이라는 고정된 이름으로 자신의 이야기를 잃어버린 것과 달리, 맥
머피는 다른 이들을 위해 그의 이야기, 그의 운명, 그리고 그가 누
구인지를 끝까지 말하려 한다. 수간호사와 그녀의 비인간성을 대
면한 맥머피의 '붉은 손가락'이 '그녀의 목의 하얀 살점'으로 달
려들어 하얀 유니폼을 찢어내자, 잠시 수간호사의 가슴이 드러난

다. '두 젖꼭지의 둥근 부분은 그녀의 가슴부터 시작해 누구도 상상할 수 없을 만큼 점점 부풀어 올랐고, 빛 속에서 따뜻한 분홍빛을 띠고 있었다.' 잠시 동안이지만 그 광경은 연약한 인간의 유한한 육체를 엿볼 수 있게 한다.

공격당한 수간호사는 다시 병동으로 붙잡혀 들어온 맥머피에게 전두엽 절제술을 지시한다. 그가 실려 온 들것에는 진한 검은색 글씨로 '맥머피, 랜들 P. 수술 완료'라고 적힌 차트가 붙어 있다. 그러나 이는 수간호사가 통제하는 것들의 압축된 명명일 뿐이다. 붉은 인간이 가진 고유성과 비전은 압축적인 이름이나 식물인간 상태가 된 몸이 아닌, 기억과 욕망을 통해 발견되고 지속될 것이다.

맥머피는 수간호사의 명령에 의해 전두엽 절제술을 받아 식물인간 상태가 된 채 병실로 돌아왔고, 추장의 '그림자'는 맥머피의 '허리와 어깨의 중간쯤에 드리워져 검은 공간을 남겼다'. 추장은 자신의 분신과 마주할 뿐만 아니라, 그 '텅 빈 공간'을 고유의 행위로 채우고, 자신과 타인, 병동의 환자들과 부족 사람들을 위해 자신만의 이야기를 남길 준비가 된 듯 보인다. 그는 신념과 비전을 추구한다. 그는 연약하지만 희망에 차 있으며 위험을 무릅쓰고자 한다. 그는 책임감을 느끼며, 이제 더 이상 존재한다고 말하기 어려워진 맥머피의 삶을 끝내기로 결심한다.

맥머피가 사라지자 추장은 점차 힘을 얻는다. '그 크고 다부진 육체는 생명력이 강했다. 그것은 생명을 빼앗기지 않으려고 한참

동안 저항했다. 그것이 무서운 기세로 저항했기 때문에 나는 그 위에 올라탄 채 발버둥치는 다리를 내 다리로 꽉 눌렀다. 그러는 동안 내 손에 쥔 베개도 그의 얼굴을 누르고 있었다. 나는 몸부림이 멎을 때까지 계속 그 위에 올라타 있다가 슬그머니 내려왔다.' 동성애적 사랑과 죽음, 위험한 친밀감이 뒤섞인 가슴 저미는 감정을 느끼며, 추장은 자신의 언어로 경험을 말하고 유한한 삶 속에 내재된 리듬을 되찾은 듯 보인다.

추장은 이제 수간호사의 계기반을 창문 밖으로 던져버린다. 깨진 유리창 파편들이 '잠든 대지를 깨우는, 밝게 빛나는 차가운 물처럼' 튄다. 그가 탈출하자 지구는 자연의 땅, 고향, 그리고 비전의 세례를 받은 장소가 된다. "마치 하늘을 나는 기분이었지." 고향으로 돌아가야 하는 캐나다 철새처럼 그는 가장 먼저 '알고 지내던 사람이 마을에 남아 있는지'를 확인하기 위해 콜롬비아협곡으로 향한다. 그는 흘러넘치는 희망과 의욕을 느끼며 '부족 중 더러는 몇 백만 달러나 들여 만든 수력 발전용 댐 위에 옛날 방식에 따라 덜컹거리는 나무 발판을 만들어놓고 방수로에서 연어를 잡고 살' 리라는 불가능한 가능성을 꿈꾼다. 그는 콤바인의 기술력이 가진 비인간성을 대면한 연약한 인간의 회복을 상상한다. 그리고 그는 그곳에서 인간의 욕망을, '배수로에서 연어를 창으로 찌르던' 순간 부족이 내뿜던, 콤바인은 알 수도 통제할 수도 없는 비전을 엿본다.

추장이 자기 경험을 표현해낼 목소리를 찾았다고 할지라도, 독자인 우리는 여전히 이야기의 외연에 있는 수간호사와 콤바인의 존재를 기억해야 한다. 추장이 말했듯, "명확히 생각하고 기억해내기란 여전히 어려운 일이다. 그러나 일어나지 않았을지라도 그건 진실이다". 그 '진실'이란 커다란 두려움과 의식의 광적인 포효가 만들어낸 추장의 이야기이자, 우리가 그의 비전을 통해 경험한 것이다. 그 목소리가 들린다면, 억제된 것들이 언제나 그렇듯 수간호사의 비인간성 또한 돌아올 수 있다. 소설의 결말부의 표현을 빌리자면 추장은 '오랫동안 자리를 비웠'지만 소설의 첫 구절의 표현처럼 '그들은 거기 나와' 있다. 독자인 우리는 그 이야기 속 '진실'을 들었다. 추장은 그의 진실을 제시했고, 우리는 그의 고유성을 읽어내야 한다. 그의 이야기를 통해 우리의 이야기가 가능해지기 때문이다.

제9장
척 팔라닉의 《파이트 클럽》

포스트모던의 시대,
내러티브의 의미

The Risk of Reading

언어로 구축되는 상호주관성의 공간

척 팔라닉Chuck Palahniuk의 《파이트 클럽Fight Club》은 불안정성, 언어의 불이행, 경계가 무너지는 포스트모던의 상황, 그리고 모든 것이 끝난 곳에서 다시 암시되는 시작으로 요약된다. 동명의 영화는 데이빗 핀처David Fincher 감독이 이 고전 컬트 소설을 원작으로 제작한 것이지만, 영화는 그저 영화일 뿐이라는 사실을 잊어서는 안 된다. 이름 없는 화자는 에드워드 노튼이 아니며, 타일러 더든 역시 브래드 피트가 아니다. 독자인 우리는 텍스트에서 단지 언어를 경험할 뿐이며, 언어가 창조한 상호주관성의 공간으로 들어간다. 도입부에서 우리는 소설의 화자와 대화를 나누고 결말부까지 이 대화를 이어간다. 도입부의 문장은 이렇게 시작된다. '……영원한 삶으로 가는 첫 번째 단계를 밟기 위해, 당신은 먼저 죽어야한다.' 여기서 이름 없는 화자인 '당신'은 우리이기도 하다. '내 목덜미를 겨누는' 총부리는 타일러의 것일 수 있으며, 그 목은 우리의 것일 수 있다. 우리는 이야기의 도입부에서 살인 혹은 자살의 순간에 처해 있으며, 어떻게 여기까지 왔고 어디를 향해 갈 것인지를 알고자 한다.

이야기의 시작은 마치 종말의 근처에 닿아 있는 듯하다. 이름 없는 화자는 파커모리스 건물의 옥상에 있는데, 건물의 모서리는 곧 무너져 내려 '타일러의 진짜 목표물인 국립박물관 위로 떨어질' 듯하다. 그런데 타일러 더든은 누구인가? 화자는 그에게 압도된 듯 보인다. (도입부의 세 문장 속에 그의 이름은 무려 네 번이나 언급된다.) 화자는 "사람들은 언제나 나에게 타일러 더든을 아느냐고 묻는다"고 말한다. 그는 분명 타일러를 알고 있다. 타일러는 그에게 웨이터 자리를 구해줬으며, 그 타일러는 지금 화자의 입 속에 총부리를 겨눈 채 말을 걸고 있다. 그럼에도 불구하고 우리는 아무도 제대로 알지 못하며 심지어 우리 스스로에 대해서도 알지 못한다. 이 텍스트는 도입부에서부터 바로 이러한 의문을 던지고 있다.

이름 없는 화자는 '진짜' 이야기를 하고 있지 않은 듯하다. 어쩌면 타일러가 화자가 아닐까? 화자는 "나는 처음부터 여기에 있었다"고 주장한다. 그는 모든 것을 기억한다. 그러나 타일러 또한 처음부터 계속 존재해왔다. 사실상 '타일러'는 이 수수께끼 같은 이야기에서 발화되는 첫 단어이다.

지킬과 하이드, 브롬든 추장과 맥머피, 혹은 프랑켄슈타인과 괴물처럼 이름 없는 화자와 타일러는 이중의 존재로서 연결되어 있는 듯하다. 그런데 화자는 이 이야기가 말라 싱어 때문에 시작되었음을 명시한다. "나는 총, 난장판, 폭발, 이 모든 것이 사실은 말라 싱어와 연관된 것임을 알고 있다." 이 이야기에는 명백히 사랑의 삼각관계가 존재한다. "나는 타일러를 원한다. 타일러는 말라를 원한다. 말라는 나를 원한다."

주치의의 조언에 따라, 화자는 불면증을 치유하고 이케아IKEA 환불팀에서 일하는 것보다 조금 더 '진짜' 삶에 다가가기 위해 '집단 치료'에 나가기 시작한다. 처음에는 별 차도가 보이지 않는다. 그는 자신의 경험을 '복제를 복제한 복제'라고 여긴다. 그러던 중 고환암 치료 단체인 '생존자 모임'에서 화자는 자신의 증세를 일시적으로나마 완화시켜주는 빅 밥을 알게 된다. 빅 밥에게 안겨 울면서 화자는 따뜻한 안정의 순간을 찾고, 자궁에서와 같이 '고요하고 완전한 어둠 속에서 망각으로 사라지는' 기분을 느낀다. 그러나 그 상태에서 깨어난 화자는 밥의 셔츠에서 울고 있는 자신의 모습이 투영된 눈물 자국을 본다.

일종의 다시 태어나는 것과 같은 이 징후는 화자에게 있어서 자의식의 재탄생일까, 아니면 삶이 단순히 '복제의 복제'일 뿐이라는 인식의 연장선일까? 어느 쪽이든 우리는 인간의 성장과 발전에 있어서 이러한 움직임이 필수불가결한 것이며, 자궁과 같은 기원에서 세계로 이동하는 데는 언제나 모순이 동반됨을 깨닫게 된다. 자궁을 떠나는 것은 자유를 제공하지만, 그 자유는 제약 없는 자유가 아니다. 화자가 말하듯, 이 순간적인 안도의 감정(혹은 환생)은 사실상 희망이 없는 자유이다. "모든 희망을 잃는 것이 곧 자유"라고 화자는 주장한다.

잃을 것이 아무것도 없다면 사실상 그는 바닥을 친 것이고, 화자는 자신의 현재 상태가 그러하다고 판단한다. 모임에서 사람들과 울부짖으며 그는 '세상의 북적거리는 삶 속에서 조금 따뜻한 어떤 구석'에 와 있다고 여긴다. 그는 이제 아기보다 더 잘 잔다. 그런데 그 '따뜻한 구석'은 클로에의 명상 가이드에 있는, 신체의 고통으로부터의 도피와 유사하다. 그것은 입구인가, 출구인가? 화자가 스스로를 속이고 있다면, 그것은 결코 그의 '진짜 삶'이 될 수 없다.

그런 것 같아 보이지 않지만 화자는 자신이 모든 것을 기억한다고 주장한다. 그는 지금 우리 모두가 머리(혹은 입 안)에 겨눠진 총을 맞댄 채 살아가고 있으며, 우리의 실존적 상황은 신체를 암이나 혈액 기생충의 숙주라고 느끼는 것이나 마찬가지라고 기억한다. 그는 자신의 삶이 클로에가 건넨 명상 가이드에서처럼 '고요한 정원'을 향해 가고 있다고 착각하는데, 이는 그의 신체로 돌아가는 것이 아니라 신체로부터 떠나는 것이다. 화자는 이를 이해하지 못하지만 독자인 우리는 그의 말을 통해 이를 알 수 있다.

말라가 집단 치료에 나타나 화자를 쳐다보기 시작하자 그는 더 이상 울 수 없게 된다. 우리는 같은 이유로 아담이 에덴동산의 사과를 먹은 후 하와의 시선을 알아채고 당황해했을 것임을 상상해 볼 수 있다. 화자는 "그녀의 시선을 통해 나는 내가 거짓말을 하고 있음을 알았다"고 말하며 곧이어 황급히 덧붙인다. "그녀가 거짓이고, 거짓말쟁이다." 화자는 자신을 응시하는 말라의 시선에 노출된다. 아담과 달리 그는 남녀 사이의 유사점과 차이점을 인식하지 못한다. 그는 자신이 말라와 비슷하다고 주장한다. '이 순간, 말라의 거짓을 통해 내 거짓이 보였다. 그리고 모든 것이 거짓임이 보였다.' 그는 '죽음과 죽어가는 것마저 이벤트처럼 순위가 매겨지는' 이케아와 같은 막강한 소비의 세계에서 튕겨져 나와 기세가 한풀 꺾인 상태이다. 이때 화자는 특별하지 않다. 그에게는 차이의 개념이 없기 때문이다.

타일러 더든이 이름 없는 (결코 자신의 이름을 알려주지 않는) 화자의 또 다른 자아라면, 말라 싱어 또한 다른 차원의—타일러와 마찬가지로 화자를 괴롭히는—부분적 자아일 수 있다. 처음 마주쳤을 때 화자와 말라는 소비문화의 여행객이었다. 소비 네트워크에 동의한 그들은 육체와 영혼이 분리된 상태로, 진정한 연결이나 차별성 없이 중심에서 멀리 떨어져 세계를 부유한다. 그들의 '진짜 삶'은 가짜였고, 가상의 것이자 환영이었다. 오로지 이야기를 만들어내는 것만이 현재 그들의 삶을 의미 있게 만든다.

독자인 우리는 리콜 본부 코디네이터인 화자가 이 공항, 저 공항을 오가는 것을 따라간다. 그는 이동하는 것처럼 보이지만 땅에서 분리된 채 공기 위에 떠 있을 뿐이다. 그는 비밀 공식을 적용해 비용을 분석한다. 그는 인간 존재의 비밀이나 복잡하고 모순적인 정체성 등, 그 어떤 중요한 진실도 추구하지 않는 듯 보인다. 그는 자신과 회사의 위험을 피하고 결함이 노출되지 않도록 하며, 자신과 회사의 비밀을 지키기 위해 일한다. 극장에서 영사 기사는 필름 롤film roll 사이의 간격을 감춰서 그 간극을 알아채지 못하게 한다. 그는 (타일러처럼) 그런 영사 기사의 존재를 눈치채지 못하는 극장의 관객과도 같다. 관객은 영화 속 이야기가 자연스럽게 흘러가는 것만을 본다. 그들은 필름 롤 사이에 (숨겨진 장면인) 불타는 담배를 결코 눈치채지 못한다.

이케아의 세계에서 화자는 무감각한, 어쩌면 차별성이라는 개념 자체를 부정하는 존재로 남는다. 그는 자신의 삶의 가능성을 탐험하는 대신 직업 안정성만을 추구한다. 그는 특히 성性적 차이, 그중에서도 말라와 자신의 성적 차이에 둔감하다. 고환암 치료 단체에서조차 (말라가 출현한다는 것 자체가 이상한 공간임에도) 화자와 말라는 둘 다 '가짜'라는 점에서 다르기보다 같다. 이러한 관점에서 타일러는 단연 차이를 만들어내는 유일한 인물이다. 그는 지루한 영화에서 순간적으로 나타나는 발기勃起 이미지와도 같다.

타일러는 대체 누구인가? 화자는 타일러를 누드 비치에서 처음 만났다고 회상한다. 타일러는 관목 통나무들을 해변의 파도에서 끌고 나와 이를 모래에 세워 꽂는다. 그러고는 '각각의 통나무 그림자 길이를 측정할 수 있게' 모래 위에 선을 긋는다. (누구라도 바라 마지않을) '완벽한 한 순간'을 위해 그림자는 완벽한 손 모양이 되고 타일러는 그 손바닥 위에 앉는다. 화자가 말하듯 '타일러는 자신이 만들어낸 완벽한 손바닥 위에 앉았다.' 타일러 더든에 따르면, '일 분이면 충분했다…… 그 일 분을 위해 인간은 열심히 일한다. 그 완벽한 일 분은 노력의 대가로 충분했다.'

우리가 이 '완벽한 일 분'을 어떻게 생각하든, 그림자 손이 인간의 만족감에 미치는 영향은 (그것이 매우 찰나의 것으로 보일지라도) 이야기를 추진시키는 원동력이 된다. 타일러는 그 노력을 가능하게 하며, 같은 맥락에서 그는 발기 또한 가능하게 한다. 타일러를 화자의 동물적 힘이라고 가정한다면, 우리는 쉽게 납득할 수 있다. '거짓'의 존재인 말라가 이야기에 재빨리 다시 등장하고, 화자는 그녀가 자신의 진짜 '동물적 힘'이라고 말한다. 그러나 그 순간 그는 말라에게 자신을 내보이지 못하고 그의 '차크라chakra는 여전히 닫혀' 있다. 말라와 마찬가지로 그 역시 여전히 '진짜 삶'을 느끼지 못하고, 그만큼의 노력조차 하지 못한다.

일련의 사건이 일어나는 동안 화자는 이케아 환불팀에서 나와 스스로를 고립시키고 말라에게서 격리되는 듯 보인다. 반면 내러티브는 이제 앞으로 나아가며 독자와의 대화 속으로 틈입한다. 화자와 말라가 이케아라는 완벽한 소비의 세계에 함께 고립되어 있었다면, 이제 화자는 타일러처럼 무언가를 시도한다. 이것은 마치 화자가 자신의 이야기를 해나가면서 점차 필름 롤 사이에서 담배가 타고 있는 것(간극)을 인지하고, 자신이 만들어내는 언어 속에 자신의 위치를 잡기 시작하는 것과 같다. 그는 자신이 이끌어가는 '진짜 삶'의 의미를 깨닫기 시작한다. 독자인 우리 또한 그러한 기회를 갖게 된다. 화자의 언어는 순환 고리를 만들어내며, 우리에게 현실과 환상, 진짜와 가짜, '진짜 삶' 속의 중요한 사건과 이야기가 만들어내는 사건의 중요성 간의 (다소 모호해 보일 수 있는) 차이를 인식하게 한다.

이어서 우리는 화자의 아파트가 폭발하는 소리를 듣는다. 화자는 페이퍼가街(이야기를 만들어내는 곳)에서 타일러를 불러내고, 타일러는 화자에게 자신을 때리라고 한다. "사정없이 나를 때려." 이것이 파이트 클럽Fight Club의 시작이다.

이야기의 모반과 배반

'파이트 클럽에서 일어난 일은 말로 설명되는 것이 아니'지만, 파이트 클럽의 일을 설명하기 위해서는 '실제 세계'가 그러하듯 내러티브가 필요하다. '파이트 클럽에서의 첫 번째 규칙은 이곳에 대해 말해서는 안 된다는 것'이지만, 파이트 클럽이 운영되고 유지되기 위해서는 사람들이 그곳에 대해 말해야만 한다. 다행히도 사람들은 언제나 그곳에 대해 말한다. 법칙은 스스로 위반을 만들고, 거기에는 나름의 미덕이 있다. 파이트 클럽에서의 경험은 사람들이 공유할 공간을 제공하며, 그곳에 있을 때와 없을 때의 차이를 인식하게 한다. 그러나 그 경험으로부터 의미를 만들어내는 것은 이야기다. 화자가 우리에게 말하듯 '파이트 클럽에서의 나는 내 상사가 알고 있는 사람과 다르다'.

이야기가 계속 전개되면서 화자는 이제 자신이 타일러와 싸우던 첫 장면으로 돌아온다. 그들은 서로를 때리고, 화자는 폭발적인 자신감과 통제력을 경험한다. '나는 그전에 그러지 못했던 모든 걸 내 손으로 할 수 있다고 느꼈다.' 파이트 클럽은 우연히 발생된 것이지만, 얼마든지 다시 일어날 수 있는 사건이다.

앞서 화자가 자신과 타일러, 그리고 말라의 관계에 대해 다음과 같이 말했던 것을 기억할 것이다. "나는 타일러를 원한다. 타일러는 말라를 원한다. 말라는 나를 원한다." 그에 따르면, 이는 '보살펴주는 사랑이 아니라, 소유권에 대한 이야기'다. 그는 여전히 이케아적인 의식으로 사고했다. 그의 정체성은 자신이 소유한 물건, 추상적인 소비자의 수요에 따라 적재된 상품과도 같았다. 그러나 한 달간 소비문화의 극단에서 사는 동시에 파이트 클럽에 참가하면서 화자와 타일러의 관계는 깊어지고 복잡해지며, 지켜질 수 없는 비밀들이 서서히 드러나게 된다. 우리는 리젠트 호텔에서 불법행위를 하며 살아가는 말라의 모습에서 극도의 절박함과 갈망을 발견할 수 있는데, 페이퍼가에 나타나는 그녀의 유령 같은 모습은 잊을 수 없는 이야기의 숨겨진 의미를 강화시킨다.

페이퍼가에서 화자는 '타일러와 말라가 동일인'이라는 의문을 가지기 시작한다. 독자인 우리는 그들의 성별이 다르지 않다면 같은 사람일 수 있다고 추측해볼 수 있다. '그들이 매일 밤 말라의 방에서 성교하는 것이 아니라면' 말이다. 화자에 따르면 타일러와 말라는 화자의 아버지가 가족을 버리고 집을 떠나기 전까지 그의 부모가 보이던 모습, 즉 서로를 투명인간처럼 대하는 모습을 보인다. 아버지의 부재로 인해 화자는 자신이 버려졌다고 느꼈고, 이제는 벗어난 듯 보이는 소비문화로 그 깊은 부재의 감각을 채웠다. 말라도 화자처럼 비슷한 부재의 감각을 느끼며, 혼란스러운 상태로 자신의 문제들을 외면한다. 타일러와 '성교하는humping' 것을 부재를 채우기 위한 노력으로 본다면, 그녀는 썩 몰두할 수가 없다. '그녀는 혼란스럽고 뭔가 잘못되고 있다는 생각에 사로잡혀 무엇에도 전념할 수가 없었다.' 그 순간 '전념하지 못함'은 오히려 그녀에게 유리하게 작용한다.

타일러의 말대로 우리는 주의를 기울여야 한다. '왜냐하면 지금까지의 모든 일들과 앞으로 일어날 모든 일들이 이야기이기 때문'이다. 현재는 우리의 삶에서 가장 중요한 순간일 수 있고, 새로운 시작을 향한 분열적인 사건일 수 있지만, 깊이 있는 숙고가 없다면 그 순간들에는 아무런 의미가 없다. '순간'은 이야기로 인해 많은 가능성을 지닌다. 이야기가 없다면 순간은 아무것도 낳지 못한다.

내러티브는 질문도 해답도 제시하지 못하고, 불명확한 가능성이나 자신감을 주지 못한다는 것이 점차 명확해진다. 이는 타일러가 화자의 손등에 각인시키는 고통스러운 키스, 잿물에 탄 약속을 유한한 육체에 봉인하는 키스와 같다. 우리와 마찬가지로 화자에게는 자신의 육체적 정체성의 시작과 끝을 알려주는 상처(자국)가 필요하다. 고통스러운 키스는 일종의 모반母斑, birthmark 과도 같이 타인과 살아가는 현실의 삶, 그리고 가족 및 친구와의 연대를 상기시키는 한편, 피부에 새겨지면서 나 자신의 개별성, 이질성, 홀로 맞이해야 하는 죽음을 상징하기도 한다. 타일러의 키스가 약속이라면, 이는 동시에 스스로의 배반을 의미한다.

화자와 말라는 모두 모반을 가지고 있고, 화자와 마찬가지로 '말라의 손등에도 타일러의 키스로 인한 상처가 있었다'. 독자로서 윤리적 책임을 가진다면, 우리는 화자와 말라에게 관심을 쏟아야 한다. 우리 역시 모반과 상처를 가지고 있으며, 우리 또한 언젠가는 죽을 것이기 때문이다. 이러한 사실은 우리를 모호한 존재가 아닌, 소비자 의식의 분열된 객체 이상의 존재로 만든다. 타일러가 오래전 화자에게 설명했듯, "언젠가 너는 죽을 것이고, 그 사실을 모른다면 너는 아무런 가치가 없다". 독자인 우리는 처음 화자의 입 안에 권총이 겨누어졌을 때부터 화자와 함께 이 사실을 기억한다.

당신이 죽을 때 사람들은 가장 큰 관심을 기울여줄 것이라고 화자는 말한다. 자신이 말을 할 차례만 기다리는 대신 당신의 말을 들어줄 것이라고 말이다. "그렇게 두 사람이 이야기를 나눌 때, 뭔가가 생겨나는 거예요. 그런 후의 두 사람은 전과 달라지는 거죠." 우리는 내러티브 속에서 대화에 참여해야 한다. 이것이 집단을 제대로 유지하는 방법이며, (일종의) 파이트 클럽이 운영되는 방식이다. 그리고 독자들에게 감히 내러티브에 전념할 것을 요구하며 그것이 진행되는 방식이다. 그것은 공공장소에서 인간이 교환하는, 우리를 타인에게 내어 보이는 위험하고 차별화된 사업이다. 우리는 그 약속을 믿어야 하는 동시에, 약속이 결국에는 우리를 배반할 것이라는 것을 인지해야만 한다. 만약 약속이 중요한 것이라

척 팔라닉의 《파이트 클럽》

면, 그것의 배반 또한 중요하다. 이를 인지함으로써 우리는 다시 타자 앞에 놓여, '실제 삶'의 우연성을 직면하게 된다. 또한 실제 삶을 살아가는 인간으로서의 보편성과 개인으로서의 고유성을 일별하게 해준다. 이것은 결국 우리로 하여금 계속 질문하고, 탐구하고, 건강한 회의론으로 움직이게 하는 것이다.

프로젝트 메이헴의 아이러니

이야기가 전개되고 확장되면서 파이트 클럽은 프로젝트 메이헴Project Mayhem으로 발전한다. 프로젝트 메이헴은 파이트 클럽의 경험이 만들어낸 결과이기도 하고 그렇지 않기도 하다. 프로젝트 메이헴은 파이트 클럽에서 발전된 것이기도 하고 그렇지 않기도 하다. 프로젝트 메이헴은 자연스럽게 발생했을 뿐이다.

독자인 우리는 "오늘 신문에 실렸다"는 화자의 말을 통해 프로젝트 메이헴의 존재를 처음 알게 된다. 프로젝트 메이헴은 신문의 제1면에 사진과 함께 실려 있다. 파이트 클럽이 내밀하고 심리적인 경험인 것과 달리—그래서 지하에서 벌어지고 주류 소비문화와 단절되어 있는 것과는 달리—프로젝트 메이헴은 공공 행사로, 소비문화의 분절된 카니발과 같은 거울 이미지로서 손쉽게 경험된다. 이것은 무정부 상태의 관료주의 내지는 조직된 혼란과도 같다. 우리에게 프로젝트 메이헴은 마치 프랑켄슈타인의 괴물, 똑바로 일어서서 자유를 약속하는 파시즘과도 같다. 당시에는 혁명적인 결과를 낳았으나 지금은 부당한 취급을 받는 의료 폐기물과도 유사하다. 소비문화와 같이 그것은 천국 내지는 에덴동산으로의 귀환을 약속하지만, 쇼핑이 그러하듯 빠르게 중독에 이르게 한다. 프로젝트 메이헴은 타일러와 연결되며 우리와도 연결될 수 있다. 특히 우리가 독자로서 계속해서 주의를 기울이고 질문을 던지지 않는다면 말이다. "질문하지 않는다. 그것이 프로젝트 메이헴의 첫 번째 규칙이지." 화자는 우리에게 말한다. 프로젝트 메이헴은 완전하고 총체적인 믿음, 맹목적인 믿음에 기반을 둔다.

화자는 이전에 개인적으로 바닥을 치는 것에 대해 걱정했지만, 이제 그는 '세계 전체가 바닥을 치기를' 바란다. 우리는 이제 개별 신체에 집중하는 대신 집단적 신체(세계의 몸)에 초점을 맞춘다. "우리는 세상을 역사 밖으로 폭파시키고 싶었다." 프로젝트 메이헴을 통해 우리는 명백히 파멸의 직전에 와 있으며, 시간의 종말과는 다른 무언가의 시작을 원한다. 우리는 검정 셔츠를 유니폼으로 입는 세계, 총과 살인의 세계이자, 타일러에 대해 한 치의 의심도 갖지 않고 그를 전적으로 신뢰하는 세계로 진입했다. 소비문화의 목표가 인간을 영육靈肉 간에 분리시켜 그 결과 개인 육체를 파멸시키는 것이라면, 프로젝트 메이헴의 목표는 '완전하고 즉각적인 문명의 파괴'라고 할 수 있으며, (타일러의 주장대로라면) 이어서 세계의 육체는 부활할 것이다. 그러나 이렇게 생각한다면 우리는 충분히 주의를 기울이지 않은 셈이 될 것이다. 프로젝트 메이헴은 이케아로 대변되는 문화의 어두운 면이고, 대체된 리비도이자 영락함이며, 그 자신의 한계와 결함에 대해 눈을 감고 있는 존재이다. 소비문화와 같이, 프로젝트 메이헴의 목표는 세속의 자아가 가진 모순과 복합성에 대한 전적인 부정이며, 개별성에 대한, 불완전한 눈송이들에 대한 부정이다. 즉, 우리 모두를 '동일한 퇴비 더미의 일부'로 만드는 것이다.

흥미롭게도 프로젝트 메이헴이 발전해갈수록 말라는 혼란스러워하면서도 메이헴의 매끈한 표면을 방해하는 하나의 개인으로 드러난다. 그녀는 스페이스 멍키들에게 노골적으로 저항하고—그녀는 그들에게 "꺼져버려"라고 말한다—자연 세계의 리듬에 대단히 잘 맞춰진 채로 남는다. 그녀는 화자와 함께 페이퍼가의 정원을 걸으면서 식물의 이름을 말하기도 하고 그에게 도전적으로 중요한 질문을 던지기도 한다. "그래서 당신은 어떻게 하려는 건가요?" 말라는 화자에게 가까이 다가가면서 (혹은 화자가 말라에게 가까이 다가갔다고 하는 편이 나을 것이다), 타일러는 점차 더 문젯거리이자 동떨어진 존재가 된다.

프로젝트 메이헴이 공공의 관심사로 떠오르면서 타일러는 유명 인사이자 전설적인 인물이 되어 신문 1면에 실리기도 하고, 사람들에게 이름이 알려지면서 그의 개별적인 정체성은 흐려지는 듯하다. 반면 화자는 확신이 없음에도 불구하고, 점차 자신의 고유의 이야기와 '진짜' 과거의 삶 동안 벌어진 사건들을 분리해내는 데 능해지는 듯 보인다. 그는 자신의 이야기의 화자로서 점차 자신감을 가지고 삶에서 벌어지는 분명한 사건들에 대한 지속적인 감각들을 창출해낼 수 있게 된다.

타일러와 별개로 화자는 타일러를 한층 더 열심히 찾는다. 그는 여전히 타일러에게 사로잡혀 있는 듯 보이지만, 동시에 자신과 자신의 강박의 차이를 예민하게 인지한다. 이방인들은 그를 여전히 타일러로 인지하고, 말라 역시 그 차이를 인식하지 못하지만 말이다. 그녀는 여전히 화자를 타일러라고, 자신이 리젠트 호텔에서 뜻하지 않게 자살을 시도했던 날 밤 자신을 구해준 사람이라고 생각한다. 화자가 말라에게 전화를 걸어 자신이 누구인지를 묻자, 그녀의 대답은 '타일러 더든'―낮에는 자신을 피하고 밤에는 섹스를 위해 나타나는 사람―이었다. 강박으로부터 자유로워지기 위해 화자는 말라의 도움으로 잠들지 않고 버티면서 그와 타일러의 차이를 알리려 한다.

지킬이 하이드가 아니고 프랑켄슈타인이 괴물이 아니며, 브롬든 추장이 맥머피가 아닌 것처럼, 화자는 더 이상 타일러가 아니다. 화자는 타일러를, 타일러는 화자를 따라간다. 우리는 화자를, 화자는 우리를 따라온다. 파이트 클럽의 첫 번째 규칙이 파이트 클럽에 대해 발설하지 않는 것이었지만, 파이트 클럽과 타일러, 그리고 메이헴 프로젝트의 의미는 바로 이야기를 통해 창출되었다. 이것은 말라가 내러티브를 좇는 것에 대해 가진 깊은 욕망과 동일하다. 그녀는 의미를 만들어낼 수 있는 '강력한 짐승'이다.

우리는 '역사의 미성년'이며, 이것은 우리의 실존적 상황이 유한한 인간임을 뜻한다. 역사의 미성년으로서 우리는 우리의 시작과 끝을 온전히 알 수 없다. 우리는 역사의 창출에 기여할 수 있지만, 역사 또한 우리를 형성한다. 시작부터 총은 우리의 머리를 겨누고 있지만, 우리의 존재 자체는 모체로부터 빠져나온 것이기도 하다. 시작과 끝 사이의—그리고 우리가 태어나기 전, 그리고 우리가 죽은 뒤에도 계속될 역사 속의—일시적인 순간에서 우리가 찾아내는 의미가 중요하다. 우리는 계속 깨어 있으면서 우리가 누구인지를 깨달아야 한다.

"긴 이야기지만 짧게 줄이자면……" 타일러는 화자에게 말한다. "깨어 있을 때, 너는 통제할 수 있고 네가 원하는 무엇이든 될 수 있어. 하지만 잠이 드는 순간 내가 깨어나고, 너는 타일러 더든이 되는 거지." 화자에게 주어진 도전은 이제 잠들지 않고 깨어 있으면서 타일러에게 통제권이 완전히 넘어가지 않았음을 확인하는 것이다. 이를 수행하기 위해서 그는 자신이 말라의 욕망을 욕망한다는 것을 인지하고, 말라가 자신과 타일러의 차이를 안다는 것을 인지해야 한다.

말라와 이런 식의 관계를 맺기 위해 화자는 어떤 자세를 취해야 할까? 그는 타일러의 존재에 대해 말라에게 발설하지 않기로 한 약속을 어겨야 한다. 데니의 레스토랑에서 만난 말라와 화자는 창가 자리에 앉아 얼굴을 마주하고 이야기한다. 웨이터가 화자를 타일러라고 확신하자, 화자는 자신이 타일러가 아니라며 자신의 (진짜 이름이 적힌) 운전면허증을 보여주고, 적어도 부모님은 자신의 존재를 안다고 주장한다. 말라가 "그럼 왜 당신은 어떤 사람에게는 타일러 더든으로 행세하고 어떤 사람에게는 그렇지 않나요?"

라고 묻자, 그는 독자인 우리에게는 이미 들려주었던 타일러에 대한 이야기를 다시 들려준다. 이야기에 대해 곰곰이 생각하며 화자는 말라에게 자신이 그 당시 '덫에 걸린' 느낌이었다고 말한다. "나는 완벽했어. 너무 완벽했지."

말라에게 생략된 형태의 이야기를 다시 들려주는 과정에서, 이야기의 반복은 화자로 하여금 그 자신과 자신의 육체적 불완전함을 인지하게 해준다. 동시에 그와 말라 사이에 공감대를 형성해준다. 말라는 '누구에게나 작은 구멍이 있게 마련'이라고 대답하며 화자에게 친숙함과 낯선 감정을 동시에 느낀다. 화자는 스스로를 인지하고 깨어 있기 위해 말라를 필요로 하며, 말라 또한 깨어 있기 위해, 그리고 스스로를 구원하기 위해 누군가를 필요로 한다. 그들은 서로가 욕망하는 것을 욕망한다.

불가능한 내러티브가 지닌 가능성

독자인 우리는 이 이야기가 로맨스, 일종의 사랑 이야기로 변해가는 것을 목도하지만, 동시에 모든 약속은 배반이라는 깊숙한 곳에 숨은 진실을 상기하게 된다. 로맨스를 읽는 중에도 우리는 단순히 '그들은 영원히 행복하게 살았답니다'라는 식의 기성 로맨스의 안내를 따라가지 않는다. 이 이야기의 약속은 우리를 다시 정확히 이름 붙일 수 없는 '진짜 삶'의 복잡성과 모순성으로 이끌어 우리의 불완전함을 상기시켜줄 것이다. 우리는 우리 자신의 이름 그 이상이다. '죽음을 맞이하고서야, 더 이상 노력할 수 없는 죽음의 순간에서야 우리는 스스로의 고유한 이름을 가질 수 있을 것이다.' 우리는 살기를 욕망하는 한 노력해야만 한다.

이야기가 결론을 향해 치달아갈수록, 화자는 우리가 사랑하는 것을 죽이고 우리가 죽인 것을 사랑한다고 상기시킨다. 삶이 지닌 우연성 속에서 점점 격앙되고 절박하게 혼란스러워하면서도 화자는 내러티브 자체와 함께 나아가며, 약속과 배반의 필연적인 리듬, 그리고 윤리적 책임감에 대해 점점 깨달아간다. "보스는 죽었다. 집은 사라졌다. 직업도 잃었다. 그리고 그 모든 것은 내 책임이다." 이렇듯 책임감을 가진다는 것은 그가 신경을 쓴다는 것이다. 그러나 그는 타일러에 관해 무엇을 할 수 있을 것인가? 그리고 말라에 관해서는?

화자는 자신을 죽이지 않고서는 타일러를 제거할 수 없다. 그러나 타일러에 대해 이야기함으로써 화자는 그를 신경 쓰게 된다. 말라에 대해서도 마찬가지다. 그는 말라를 신경 쓰는 것이다. "저기에 말라가 있다. 모든 것의 중심에 있으면서 아무것도 알지 못하는…… 누군가는 그녀에게 말해야 한다."

"내가 왜 이 모든 걸 믿어야 하지?"라고 말라는 화자에게 묻는다. 독자인 우리는 이 모든 것이 심지어 일어나지 않았더라도 사실임을 알고 있기에, 그녀가 화자의 이야기를 믿기를 바란다. 화자가 우리에게 해온 이야기는 싸구려 로맨스나 '아가사 크리스티류'의 미스터리 판타지가 아니다. 화자는 우리가 자신의 이야기를 피상적인 사랑과 죽음의 공식에 짜맞춰진, 그리하여 삶의 고통을 잠시 잊도록 가장假裝하고 일시적인 소비로 위안을 주는 이야기로 간주하지 않도록 노력해왔다. 그렇기에 그는 우리를, 말라를 너무나 좋아했다고 인정한다. 그는 말라와 타일러를 보살펴야 한다. 현실에서 일어난 일은 내러티브를 통해 우리의 마음속 이야기의 형태로 전해져 의미를 갖게 되고 '실제 삶'에도 영향을 미친다. 파이트 클럽과 프로젝트 메이헴은 우리가 죽을 때까지 계속될 것이며 살고자 하는 의지 역시 그럴 것임을 화자는 안다. 우리는 노력해야 한다. "삶에 대한 내 의지가 나를 놀라게 한다"고 이제 화자는 말한다.

마침내 모든 것이 시작된 지점으로 화자는 돌아온다. 타일러의 총은 화자의 입 안을 향하고 있다. "이제 우리에게는 팔 분의 시간만이 남았다", "삼 분…… 그리고 이제 나는 내 입에 권총을 물고 있는 사람에 불과하지." 우리는 이제 세계에서 가장 높은 빌딩, 파커모리스 빌딩의 꼭대기 층에 있다. 그러나 이전에는 보이지 않았던 것이 보일 것이다. "말라가 지붕을 넘어 우리 쪽을 향해 오고 있다." 화자를 돕기 위한, 화자와 우리를 위해 희생할 준비가 되어 있는, 각자의 배역을 맡은 한 무리의 사람들이다. 폭발이나 종말론적 결론 대신 말라가 화자를, 타일러가 아닌 화자를 좋아한다고, 이제 두 사람을 구분할 수 있다고 소리치고 있다. "이제 차이를 알겠어요." 그녀는 말한다. 그것은 그 내러티브의 찰나에 존재하는, 또 다른 '완벽한 순간'이다. 그 순간은 우리가 '실제 삶'으로 돌아갔을 때 벌어지는 사건들 속에서 우리를 살아가게 해줄 것이다.

척 팔라닉의 《파이트 클럽》

이야기가 끝나기 전, 화자는 여전히 남은 한 가지를 염두에 두어야 한다. 시작부터 사라지지 않고 남아 있는 총의 존재 말이다. 총은 사라져야 할 존재는 아니며 화자인 그는 '방아쇠를 당겨야' 한다. 그리고 그는 그렇게 한다. "그리고 나는 방아쇠를 당겼다"고 화자는 말한다.

우리는 이 문장이 내러티브의 결말을 촉발시켰다고, 즉 화자의 목숨이 끝날 것이라고 예상할 수 있다. 그러나 화자는 타일러와 말라가 그러하듯이, 그리고 소비문화와 파이트 클럽 및 프로젝트 메이헴이 지속되듯이 계속 살아간다. 이름 없는 화자는 완전하거나 총체적인 존재가 아닌 우리처럼 불완전한 인간으로, 그러나 끝없이 질문하고 노력하는 인간으로 남을 것이다.

위험한 책읽기

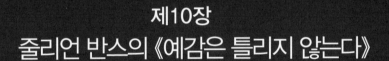

제10장
줄리언 반스의 《예감은 틀리지 않는다》

안정감을 해체하는
위험한 이야기와 독서

The Risk of Reading

질서를 부여하려는 욕망이 담긴 서사

줄리언 반스Julian Patrick Barnes의 소설《예감은 틀리지 않는다The sense of an ending》는 독자의 관심을 끄는 이중서사구조로 진행된다. 우리는 토니 웹스터라는 평범한 사람의 평범한 이야기를 듣게 되는데, 그의 이야기 안에서 놀랍게도 또 다른 이야기가, 지금 당장 전달되어야만 하는 기이한 이야기가 펼쳐진다. 이는 토니의 고백이라기보다는 자신을 긍정적으로 생각해주기를 바라는 토니의 회고라고 할 수 있다.

토니의 이야기는 일견 일상적이고 평범하며 흔하여, 심지어 '소설로 만들어질 만한' 이야기가 아닌 것처럼 보인다. 그러나 토니의 이야기 속 평범한 일상이 저 깊은 곳에 숨어 있던 기억과 욕망으로 대체되기 시작하면서 그러한 인상이 크게 바뀌고 만다. 토니의 이야기 자체보다는 그것을 풀어나가는 방식, 즉 과거가 현재로

녹아들어 미래까지 연결되는 방식이야말로 우리의 흥미를 불러 일으킨다.

토니는 "우리는 시간 속에서 살고 있다—시간은 우리를 갖고 주조한다—난 이것을 제대로 이해했다고 느낀 적이 없다"라며 이 야기를 시작한다. 토니(혹은 우리)에게 시간 안에서 살아간다는 것 은 스스로가 만든 이야기 속에서 살아가는 것과 일맥상통하며, 이 는 끊임없는 탐색과 의문의 상태에 있는 것과도 같다. 그의 이야 기를 읽는다는 것은 이러한 그의 여정을 따라가는 것과 다름없다. 이는 토니가 경고하듯 '더 오래 살수록 이해할 수 있는 것들이 점 점 줄어든다'는 위험을 감수하는 행위다. 토니가 선호하는 수학적 인 용어로 설명하자면, '삶이란 단순히 덧셈과 뺄셈으로 이루어진 게 아니다. 삶은 언제나 상실과 실패의 누적으로 이루어져 있는 것'이다.

이렇듯 토니와 여행을 떠나는 독자는 자기 자신과 타인에 대해 제대로 알지 못하는 상태다. 사람들은 누구나 꿈을 꾸듯 파편적인 인상을 더듬으며 살아가고, 그런 점에 있어서 무릇 삶이란 혼자서 꿈을 꾸는 것처럼 고독한 법이다. 그럼에도 불구하고 토니는 우리 가 그의 이야기를 듣고 그와 함께 대화하기를 바란다. 우리는 이를 받아들이고, 그와 더불어 우리 자신에게 열린 마음을 가진 채, 우 리가 알고 싶어 하지만 결코 알 수 없는 비밀에 다가가기 위해 우 리에게 주어진 이야기를 읽는다.

토니 웹스터는 처음부터 자신과 독자가 공유하는, 서로 이야기

위험한 책읽기

를 주고받고자 하는 욕망을 전제로 한다. 그렇다면《예감은 틀리지 않는다》는 바로 다음과 같은 요구를 염두에 둔 채 읽어야 할 것이다. 유한한 존재인 인간은 처음부터 마지막을 예감하며, 마지막이란 처음부터 항상 존재하는 법이다. 이야기가 아주 잘 만들어진 가짜, 다시 말해 '픽션'이라 할지라도, 우리는 자신의 이야기를 하고 타인의 이야기를 들어야 할 것이다. 우리가 받아들여야 하는 것은 평범하고 일상적인 것이 놀랍고도 기이할 수 있다는 점, 그리고 우리에게 익숙한 것이 낯설 수도 있다는 점이다. 우리는 토니의 이야기를 통해 그의 이야기와 '실제 삶' 사이의 간극을, 지루하고도 놀라운 유한한 존재의 복잡함을 목격하게 된다. 우리는 토니의 이야기를 마치 우리 자신의 것처럼 따르면서 나는 누구인지, 혹은 어떤 사람인지를 돌아보아야 한다.

흐릿한 기억을 가진 평범한 토니 웹스터는 나이 든 목소리로 '특별한 순서 없이' 일상적인 목록을 소개하며 이야기를 시작한다. 여기에서 일상적인 목록이란 그가 과거에 겪은 순간들의 파편들로 이루어진 것이다. 이 목록은 인간이라는 유한한 존재 안팎의 시간, 에로스의 흐름을 암시한다. 특히 목록의 가장 마지막에 있는, '잠긴 문 뒤로 차갑게 식어버린 목욕물'은 마지막, 죽음, 그리고 타나토스를 예감케 한다. 이야기를 시작하기에 더없이 좋은 이 목록은 시간을 거슬러 토니의 학창 시절로 우리를 데려간다.

토니는 "학교가 모든 것의 시작이었다"라며 임의로 이야기의 첫 부분을 지정해 운을 뗀다. 그러나 이 이야기를 실제로 진행시

줄리언 반스의《예감은 틀리지 않는다》

키는 것은 전학생인 아드리안 핀으로, '우리 삼총사와 친해진 네 번째 절친'이다. 독자인 우리는 첫 역사 수업에서 이 삼총사(콜린, 알렉스, 그리고 토니)의 목소리를 듣지 못한다. 대신 우리는 이 세 명에 의해 '조심스럽고 아무것도 모르는' 사람으로 묘사되는 마샬의 목소리를 듣게 되는데, 그는 헨리 8세 시대를 '엄청난 불안'의 시기라고 평가한다. 당시 토니는 이를 고루하고 '바보 같은' 표현으로 치부해버리지만, 역설적이게도 그는 그 후 자신의 이야기를 '엄청난 불안이 있다'고 마무리함으로써 자신이 한때 비웃었던 표현을 차용한다.

마샬의 발표가 끝난 후, 헨리 8세에 대한 질문에 대해 답을 한 것은 아드리안이었다. "하지만 어떤 역사적 사건에서 진정으로 말할 수 있는 것은 하나밖에 없어요. 심지어 제1차 세계대전 발발에 대해서도요. 그건 바로 '뭔가 일어났다'는 거죠." 이 어린 학생의 대답은 '바보'같지 않고 특이했다. 아드리안의 말처럼 우리가 할 수 있는 분석이라고는 단지 '뭔가 일어났다'라고 말하는 것뿐이라면, 조 헌트 선생님과 같은 교사들은 '실직할 수밖에' 없을 것이다. 그런데 역설적이게도 아드리안이 불러일으키는 것이야말로 '엄청난 불안'이다. 어쨌든 아드리안은 평범한 마샬에 비해 특별한 듯한 느낌을 준다. 아드리안은 '소설로 쓰일 법한' 인물인 것이다.

토니가 이야기하듯이, 학창 시절 초반의 토니는 친구 알렉스와 콜린과 마찬가지로 평범한 학생이었다. 그들은 '영국 중·상층의 고상한 사회적 다윈주의'의 산물로, 똑똑하기는 하지만 깊은 사유는 하지 않았다. 그러나 아드리안은 달랐다. 그는 제1차 세계대전의 원흉이라고 할 수 있는 '세르비아 암살자'처럼 '시작하고 이끌어 나가는' 인물로, 결손가정 출신이다. 또한 다른 사람들과 달리 '원칙이 행동을 안내해야 할 것'을 믿고, '내가 알 수 없는 것은 알 수 없다'고 받아들이는 사람이다. 아드리안은 다른 사람들이 그저 '까불며 놀고 있을 때'도 진지한 모습을 보인다. (적어도 지금 이야기를 시작하고 있는 토니는 당시 그렇게 생각했다.) 아드리안의 삶은 '소설로 만들어질 만한' 것으로, 토니나 다른 사람들과는 달랐다.

롭슨이라는 학생이 목을 매달아 자살한 사건이 발생했다. 소문에 의하면 그는 여자 친구를 임신시킨 모양이었다. 이 '해프닝' 역시 소설로 만들어질 만하다. 에로스와 타나토스, 사랑과 죽음의 갈등 등 이 사건이 갖는 미스터리함은 이야기로 만들어지기에 충분해 보인다. 그러나 우리는 토니로부터 이 이야기를 듣지 못한다. 대신 우리는 토막글로, 토니가 받은 인상으로, 그리고 가치가 없는 것으로, 묵살된 판단으로 이를 듣게 된다. 롭슨의 행위는 '철학적이지 못하고 제멋대로이고 예술적이지 못하다. 다시 말해 틀린 것'이다. 하지만 이는 롭슨이 아닌, 그러한 판단을 내리는 청소년기의 토니를 알게 해주는 대목이다.

이 시점에서 우리는 함부로 타인을 판단하는 경향과, 롭슨의 자살과 같은 사건을 덧셈과 뺄셈 같은 수학적 논리로 접근하는 방식 등을 통해 이 서사가 내부에서부터 이미 무너지고 있다는 것을 느끼게 된다. 이는 마치 토니가 시간의 흐름이나 마샬이 말한 '엄청

줄리언 반스의 《예감은 틀리지 않는다》

난 불안', 그리고 임의적인 '실제 삶'에 질서를 부여하려는 시도처럼 보인다. 우리는 실제로 이야기되고 있는 것 외에도 더 많은 이야기가 있음을 예감할 수 있다. 그렇다면 토니가 하고 있는 이야기는 자신이 하고 싶어 하는 이야기, 자신에게 암시하듯 되뇌는 이야기라고 할 수 있다. 그렇기 때문에 독자인 우리는 이야기되지 않은 것들이 많다는 것을 인지하고 토니가 아직 밝히지 않은, 더 깊은 무언가가 있음을 유념해야 한다.

일상적인 추억 속에서 드러나는 욕망과 억압

만약 '역사가 승자에 의해 쓰인 거짓말'이고 '패자의 자기기만'이라고 한다면, 혹은 아드리안이 지적한 것처럼 '불완전한 기억이 불충분한 문서와 합쳐진 산물로서의 확신'이라면, 같은 논리로 우리는 토니의 이야기 속에서 그가 의도하지 않은 다른 무언가를 찾을 수 있을 것이다. 토니의 이야기에는 흐릿해진 기억의 느낌, 주저하는 듯한 흐름이 있는데, 바로 이러한 특징이야말로 우리로 하여금 그의 이야기를 듣게 한다. 우리는 토니가 제공하는 이야기의 유일한 목격자로서 윤리적인 책임이 있는 것이다. 토니는 자신의 이야기가 안정적이고 평범한 것으로 받아들여지기를 바라면서도, 동시에 어떤 이유에서인지 그 이야기를 반드시 해야 한다고 강하게 주장한다. 이러한 욕망 때문에 그의 이야기는 안정을 주는 '견고한 접착제'라기보다는 손가락 사이로 빠져나가는 '흐르는 액체'처럼 되고 만다. 그 결과, 일견 평범하고 익숙해 보이는 이야기는 토니의 바람과 달리 기묘해지는데, 토니 본인도 이 사실을 알지 못한다. 그러나 우리는 이 과정에서 밝혀지게 될 비밀이 있는지 주목하지 않을 수 없다.

토니의 이야기는 일단 예상대로 흘러간다. 아드리안은 케임브리지에 장학금을 받으며 입학하고, 토니는 브리스톨에서 역사를 공부한다. 콜린은 서섹스에 가고, 알렉스는 아버지의 사업을 물려받는다. 그리고 토니는 베로니카 메리 엘리자베스 포드라는, '당시 다른 여자들과 별반 다르지 않은' 여자 친구를 사귄다. 개방적인 것으로 유명한 1960년대이기는 했지만, '그건 특정 지역, 일부 사람들에게 국한되는' 이야기일 뿐 토니의 삶과는 거리가 멀었다. 토니는 오히려 '규칙적이고 판에 박힌 일상'에 정착하여 쉬는 날에는 베로니카와 시간을 보냈는데, 방에 돌아와서는 '그녀에 대한 이런저런 상상을 하면서 자위'를 하곤 했다. 토니는 베로니카와 '유사 성행위'는 했지만 '완전한 동침'은 하지 않았고, 데이트할 때조차 사회적 관습을 따르듯 그녀에게 사적인 질문은 하지 않았다. 마치 학창시절에 공부했던 시인 필립 라킨Phlip Larkin이 묘사한 것처럼, '결혼을 위해 흥정하는 듯했다'는 점에서 그들의 관계는 일종의 '거래 관계'와도 같았다. 심지어 토니가 소매 속에 숨겨서 차곤 했던, '애정의 증표'이자 '시간마저 나만을 위한 비밀'처럼 느끼게 해주었던 손목시계 역시, 이제는 '어른들처럼 시간을 밖으로' 꺼냈다는 점에서 의미심장하다. 이를 통해 알 수 있는 것은 토니가 평범하고 조심스러운 어른이 되었다는 것이다. 다시 말해 그

줄리언 반스의 《예감은 틀리지 않는다》

가 영국 중·상층의 고상한 사회적 다원주의의 원칙에 따라, 수학적이고 성숙한, 그리고 선형으로 뻗는 시간의 재깍거림에 의해 지배받기 시작했음을 의미한다.

그런데 독자인 우리가 흥미를 갖는 것은 이처럼 선형으로 뻗는 토니의 경험이 아니라, 그것이 주는 인상, 그리고 그것들이 이야기로 구성되는 방식이다. 이런 의미에서 토니가 베로니카의 가족을 만나기 위해 켄트의 교외로 초대받은 일에 대해 이야기를 시작할 때, 우리는 서사에서 느껴지는 긴장감에 주목하지 않을 수 없다. 토니는 베로니카 가족을 만날 때, 딱히 위험을 감수하지 않는 자신의 모습, 그리고 자신의 인생의 안정을 유지하는 방식 등 태도의 평범함을 다시금 강조한다. 그러나 우리는 현재 토니의 흐린 기억력을 통해 보게 된 인상들을 통해 40년 전, 당시에는 평범했을지도 모르는 이야기의 리듬 속에서 기묘함과 같은 다른 무언가를 감지하고 커다란 불안을 느끼게 된다.

베로니카의 가족을 만나는 이야기는 마치 범죄소설을 읽듯 추리를 해야 한다. 주말, 커다란 서류 가방을 들고 온 토니는 자신이 '잠재적 도둑'처럼 보였으리라고 회상한다. 그는 실제로 어떤 범죄를 저지른 것은 아닐까? 정말로 그랬다면 그는 전혀 자각이 없는 것이다. 여기에서는 그 무엇도 자명하거나 확실하지 않으며, 우리는 토니가 이야기하는 것이 과연 얼마나 믿을 만한지 의문을 품게 된다.

베로니카의 어머니인 포드 부인과의 아침 식사라는 평범한 일상은 일그러지더니 이내 점점 더 기묘해진다. 포드 부인은 달걀 프라이의 노른자를 깨뜨리고 젖은 싱크대에 프라이팬을 통째로 던져 넣는데, 뜨거운 김이 뿜어져 나오자 웃기 시작한다. 그녀는 이 에로틱한 아수라장을 즐기고 있는 것이다. 이 장면은 당시에는 평범하게 느껴졌다 할지라도, 현재 마치 중요한 일이 일어난 것처럼, 혹은 꿈을 꾼 것처럼 육감적으로 넘쳐흐르는 언어로 묘사되기에 인상적으로 보인다.

그런 의미에서 독자는 이야기 안에 숨겨진 또 다른 이야기가, 풀리지 않은 의문점이 있다는 것을 예감한다. 이렇게 열리기 시작한 서사의 공간으로 들어간 우리는 토니가 인지하지 못한 지점에 의문을 던진다. 40년 전 그날의 아침 식사는 얼마나 평범했는가? 왜 포드 부인은 "베로니카가 하고 싶은 대로 다 하게 놔두지 마라"고 했을까? 왜 토니는 그녀가 자신에게 "원하지도, 부탁하지도 않았는데 계란을 하나 더 주었다"고 이야기하고 있을까? 포드 부인은 어째서 다음 날 떠나는 토니에게 마치 비밀을 공유한 것처럼 의미심장한 미소를 지었을까?

독자인 우리는 포드네에서 실제로 무슨 일이 있었는지 알 수 없다. 포드 가족이 평범한지 특이한지, 익숙한지 낯선지 알 수 없다. '잠재적 도둑'인 토니가 도의적 선을 넘은 것인지 아니면 속아서 피해자가 된 것인지, 그리고 그가 교외 마을이라는 껍데기 속에 숨어 있는 수상함을 전혀 느끼지 못한 것인지, 아니면 모든 것이 그저 평범했는지 등을 말이다. 우리는 비록 확신할 수는 없지만

줄리언 반스의《예감은 틀리지 않는다》

토니의 이야기 속에 내재한 불안감을 감지할 수 있다. 한 가지, 토니가 그날에 대해 온전히 기억하고 있는 것은 바로 그 기간 내내 변비에 걸렸다는 점이다. 그는 집으로 돌아간 후 "정말 끝내주게 오랫동안 큰일을 봤지"라며 안도하는 모습을 보인다. 이는 농담일 수도 있으며 불안감으로부터 주의를 돌리는 것일 수도 있다. 어쨌든 이러한 신체적 안도감에 대한 기억은 곧바로 그의 이야기를 보다 안정적인 궤도로 돌려놓는다.

안정을 되찾은 토니는 포드네 가족을 만난 지 일주일 뒤 절친 콜린, 알렉스, 그리고 아드리안에게 베로니카를 소개했을 때의 이야기를 한다. 그들은 마치 관광객처럼 함께 사진을 찍는 등 어른이 되어가는 평범하고 일상적인 젊은이의 모습을 보인다. 그 당시는 걱정이라고는 없는 시절이었을 것이다. 하지만 현재의 토니는 베로니카가 그 당시 모든 순간에 계산적이지는 않았는지 의심한다. 이것은 그 당시 토니가 생각했던 것이 아니라 그가 받은 인상의 흐름과 반쪽짜리 기억들에 의거한 것이다. 그리고 이렇게 엮인 이야기는 토니의, 그리고 우리의 알고 싶은 욕구를 자극한다. 이런 의미에서 과거와 싸우는 양상을 띠는 그의 이야기는 이미 그의 의지에 반하여, 평범한 삶 저편에 있는 무언가에 대해 물음을 던지게 한다.

베로니카는 토니와의 관계가 '고여서 썩은 것' 같고, 토니가 '겁쟁이'이며, 자기가 묻는 말에 대답하지 않는다고 짜증을 낸다. 하지만 토니는 '평화로울 수 있는' 인생을 살고 싶다고 말하면서 불안감으로부터 회피하고 친밀감으로부터 도피한다. 토니가 이를 베로니카에게 말한 순간, 두 사람의 관계의 파국이 시작되었다고 볼 수 있다. 물론 이러한 시작과 종말이라는 개념은 결국 제어할 수 없는 시간, 기억, 그리고 욕망을 붙잡아두려는 시도에 불과하지만 말이다.

베로니카와의 이별은 처음에는 평범한 것이었을지도 모르지만 토니의 서사는 지금까지와는 다른, 일상적이지 않은 기억을 불러일으킨다. 이것은 토니의 생각대로 '유일무이'하고 '다른 것과 차별화된' 것으로, 어째서인지 베로니카와 관련되어 있다. 이를 깨닫는 순간은 토니에게 있어서 미지의 영역이며 마치 다른 세계의 것처럼 불안하게 느껴진다.

토니가 베로니카와 함께 민스터워스로 세번보어 밀물을 보러 갔던 밤을 떠올려보자. 당시 강의 리듬은 현재 토니의 서사의 리듬처럼 갑자기 부풀어 오르다가 뒤집어졌다. 토니가 기억하기에 이 밀물은 아주 신비한 현상이었다. 그것은 마치 자연과 시간이 방향을 바꾸는 가운데 잠시나마 온전히 자기 자신을 드러내는 격변하는 운명과 닮아 있다. 토니는 이 지고한 공포의 순간을 홀로 맞이하며, 자기 자신 안의 낯선 무언가를 대면하고 충격을 받았다고 말한다. 이 순간 토니는 자기 자신에 대한 수수께끼, 자기 자신의 운명을 엿보았다고 할 수 있을 것이다.

우리는 이제 토니의 이야기를 통해 그의 인생의 1/4 정도를 지켜보았다. 그것은 일상적이고 평범한 것이며 감정을 불러일으킨

줄리언 반스의 《예감은 틀리지 않는다》

다기보다는 관념적이었다. 또한 그것은 열정적이고 친밀하다기보다는 다소 냉담하고 방어적이었으며, 낯선 것보다는 익숙한 것에 중점을 둔 대화체로 구성되어 있었다. 그렇지만 토니가 기억과 인상에 의존한 토막글을 통해 만들어내는 서사는 (세번보어 밀물처럼) 흘러넘치는 흐름이 있는 다른 이야기의 가능성을 제공하여, 자기중심적이며 '평화로울 수 있는' 토니의 상태를 위협한다. 토니는 때때로 주저하고 불안해하는 모습을 보이는데, 이는 그가 무엇에도 전념하지 못하고 있음을 뜻한다. 즉, 그는 고요함과 안정감, 그리고 '엄청난 불안'으로부터 회피할 수 있는 안전한 공간을 원하고 있다. 그는 자신이 말한 것보다 더 많은 것들을 알고 있는지도 모르지만, 반대로 그는 자신이 의식하지 못한 채 말하고자 하는 것보다 더 많은 이야기를 하고 있기도 하다. 이쯤에서 우리는 베로니카가 그랬던 것처럼, 토니가 조금 더 자신이 생각하고 느끼며 말하고자 하는 바를 말하면 좋겠다고 생각하게 된다. 그러나 그는 역시나 베로니카가 지적했던 것처럼 자신이 믿고 싶은 것만 믿으려 하고 있다. 다르게 말하자면 토니의 이성적인 논리는 진실을 수정하기 위한 수단에 불과하다. 이러한 논리는 유한한 존재의 임의성이 불러오는 강의 갑작스러운 흐름과도 같은 충격파 앞에서 무력할 수밖에 없다.

안정 추구라는 목표에 역행하는 서사의 흐름

이 '다음' 이야기는 토니(와 우리)를 '네 번째' 친구이자 애초에 이야기를 시작하게 만든 장본인 아드리안에게로 향하게 한다. 아드리안은 특별한 사람, '세르비안 암살자', 그리고 논리의 제왕이었다. 토니는 독자인 우리를 분명하게 의식하면서 다음 이야기를 공개하기 꺼려한다. "당신은 아마 내가 다음 이야기를 하길 미루고 있다는 걸 눈치 챘을 것이다." 이 '다음 이야기'는 놀라운 것이다. 토니는 아드리안으로부터 편지를 받는다. 그것은 베로니카가 아드리안을 부추겨 쓴 편지로, 자신이 베로니카와 사귀어도 괜찮은지 허락해달라는 내용을 담고 있었다. 토니는 이 편지를 보관해두지 않았기 때문에 실제로 물적 증거로서의 기록은 남아 있지 않다. 이에 토니는 강조하기를, 자신은 오로지 "당시에 일어났던 일을 지금 해석하고 있는 것, 아니 좀 더 정확하게 말하자면 당시 일어났던 일에 대해 해석했던 걸 지금 떠올리고 있는 것"이라고 말한다. 여기에 우리는 토니가 당시의 경험에 대해 현재 이야기하고 있는 것, 그리고 그가 당시에 일어났다고 생각하고 있는 것에 대한 우리의 해석을 덧붙일 수 있을 것이다.

결국 아드리안의 편지에 답장을 하는 토니는 자신이 겪은 마음의 상처를 완화시키기 위해 애쓰면서, '평화로울 수 있는' 안정감을 찾고자 한다. 토니는 편지에서 아드리안에게 신중할 것을 신신당부하면서, 베로니카는 '오래전부터 받은 상처가 많은 만큼' 그녀의 유혹으로부터 자신을 보호하라고 말한다. 하지만 이쯤에서 독자는 베로니카가 아닌 토니가 '상처 받은' 것이 아닐까 하고 의심하게 될 것이다. 아니면 베로니카의 어머니가 말한 바와 같이,

줄리언 반스의 《예감은 틀리지 않는다》

'우리는 모두 상처 받'은 존재인지도 모른다.

우리는 토니가 답장을 한 후 베로니카와 아드리안에게 무슨 일이 있었는지에 대해 듣지 못하지만, 토니가 미국으로 여행을 간 사이에도 두 사람이 계속 사귀고 있었으리라 짐작할 수 있다. 때문에 우리는 다음에 이어지는 이야기에 깜짝 놀랄 수밖에 없다. 그 이야기에서는 논리나 타당성이라고는 찾아볼 수 없기 때문이다. 롭슨이 그랬던 것처럼 아드리안은 자살한다. 하지만 롭슨과 달리 아드리안은 그 이유에 대해 모든 설명을 남기고 떠난다. 그는 유서를 통해 개인적 증언과 공적인 논거를 담아 왜 자신이 뜨거운 욕조 안에서 손목을 그어 자살했는지를 설명한 것이다. 당시 토니의 판단에 의하면 그의 행위는 도덕적 의무를 수행한 것으로, 원하지 않은 자신의 생명을 져버림으로써 '인생을 주어진 대로 받아들여야만 하는 불공평하고 수동적인 위치'에 대해 논리적으로 저항한 것이다. 아드리안은 영웅적이고 소설로 쓰일 만한 인물이기 때문이다. 그는 평범하거나 일상적이지 않아야 한다.

아드리안은 카뮈가 말한 20세기의 진정한 철학적 문제—인간 존재 자체가 부조리하다면 무엇 때문에 의미 없이 살아가는가, 차라리 자살하는 것이 낫지 않은가?—에 답한 것처럼 보인다. 그는 자신의 원칙과 개인적인 논리에 따라 행동했다. 토니가 말한 대로 과연 아드리안은 특이하고 특별한 인물로 보인다. 그렇지만 '법적으로 보나, 사회적으로 보나, 종교적으로 보나, 정신이 온전하고 건강한 사람은 자살할 수 없다'. 이러한 맥락에서 볼 때 자살이란

비이성적인 것으로밖에 보이지 않는다. 아드리안에게 자살이 '철학적으로 자명한', 비이성적인 세상에 대한 이성적인 대응이라면, 그가 비판한 주류 세상 역시 아드리안에 대해 나름의 판단을 내린 모양새를 보인다.

그런데 토니가 하는 이야기의 리듬은 이 두 가지 판단을 상쇄한다. 양쪽 판단의 논리는 모두 필연적인 인생의 흐름에 제동을 걸려고 하는 것이라 할 수 있다. 이에 독자는 양쪽이 주장하는 '자명한' 판단은 사실상 복잡한 인간의 유한한 삶을 담아내지 못한다는 것을 알게 된다. 어느 쪽 판단이든 그것을 긍정한다는 것은 우리가 찾고자 하는 진실과, 비록 알 수 없다 할지라도 의심으로 가득찬 우리를 끝내 끌어당기고야 마는 비밀을 봉인해버리는 것과 다름없다. 토니의 리드미컬한 서사는 이제 개념적인 논리보다는 감각을 불러일으키는 흐름으로 탈바꿈하여 기억을 주조하고, 토니가 해결하려고 하면서도 동시에 독자가 경험하기를 바라는 욕망에 의해 움직이기 시작한다.

토니는 콜린과 알렉스와 함께 아드리안이 도대체 '왜' 그런 짓을 했던 것인지 추측해본다. '어떻게' 자살했는지는 명백하지만, '왜' 그랬는지는 큰 불안을 불러일으킬 정도의 의문으로 가득하다. 알렉스는 마지막으로 본 아드리안은 '쾌활하고 행복해' 보였다고 기억한다. 당시 그는 베로니카와 사랑에 빠져 있었고 치즐허스트에 있는 그녀의 가족을 보러갈 것이라 말했다. 토니는 아드리안의 죽음을 '본보기로 삼을 만한 것'으로, 혹은 용기 있는 결단으

줄리언 반스의 《예감은 틀리지 않는다》

로까지 생각한다. 그는 자신이 이를 온전히 이해했다고 주장하지만 우리는 그렇지 않음을 감지할 수 있다. 그렇다면 이 시점에서 우리가 고려해야 할 것은 그의 판단력이 아닌 서사의 흐름이다.

일상에 침투한 수수께끼와 진실

토니는 이제 자신의 평생을 단 두 장으로 압축하여 정리한다. 예술품 관리인으로서의 삶, 마거릿과의 결혼과 이혼, 수지를 향한 아버지로서의(그리고 할아버지로서의) 자신의 역할, 그리고 은퇴까지 말이다. 그것은 아주 평범한 어른의 삶이다. 40년간의 그의 삶에 대한 엷은 기억은 그를 '승리하지도 패배하지도 않은' 매우 평균적인 모습으로 그려낸다. 이로써 토니의 서사의 첫 부분이 마무리된다. 우리는 토니가 더 이상 무슨 말을 할 수 있을지 궁금해질 수밖에 없다. 왜냐하면 토니는 자신의 한평생을 이미 요약해버렸기 때문이다. 그것은 물 흐르듯이 평범하게 흘러가고 가장 격할 때조차 수면이 잔잔하게 흔들리는 정도로 평화롭다. "매일이 일요일이다. 나쁘지 않은 묘비명이지"라고 토니는 말한다.

토니의 이야기의 2막이 시작되려는 순간에도 우리는 토니가 '특이하다고 하기에는 역부족'이라고 치부해버린다. 토니는 익숙한 일상에 만족하는 인물이고, 평범하고 상상력도 부족한 편이며, 다른 사람들뿐만 아니라 자기 자신 안의 낯선 면모조차 대면하기 싫어하는 인물이다. 달리 말하면 토니는 '어두운 등잔 밑을 보지 못하는', 혹은 보기를 거부한다는 점에서 대부분의 우리와 닮아 있다. 이것이 바로 이 이야기의 교훈처럼 보인다. 토니처럼은 되지 말라.

하지만 토니는 이야기를 끝낼 생각이 없어 보인다. 생각해보면 그의 이야기는 대부분 아드리안과 베로니카에게만 집중되어 있었다. 지금은 치즐허스트에서 베로니카와 그녀의 가족을 만난 날—현재 토니는 이를 '수치스러운 주말'이라고 부른다—로부터 40년이 지났다. 토니는 오랜 시간 동안 그날에 대해 생각하지 않았다고 한다. 적어도 변호사로부터 서신을 받기 전까지는 말이다. '고故 사라 포드 부인의 재산에 대하여'로 시작되는 이 서신은 토니로 하여금 '기억이란 우리가 잊었다고 생각했던 것'임을 깨닫게 한다. 하지만 토니의 서사를 읽은 우리가 포드네 가족을 잊었을 리 없다. 사실, 토니 인생의 그 어떤 순간보다도 그 주말은 잊을 수 없는 것이었다.

변호사의 서신에 의하면 토니는 '500파운드와 두 개의 문서'를 물려받게 되었는데, 이는 토니(와 독자)를 얼떨떨하게 한다. 두 문서 중 하나는 포드 부인으로부터의 편지였는데, 그 편지는 그날 토니를 대했던 태도에 대한 사과와 함께 '소정의 돈'과 '오래전의 기념품'을 남긴다고 쓰여 있었다. 그리고 추신에는 아드리안이 죽기 전 마지막 몇 달간 그는 행복했었노라고 적혀 있다.

우리는 토니가 현실의 영역이든 상상의 영역이든 풀리지 않은 수수께끼를 좋아하지 않는다고 알고 있다. 그것은 '평화로울 수 있는' 상태를 위협하는 난잡함이자 유한한 존재의 저 깊숙한 곳

줄리언 반스의 《예감은 틀리지 않는다》

에 흐르는 혼란스러움이기 때문이다. 그런데 지금, 마치 저승에서 온 것 같은 포드 부인의 편지는 바로 그러한 수수께끼를 환기하며 토니의 존재 안에 깊숙이 묻힌 기억들을 끌어올리고, 옅어진 그의 인생의 리듬에 파문을 일으킨다. 이 이야기는 지금까지 우리가 느껴온 토니의 이야기 속 이상함과 기묘함을 밝혀줄 수 있을까?

우리는 이제 막 토니의 두 번째 이야기를 읽어나가려 하지만, 그 이야기는 벌써부터 비밀에 둘러싸인 듯하다. 서신에 의하면 그가 받게 될 두 번째 문서는 바로 아드리안의 일기장인데, 이상하게도 그 일기장은 없다. 그리고 애초에 그가 500파운드를 물려받는 이유도 묘하다. 토니가 말하는 방식은 이전과 동일하게 침착하고 통제된 것처럼 보이지만, 그는 사실 다시금 억압된 기억의 영역으로 돌아가고 있다.

토니의 전 부인 마거릿은 한때 이 세상에는 확실하거나 수수께끼투성이인 "두 종류의 여자가 있다"고 말한 바 있다. 사라 포드는 이 중 '수수께끼로 가득한 여자'임이 틀림없다. 그리고 베로니카는 또 다른 수수께끼다. 베로니카는 (나중에 알게 되는 사실이지만) 수수께끼를 풀 중요한 열쇠인 아드리안의 일기를 가로챈 장본인이다. 이를 찾기 위해 토니는 베로니카의 형제 잭을 찾아가고, 전 부인 마거릿에게 자문을 구한다. 그녀는 "받은 수표를 현금으로 바꿔서 싸구려 패키지 여행이나 좀 보내줘. 그리고 다 잊어버려"라고 말하지만, 토니는 마치 자신의 운명에 이끌리듯 '베로니카 포드에 대하여' 말을 꺼내게 된다. 토니가 말하는 것처럼 그녀는 '누

위험한 책읽기

구나 풀고 싶어 하는' 수수께끼이자 퍼즐인데, 여기에서 '누구나'
는 토니 자신뿐 아니라 독자인 우리까지 아우른다.

토니는 결국 문서 때문에 베로니카에게 연락한다. 컴퓨터 스크
린 상에 나타난 그녀의 첫마디는 '빌어먹을 돈'이라는, (도대체 어
머니가 왜 토니에게 주었는지 알 수가 없는) 500파운드에 대한 암시였
다. 그녀는 결국 아드리안의 일기에 대해 파편적인 정보를 제공하
는데, 그의 일기장에는 수학 공식과 인간관계에 대한 추상적인 단
상, 그리고 책임감의 한계에 대해 적혀 있었다고 말한다. 그런데
이러한 파편적인 내용의 끝에는 수학 공식이 서사로 탈바꿈되면
서 손에 땀을 쥐게 한다. '아니면 우리는 책임감을 좀 더 좁고 명
확하게 정의하고 배분해야 할지도 모른다. 그리고 수학적 정수나
등식을 사용할 게 아니라 전통적인 서사 용어로 표현해야 할 것이
다. 예컨대, 토니가 만약에……' 그리고 바로 이 '예컨대 토니가 만
약에'로 시작되는 '서사'가 토니를 자극한다.

토니는 아드리안의 논리적인 공식이나 추상화된 추측에 끌리
기보다는 압도적인 감각의 폭풍에 휘둘리게 되고, 마치 '아드리안
이 방 안에 있는 듯 내 곁에서 숨 쉬고 생각하고 있는 것처럼' 느끼
며 급박한 실존적 경험을 하게 된다. 이는 아드리안이 말한 내용
때문이라기보다는 그의 이야기, 그의 숨소리 안에 있는 생각의 리
듬, 그리고 마치 지금 토니의 방 안에 존재하고 있는 것만 같은 그
의 목소리 때문일 것이다. 이는 마치 아드리안이 귀신이 되어 돌
아온 것만 같은 느낌을 주는데, 이는 그야말로 '평범한 인생의 정

줄리언 반스의 《예감은 틀리지 않는다》

반대에 있는 지점'이라고 할 수 있다. 이 시점에서 우리는 토니의 언어가 바뀌었음을, 아드리안이 토니의 이야기 안에 중첩되어 있음을 깨닫게 된다.

세번보어에서 토니가 목격했던 장면을 떠올려보자. 여기저기 방향을 트는 불안정한 자연, 마치 다른 세상의 현상 같았던 미스터리한 그 장면은 비록 짧은 순간이기는 하지만 토니를 불안하게 했고 자기 자신이 누구인지 생각하게 만들었다. 그런데 이 충격에도 불구하고, 다른 사람들이 횃불을 든 채 그것을 끝까지 쫓아간 것과 달리 토니는 어둠 속 강둑에 우두커니 서 있기를 선택했다. 그렇지만 이 순간, 토니는 자기 자신이 누구인지 어떤 사람이 될 수 있을지 사이의 간극을 엿보았다. '예컨대 토니가 만약에 토니가 아니었더라면'이라고 가정한 아드리안의 일기의 한 구절처럼 말이다.

아드리안의 일기를 찾기 위해 토니는 '표면을 흔드는 차가운 바람 뒤에 몸을 감추어 흐름의 방향을 숨긴' 회색빛 템스강의 밀레니엄 브릿지 위에서 베로니카와 만난다. 그녀는 아드리안의 일기장을 불태워버렸다고 말하지만, 대신 토니에게 봉투에 봉해진 다른 문서를 건네고 곧바로 자리를 뜬다. 집에 돌아온 후 토니는 주저하면서 봉투 안에 들어 있는 편지의 인사말을 읽는다. 그리고 토니는 이 편지가 '오래전' 자신이 아드리안에게 보냈던 바로 그 편지라는 것을 알아차린다.

토니는 "자기 자신의 인생에 대해 누가 얼마나 자주 이야기하는가?"라며 말을 이어간다. "우리는 얼마나 수정하고, 장식하고, 교묘하게 편집하는가? 그리고 인생을 계속 살아갈수록 우리 이야기에 반박할 사람, 그 인생사가 진리가 아니라 단순히 하나의 버전에 지나지 않는다는 걸 알려줄 사람은 점점 줄어들지. 그리고 그 하나의 버전은 남에게 들려주기 위해 만들어진 게 아니라 우리 자신에게 필요한 거지." 일찍이 토니는 우리에게 이 편지에 대해 잠깐 이야기한 바 있다. 베로니카는 '오래전부터 받은 상처가 많다'는 부분을 강조하면서 말이다. 그리고 토니는 그 뒤 두 사람이 '이제 자신의 인생에서 없는 거나 마찬가지인 사람들'이 되었다고 말했다. 그런데 당시의 그 판단은 눈앞의 편지에 의해 약화되면서, 중립적인 길이 열리고 예상치 못한 기억이 떠오른다. 그리고 이 모든 것들은 앞서 나온 이야기를 정면으로 반박하고 수정한다.

독자인 우리 역시 이제 서사에서 한 발자국 물러나야 한다. 토니가 말한 바와 같이 우리는 그의 실제 삶에 대해 안다기보다 그가 한 이야기를 알고 있다. 그의 판단대로 아드리안과 베로니카가 그의 인생에서 40년 동안이나 마치 없는 존재와 같았다고 해도, 두 사람은 지금까지 이야기된 토니의 서사를 지배해왔다. 게다가 지금부터 읽을 편지는 일전에 묘사한 마거릿과의 40년간의 결혼과 이혼을 담은 이야기와 같은 분량을 차지한다.

자세히, 가감 없이 보게 되는 토니의 편지는 본인도 인정하듯 독기로 가득 차 있다. 그것은 아드리안과 베로니카를 동시에 모욕하는 내용이며 지나친 비난을 담고 있다. 토니의 신랄한 조언은 매우 난폭하여 '평화로울 수 있는' 안정을 추구하는 사람이 썼다고는 도저히 상상할 수 없을 정도다. 편지에는 토니의 저주가 담겨 있는데, '자손 대대로' 시간이 꼭 복수해주리라고 쓰여 있다. 또한 편지에는 베로니카가 '오래전부터 받은 상처'가 있는데 그녀의 어머니가 '얼마나 매력적인지 훑어보면' 무슨 뜻인지 알 것이라고 쓰여 있다.

이 편지는 지금까지 토니가 기억한 것들과 이야기한 것들, 그리고 지금부터 토니가 이야기를 다시 구성해나가는 방식을 엮어내며 언어적 공간을 열어둔다. 성서와도 같은 경고, 심리적 추궁, 철학적 추론, 그리고 질투와 두려움으로 점철된 편지의 리듬은 모든 것의 시작을 알리면서 동시에 마지막을 예감하게 한다.

끊임없이 의문을 제기하는 이야기의 파편

토니의 이야기 자체가 그랬던 것처럼, 이 편지 역시 견고한 접착제라기보다는 흐르는 액체처럼 기억의 흐름을 바꾸어 역행하기 시작한다. 토니는 '편지를 다시 읽으면서 그때의 냉혹한 공격성을 다시금 느끼자니 엄청난 마음의 충격을 받았다'. 그리고 그는 "왜 베로니카는 내 이메일에 답장을 했던 걸까?", "그녀의 말투는 그저 예의를 차리기 위한 것이었을까?", "나는 불편하고 강요만 하던 이기적인 사람이었던 걸까?"라며 고민하기 시작한다. 토니는 자신의 인생에 대해 '어떻게 할 수 없는 자책감'을 갖고 있다고 고백한다. 하지만 동시에 그는 '시간을 거슬러' 궁극적으로 '용서받을 수 있는 것인지' 궁금해한다.

그는 지금껏 '인생에 대해 고찰하는 것'을 포기했다고 말해왔
지만, 이쯤에서 우리는 그의 자기반성의 정도에 대해 생각해볼 수
있을 것이다. 만약 토니가 말한 것처럼 인생을 '상실과 실패의 누
적과 증식'이라고 한다면, 그의 이야기가 구성되는 방식, 그리고
우리가 그것을 듣는 과정이야말로 그를 (그리고 우리를) 구원해줄
지도 모르는 일이다.

토니는 편지를 염두에 둔 채 자기 자신을 성찰하기 시작한다.
이는 그가 소크라테스의 격언 '네 자신을 알라'를 진정으로 받아
들여서인지, 아니면 그저 '나를 좋게 생각해주길' 바라는 마음에
서인지 분명하지 않다. 불안에 시달린 토니는 마거릿에게 위안과
지지를 얻고자 하지만, 그의 태도에 진절머리가 난 그녀는 결국
그에게 알아서 잘 해보라고 말한다. 이제 그에게 남은 것은 베로
니카와 그의 이야기를 계속 듣고 있는 독자다.

토니는 베로니카에게 다시 한 번 만나달라고 부탁한다. 토니
의 의도는 무엇일까? 그것은 본인조차 인식하지 못하고 있는 듯
하다. 그는 소크라테스의 격언을 받아들여 돌아보지 않는 삶은 살
가치가 없다고 인지하게 된 것일까, 아니면 단순히 베로니카가 마
지막으로 '자신을 좋게 생각해주길 바라는 마음'인 것일까? 그는
과거를 바라보고 있는가, 아니면 미래를 바라보고 있는가? 그는
자기 자신의 특이함이라는 비밀이자 수수께끼를 풀려고 하는 것
일까, 아니면 40년 전 놓쳤던 로맨스를 다시 부활시켜 보려는 것

줄리언 반스의 《예감은 틀리지 않는다》

일까?

토니는 베로니카를 만나 지난 40년간의 결혼과 이혼, 자녀들, 은퇴라는 우리에게 익숙한, 그가 하기 좋아하는 평범한 인생 이야기를 한다. 그런데 그 이야기가 끝났을 때, 베로니카는 자신의 이야기로 응대하지 않고 자리에서 일어선다. 그녀는 '자신에 대한 비밀은커녕 단 하나의 사실도 알려주지 않은 채' 떠난 것이다. 하지만 토니 역시 베로니카에게 자기 자신에 대한 비밀을 알려주었다고 할 수 없다.

명확해질 수 없는 진실

베로니카는 토니가 '잘 모르는 낯선 지하철역'에서 그를 다시 한 번 만나기로 한다. 역에서 만난 베로니카는 토니의 눈에 '그저 우두커니 서 있는 형체'로 마치 유령처럼 보였다. 그녀가 움직이자 토니 역시 따라나서는데, 그 모습은 마치 귀신을 쫓아가는 행색 같다. 그녀는 차에 탄 후, 아무런 말도 하지 않은 채 난폭하게 운전한다. 이윽고 그들은 아주 평범하지만 어디인지 알 수 없는 런던의 어느 동네에 도착한다. 당황한 토니와 우리와는 달리, 베로니카는 방향성과 목적이 있는 듯하다. 그녀는 토니가 보고 집중하고 관심을 갖기를 바란다. 그는 비록 한 치 앞도 모르는 상태에 놓여 있기는 하지만, 이제 그는 이 이야기에서 없어서는 안 될 일부인 것이다.

토니는 이 더운 날씨에 보도를 걷는 다섯 명의 사람들을 발견한다. 색색의 두꺼운 옷을 입은 '서커스나 축제 같은 데에서 뭔가 알려지지 않은 역할을 할 것만 같은' 남자, '건들거리는 걸음'으로 걷고 있는 '검정색 콧수염'을 한 남자, '한쪽 어깨가 다른 어깨보다 월등히 높은' 남자, 네 번째(아드리안이 떠오르는 대목이다)로 '키가 크고 우스꽝스러운' 안경을 낀 남자, 그리고 그의 손을 잡고 있는 '통통한 인도 여자'까지. 이 무리 뒤에서 토니는 또 다른 남자를 발견하는데, 그는 맨 위 단추를 푼 셔츠와 반바지를 입은 젊은 '안내자'로, 낯설지만 어딘지 모르게 익숙한 느낌을 준다.

토니는 로맨틱한 결말을 예감하며 베로니카를 만났으나 그가 마주한 것은 새로운 이야기의 시작이며, 이는 오래전 놓친 기회에 대한 꿈같은 짧은 경험이다. 평범함과 안정감을 추구하는 토니가 줄곧 주저하던, 또 다른 이야기가 드디어 고조되기 시작한 것이다. 토니는 방금 목격한 낯선 사람들에 대해 베로니카에게 "저 사람들 왜 저래?"라고 묻는다. 이에 베로니카는 재빨리 "그러는 너는 왜 그러는데?"라고 되묻는다.

토니가 차 안에서 대기하는 동안, 베로니카는 차에서 나와 '생활보호 대상자'인 그 사람들에게 익숙한 듯이 말을 건넨다. 이윽고 키 크고 우스꽝스러운 '네 번째' 남자는 베로니카와 헤어지면서 온화하게 작별 인사를 외치는데, "안녕, 메리"라며 '베로니카'가 아닌 다른 이름을 부른다. 그 후 베로니카는 화가 난 듯 난폭하게 과속방지턱을 들이받듯이 운전을 하다 토니는 베로니카에게 "아까 그 우스꽝스러운 남자는 왜 널 메리라고 부른 거야?"라고

줄리언 반스의 《예감은 틀리지 않는다》

묻는다. 그러나 베로니카는 이에 답하기를 거부한다.

집에 돌아온 토니는 다시 한 번 '무슨 일이 일어났는지 이야기 해보고자' 한다. 그리고 이는 단순히 방금 길에서 일어났던 일에 국한된 것이 아니라, 그의 전체 인생을 돌아보는 작업이다. 이제 그는 소크라테스에 대해 뭔가 더 알게 된 듯한 모습을 보인다. "누구였더라, 우리가 오래 살수록 이해하는 게 적어진다고 한 사람이?"

베로니카는 왜 토니를 그 길로 데려갔던 것일까? 토니는 현재 자신이 신경 쓰고 있는 것은 그것뿐이라고 말하면서, '무언가가, 어쩌면 해결책 같은 게…… 표면에 떠오르길' 바라면서 그날의 일을 집착적으로 회상한다. 그로부터 3주 후, 이제는 친숙해진 '한 쪽 어깨가 다른 어깨보다 월등히 높은 남자'와 '콧수염을 기른 남자'가 동네 술집에 도착했다가 에스코트를 받고 나간다. 토니는 시간을 들여 그들을 지켜본다. 토니는 혼자 앉아 깊은 생각에 잠긴 채, 그들을 자연스럽게 알게 될 수 있는 적절한 때를 기다린다. 그러던 어느 날, 그 때가 온다.

술집에서 주문을 하기 위해 바 쪽으로 가던 토니는, 그들을 정면으로 마주하게 된다. '내가 지나가려는 순간 그 키 큰 녀석은 어느새 내 코앞에 있었고, 나는 가던 길을 멈추고 그를 똑바로 바라보았다……. 나는 그가 다시 등을 돌리려 하는 것을 느낄 수 있었다. 하지만 그는 예상치 못한 행동을 했다. 그가 안경을 벗고 내 얼굴을 뚫어지게 쳐다본 것이다. 그의 갈색 눈은 순해 보였다.'

토니는 40대로 보이는 '키 큰 녀석'의 얼굴, 그 창백한 혈색, 표정, 골격 그리고 '명백한 진실을 담고 있는 눈동자'를 통해 그가 '아드리안의 아들'임을 알아차린다. 토니는 코앞에서 본 그의 얼굴에서 진실을 보았다고 주장한다. 토니에게 이 키 큰 녀석은 아드리안의 자식이며 너무 늦어버린 모든 것에 대한 상징이다.

우리가 잠깐 엿볼 수 있는 이 '진실'은 토니를 죄책감에 빠지게 한다. 이는 오래전 자기 자신이 한 행동 때문이다. 토니는 베로니카와 아드리안에게 보낸 편지에서 그들의 '죄 없는 태아'에게까지 대대손손 전해질 저주를 퍼부었고, 그것이 현실화된 것이다. 토니가 그토록 묻어버리고자 했던 이야기는 이렇게 다시금 드러났으며, 이는 '있을 수 없는 일이 일어난 것처럼' 소름끼치는 일이다.

토니는 다시 한 번 베로니카와의 추억을 떠올린다. 이전과 달리 그는 돌이킬 수 없는 것에 대한 우울함, 현실이 되지 못한 '흐릿한 환영'처럼 이루어지지 않은 사랑에 대한 상실감을 느낀다. 바로 이러한 상실감 속에서, 토니는 독자에게 무슨 일이 일어났던 것인지 자신과 함께 상상해볼 것을 촉구한다. 여기에서 우리는 그가 정확히 알지는 못하지만 사실이라고 믿는 것에 대해, 묻지도 않은 질문에 대해 답하고 있음을 알 수 있다. 베로니카는 아드리안의 아이를 임신했고 아들을 낳아 그를 위해 한평생 희생했다. 있는 힘껏 저항했지만 끝내 '아들이 생활보호를 받도록 허락'했을 것이다. 지금까지 토니가 방어적인 태도로 베로니카를 비난해왔다면, 이제 그는 처음으로 베로니카의 입장에서 생각하고 공감하

줄리언 반스의 《예감은 틀리지 않는다》

며 그녀를 염려하기 시작한다. "그래 놓고 그녀가 내게 아드리안의 일기장을 넘기길 바랐다고? 내가 그녀였어도 불태워버렸을 거야. 그녀가 그랬던 것처럼."

사라지지 않는 불안—예감은 결국 틀렸는가

토니는 베로니카의 삶과 인품에 대해 재고하고, 그녀를 새로운 맥락에서 그의 이야기와 연결 짓는다. 비로소 그는 죽음을 통해 애초에 토니의 이야기를 시작하게 만든 장본인이며, '숭고한 행위를 통해 대다수의 인생이 보잘 것 없고 그저 타협으로 가득하다는 것을 보여준…… 철학자 친구' 아드리안에게 자연스럽게 집중하게 된다. 자신의 인생에 베로니카가 어떤 자리를 차지하고 있는지 알게 된 토니는 이제 시간을 거슬러 올라가 '아드리안을 대면'하기로 한다. 하지만 토니가 아드리안의 '비밀'을 이해함으로써 자신의 인생의 한 부분을 정리하고 종결지으려고 한다 할지라도, 우리는 그러한 행위가 종결이라기보다는 개막일 수 있고, 끝이라기보다는 시작일 수 있다는 점을 명심해야 한다. 우리가 바랄 수 있는 것은 실제적인 끝이 아니라 끝이라는 예감뿐이다.

토니는 우리와 대화하는 과정을 통해 자신이 이제껏 믿어 의심치 않았던 자기 자신에 대한 환상을 깨뜨리면서까지 자기 자신을 알고자 했다. 설령 그가 지속적으로 추구했던 '비밀'을 영원히 붙잡을 수 없다 할지라도, 그는 자신에게 그리고 우리에게 스스로를 드러냈다. 토니는 드디어 그동안 회피하고자 했던 아픔과 마주하면서 '상처받는 것을 피할 줄 안다고 늘 생각했지만 바로 그렇기 때문에 가해지는 오랫동안 남을 고통'에 대해 이야기한다.

역설적이게도 토니는 이 고통을 통해—그동안 이 고통을 억누르기 위해 상처 하나 없는 자기 인생에 대해 이야기해왔다—베로니카를 위한 '사과'의 글을 최선을 다해 기록할 수 있게 된다. '만족스럽지는 않지만, 적어도 나는 한마디 한마디 진심을 담아 썼다.' 우리는 이러한 토니의 헌신과 솔직함에 귀를 기울이게 된다. 비록 토니는 (베로니카의 답장에 의하면) 여전히 아무것도 모르지만, 적어도 그의 이야기는 실제 일어난 사건들과 괴리가 있다 할지라도 자기 삶에 대해 최대한 아는 대로 구성되어 있음을 알 수 있다. 그는 '지치고, 몽땅 비워진' 기분이었다.

우리는 이제 토니와 함께 술집에서 누군가 도착하기를 기다린다. '그리고 갑자기 그 다섯 명이 들어왔다.' 사회복지사는 테이블 쪽으로 다가와 토니에게 아드리안에 대해 이야기하고자 한다. 여기서 아드리안은 아버지가 아니라 키 큰 녀석, 죄 없는 태아, 그리고 너무 늦어버린 모든 것의 상징인 그의 '망가진' 아들이다.

"당신이 여기 있어서 그가 아주 언짢아하고 있습니다." 사회복지사는 설명한다. "당신이 누구인지 여쭈어봐도 되겠습니까?"

대답하기 참으로 난감한 질문이지만, 토니는 자신이 아드리안의 아버지와 어머니인 베로니카(아들은 그녀를 '메리'라고 부르지만 말이다)의 오랜 친구라고 밝힌다. 독자인 우리가 볼 때 토니의 대답은 이상할 것이 없다. 하지만 사회복지사는 토니의 말을 전혀 이

줄리언 반스의 《예감은 틀리지 않는다》

해하지 못한다. 그는 가 전혀 다른 이야기를 한다.

"메리는 그의 어머니가 아니에요. 메리는 그의 누나죠. 아드리안의 어머니가 6개월 전에 돌아가셨거든요. 아주 충격이 커서 말이죠. 그래서 최근에 이렇게…… 문제가 생긴 거랍니다."

또 다른 극적 반전, 토니에게 가해지는 마지막 충격은 우리마저 당황하게 한다. 이는 아주 놀랍고 예상을 벗어난, 당혹스러운 폭로다. 그러나 토니에세 이는 필연적인 것으로 느껴진다.

집으로 돌아온 토니는 이제 모든 것을 파악했다고 말한다. 아드리안의 일기에 있는 수학 공식 -B, A1, A2, S, V-의 의미는 '이제 명백하다'. 아드리안(A1)과 베로니카(V)의 모친 사라(S) 사이에서 태어난 아기(B)는 '망가진 아이', 그리고 안소니(A2)(그 옛날, 토니가 진지해지기를 바랄 때마다 아드리안이 불렀던 이름), 이 모든 것이 놀라운 '책임의 연계'의 일부인 것이다. 토니는 드디어 이 연계와 세상 속에 자리 잡은 자신의 위치를 파악하고 자신을 알게 되었다고 생각한다. 우리는 아드리안의 공식에 대한 토니의 해석이 맞는지 의심하고 그의 확신에 의문을 던질 수 있지만, 토니 자신은 전혀 의심치 않는다. 토니는 "나는 이제 아무것도 바꿀 수도, 고칠 수도 없다는 걸 알았다"고 말한다. 그의 이야기는 비극이 되었고, 그렇게 그의 운명은 구성된다.

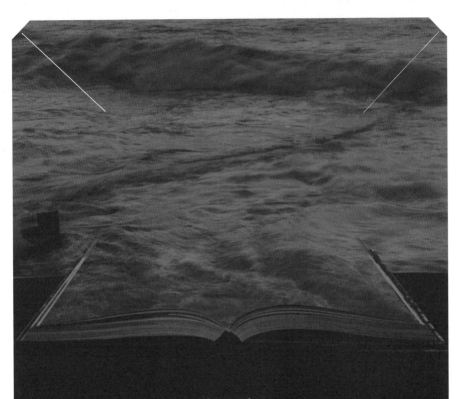

제11장
내러티브의 미래

디지털 시대의
문학의 역할

The Risk of Reading

디지털 원주민 vs 디지털 이주민

게리 슈테인가르트Gary Shteyngart의 《슈퍼 새드 트루 러브 스토리Super Sad True Love Story》에서 스물네 살의 유니스 박은 서른아홉 살의 남자친구 레니 아브라모프(마지막 독서 세대)가 '깊이 읽기'에 빠져 있는 것을 보고 놀란다. 그녀는 이에 대해 (페이스북의 업그레이드 버전인) '글로벌틴스Globalteens'에서 절친한 친구 프레셔스 포니에게 다음과 같이 이야기한다. "어쨌든 내가 짜증이 난 건 레니가 책을 읽는 걸 봤기 때문이야. 우리가 유럽 고전을 읽을 때 훑어보는 거 말고 진짜 '읽기' 말이야……. 난 정말 당황해서 그저 거기 서서 그가 읽는 걸 지켜봤지. 그는 '한 시간 반'이나 읽은 후에 책을 내려 놨어. 나는 아무 일 없는 듯 행동했지. 몰래 봤더니 그가 읽고 있었던 건 톨소이Tolsoy였어……. 톨소이는 천 페이지가 넘는 긴 책이라고. 레니는 930페이지를 읽고 있었어. 거의 다 읽었다

내러티브의 미래

고."

마크 프렌스키Marc Prensky의 용어를 빌리자면 유니스는 디지털 원주민Digital Native이다. 유니스는 '디지털'로 말하고, '이미지'를 전공했으며, '자기주장'을 부전공했다. 반면 마고 교수는 레니와 같은 사람들을 '진짜 인간'이라고 부른다. 레니는 프렌스키의 용어에 따르면 디지털 이주민Digital Immigrant이라 할 수 있다. 그는 책을 읽으며 성장했지만, 이제는 스크린, 소비심리, 데이터 스트림, 그리고 공공 투명성을 가장하고 있는 전자 전기회로망의 스펙터클에 둘러싸여 있다.

레니가 독서를 하는 이유를 이해할 수 있는 우리는 유니스가 그를 경이로워하는 까닭이 궁금해진다. 유니스에게 책은 악취가 나는 물건이자 구시대의 유물일 뿐이다. 그녀는 자신의 남자 친구가 너무 늙었다는 사실이 당황스러우며, 마치 자신이 공룡과 데이트를 한다는 기분마저 든다. 그럼에도 불구하고 유니스는 레니의 독서 행위에 일말의 경외심을 가진다.

우리는 그것을 '위험한 책읽기'라고 부를 수 있다. 유니스는 독서가 레니에게 대안적인 가능성, 즉 그 자신에 대한 미지의 위험한 영토를 열어준다는 것을 감지한다. 레니는 톨스토이Tolstoy를 읽으면서 유니스에게 매우 익숙한 모바일 장치들의 소비 리듬을 뛰어넘는 무언가에 몰두해 있다. 레니는 기꺼이 '깊이 읽기'라는 모험의 위험을 감수하고 있는 것이다. 그는 유한한 자아의 비밀을 엿보고자 하며, 유니스는 비록 혼란스러움을 느끼지만 그녀 또한 그렇게 하고자 한다. 우리는 대개 독서가 특별히 위험한 여행이라고 생각하지는 않지만, 레니는 위험한 사람이고 유니스는 그것을 알고 있다. 슈테인가르트의 소설에서 '미디어 왕media king'인 조시와는 달리 레니는 일견 나약하고 걱정이 많으며 이상한 사람처럼 보일 수 있지만, 그는 '진짜 인간'이다. 레니는 당황스럽게도 벌거벗은 채로 독서를 하는데, 그것은 마치 사랑과 책임감을 추구하며 그가 스스로와 타인에게 열린 자세를 갖는 것과도 같다. 유니스가 살고 있는 과잉 감각의 세계에서 '미디어 왕'의 힘은 생존을 위한 일시적 수단을 제공하기는 하지만, 내러티브를 읽는 것은 윤리적 삶의 잔해를, 그리고 우리가 누구인지를 알 수 있는 가능성을 보존하는 것이다.

레니와 같은 '깊이 읽기'를 하는 독자들은 이제 그 긴 전통의 끝자락에 서 있다. 그러나 그는 '깊이 읽기'를 쉽사리 포기하지 않을 것이다. 레니에게 그 전통은 러시아 가계家系(그가 가장 좋아하는 작가는 체홉Anton Chekhov이다)로, (책을 좋아하는) 유대인 혈통으로 거슬러 올라간다. 소설의 결말부에서 그는 자신의 이름을 레니 아브라함으로 바꾸는데, 이는 히브리 성경의 조상인 아브라함을 암시할 뿐만 아니라 힘든 여정에서 지속되는 인간 존재에 대한 반향을 일으킨다. 그는 시각적 스크린의 세계에서 외롭거나 지루해하지 않고 자신이 창조해내고자 하는 이야기, 즉 긴 형태의 내러티브에 용기 있게 몰두하고자 하는 윤리적 인간이다.

레니는 책을 읽는 지구상의 마지막 인간은 아니지만, 그는 우리에게 극도의 경계심을 준다. 만약 책을 읽는 문화가 사라진다면, '깊이 읽기' 또한 사라질 것이다. '깊이 읽기'는 늘 위험에 처해 있다. 사랑과 책임감에 대한 우리의 큰 갈망, 즉 진정한 인간의 욕망은 사실 '깊이 읽기'로 인해 풍부해진다. 레니의 독서는 고뇌로 가득한데, 이는 자신의 삶의 진실을 찾고자 하는 갈망으로 인해 슬픔에 차 있기 때문이다.

레니의 독서는 아우구스티누스A. Augustine가 그 자신의 독서 경험에 대해 이야기한 유명한 장면을 떠올리게 한다. 아우구스티누스 또한 레니처럼 끝없는 혼란의 끝에서 고뇌로 몸부림친다. 그는 《고백록Confessions》에서 "내 가슴의 가장 쓰디쓴 슬픔으로 눈물짓는다"고 말한다. 그러고는 갑자기 "가까운 집으로부터 들려온 목소리를 들었다. 그것이 어느 소년의 목소리인지, 소녀의 목소리인지 나는 모른다. 그러나 그것은 반복되는 일종의 노랫소리였다. 써서 읽어라. 써서 읽어라"라고 말한다. 인간 목소리의 언어적 리듬은 (그것이 소년의 목소리이든 소녀의 목소리이든) 그날 그를 성경으로 돌아가도록 소환했다. 그 목소리에 반응하여 그는 성경을 꺼내들어 펼친 후 한 구절을 읽는다. '나는 성경을 꺼내들어 펼쳐서 내 눈이 처음 머무른 구절을 조용히 읽었다.' 처음에 그것은 무작위로 이루어진 행동처럼 보이지만, 그렇지 않은 것으로 판명된다. 일단 그 구절을 다 읽은 후, 그는 더 읽을 필요가 없었다. '그것은 마치 내 심장에 비친 한 줄기 순전한 자신감과 같았고 모든 불확실성의 어둠은 사라졌다.' 그 기적과도 같은 순간에 그가 책을 읽은 것만큼이나 책도 그를 읽었고, 그의 인생은 영원히 변했다.

그러나 성경을 덮은 후에도 아우구스티누스는 멈추지 않았다. 활기를 되찾은 아우구스티누스는 모든 위대한 독자가 하는 바를 행했다. 그는 자신의 독서 경험을 다른 이들과 공유하고자 하는 열렬한 마음을 가지고 '실제 삶'으로 돌아갔다. '나는 성경을 덮고 완벽한 고요 속에서 알리피우스에게 그 모든 것을 이야기했다. 그러자 그는 유사하게 그 자신에게 일어났던 일을 나에게 말했다. 그것은 내가 몰랐던 것이다.' 그날의 독서로 인해 아우구스티누스는 단순히 그 자신뿐만 아니라 그의 절친한 친구 알리피우스에게도 친밀감을 갖게 되었다. 독서에 대한 윤리적 요구의 부름을 받은 아우구스티누스는 그것에 응답했고, 다른 이와의 지속적인 대화에 몰두하면서 '실제 삶'으로 돌아왔다. 그것은 사랑의 행위였다.

현대에 접어들어서도 그러한 친밀감과 사랑은 여전히 데이터와 정보로 수량화되거나 수치화되어 축소될 수 있는 성질의 것이 아니다. 그것은 명백하게 내러티브의 발화를 통해, 언어의 교환을 통해 경험될 수 있다. 중요한 것은 말해진 것의 내용이 아니라 차이를 만들어내는 발화 자체다.

작가는 독자인 우리가 최고의 소설에서 종종 마주치는 낯선 사람이다. 벤야민이 말하듯, "소설은 중요하지 않다……. 왜냐하면 그것은 우리에게 다른 누군가의 운명을 제시하기 때문이다……. 그러나 낯선 사람의 운명은 그것을 소진하는 불꽃이라는 미덕을 통해 우리에게 스스로의 운명으로부터 결코 이끌어내지 못하는 따뜻함을 이끌어낸다". 달리 말하면, 그것은 우리가 책에서 읽은 (혹은 다 읽은 책을 덮으면서 경험하는) '죽음을 수반한 떨리는 삶'을 '따뜻하게 하는 희망'이다. 그 희망은 우리를 계속 전진하게 하고 우리에게 자유를 허락한다.

죽음은 이제 이야기를 승인한다. 그러나 우리가 이야기의 발화 속에서 찾는 것은 친밀감과 사랑이며, 이야기의 발화는 죽음과 불가분인 단순화될 수 없는 행위다. 이야기는 우리를 소환하고, 우리는 이에 응답할 윤리적 요구에 응한다. 이야기는 언어라는 선물을 통해 전달되는 초대장과도 같으며, 우리는 이야기에 스스로를 열어둘 필요가 있다. 벤야민이 말하듯, 이야기는 우리가 현대의 내러티브에서 마주치는 '서사시적 진실'이 아니다. 이야기는 불멸의 추상적인 진실을 붙잡는 것보다는 자신과 타인의 유한한 자아를 살피는 것과 관련이 있는 '새로운 아름다움'이다. 여기에는 내재된 위험이 따른다.

디지털 시대의 언어의 의미

스크린 위에서 재빨리 점멸하며 계속해서 노출되는 이미지가 문학 내러티브를 통해 우리에게 주어진 풍부한 층위의 경험, 그리고 독자인 우리를 소리쳐 부르는 욕망의 언어를 복제한다거나 능가한다는 것은 상상하기 어렵다. 언어적 발화는 자아와 타자의 깊은 내면으로 들어가 이를 엿볼 수 있게 해주고, 다시 귀환할 가능성과 약속을 제공한다. 이것은 우리에게 스스로를 세계 속에 위치하도록 촉구하고, 이 세계 속에서의 현세적인 움직임과 방향성에 대한 구체화된 감각을 제공한다.

모바일 장치의 속도와 힘은 종종 우리의 몸을 전자 통신망의 교점으로 끌어당기는 듯 보인다. 그것은 마치 스크린의 이미지에 매혹되어 우리 내면의 감각을 상실하고, 전복된 채로 영혼이 육체로부터 분리되어 마침내 공허해지는 것과 같다. 스크린은 우리보다 우리의 욕망에 대해 더 잘 아는 듯 보이는데, 우리는 기억을 스크린에 내맡기고 욕망을 스크린에 내버린다. 오프라인에서의 우리의 행동은 점점 더 온라인에서의 행동을 닮아간다. 온라인 프로필을 통해 우리는 단순화될 수 없는 인간 정체성의 복합성을, 우리를 인간이게 하고 특별하게 만드는 미지의 운명을, 그리고 우리가 쫓곤 했던 비밀을 망각한 채 스스로를 축소시킨다. 대신 우리는 점점 재현이자 복사물, 아바타, 그리고 우리가 누구인지를 지워버리는 이미지로서 존재한다. 반면 언어적 발화는 우리 자신의 정의할 수 없는 비밀을 추구하는 방향으로 우리를 되돌려놓는다.

우리는 이미지의 과포화 상태인 스크린 문화가 우리의 나약함을 가리고 유한함을 감추며, '죽음'처럼 침묵될 수 없는 것을 침묵시킨다고 인정하지 않을 수 없다. 그것은 우리에게 유한한 삶의 불완전성, 또는 단순화될 수 없고 이해될 수 없는 복합성을 인식하도록 요구하지 않는다. 시간성과 인간의 감성은 인간 삶의 복합성과 애매함을 자아내는 과거와 미래를 필요로 한다. 데이터와 정보에 이끌려가는 문화는 바로 이러한 시간성과 인간의 감성에 대한 믿음으로부터 의미를 이끌어내는 인간의 경험을 축소시킨다. 벤야민은 이렇게 말한다. "정보의 가치는 그것이 새로웠던 순간을 견뎌내지 못한다. 그것은 단지 그 순간에만 살아남는다." 벤야민이 기술복제 시대의 초기의 문제들을 목도했다면, 우리는 지금 디지털 스크린 시대에 그것의 가장 극심한 형태를 목도하고 있는 셈이다. 그것은 바로 문맥과 형태, 과거와 현재, 그리고 시간성이 사라진 끝없는 현재이며, 우리를 산만하게 하는 네이터와 정보의 끝없는 스트리밍이다.

벤야민은 "이야기는 다르다"고 말한다. 이야기는 '그 자체를 소모하지 않는다. 그것은 그 힘을 보존하고 집중시킨다. 그리고 오랜 시간이 지난 후에도 그것을 방출할 수 있다.' 이야기가 더 이상 '서사시적 진실'을 담아내지 않는다면, 그것은 데이터나 정보 그 이상의 무언가를 전달해야 할 것이다. 그것은 바로 유한한 삶의 리듬, 에로스와 타나토스, 욕망과 죽음 등 우리가 완전히 알 수 없는 무언가, 즉 우리가 진정 알고자 갈망하는 그 이상의 일별─瞥이다. 그것은 우리가 '실제 삶'을 떠나 책 속의 세계로 들어갈 때, 그리고 책을 덮을 때 추구하는 '그 이상의 무언가'다. 그것은 우리가 읽은 이야기에 영감을 받고 '실제 삶'으로 돌아올 때 추구하는 '그 이상의 무언가'다. 언어적 존재인 우리는 역시 언어를 사용하는 다른 인간들을 항상 대면하며 살아간다. 독자인 우리는 작가를 항상 대면하며 살아간다. 벤야민은 말한다. "이야기를 듣는 사람은 항상 작가를 대면하고 있다. 그리고 이야기를 읽는 사람도 이

동료애를 공유한다."

언어 내부에 존재하는 타자

내러티브의 안과 밖을 여행하는 것은 단순하거나 쉬운 일이 아니다. 그것은 복잡하고 어려운 과정으로서, (모바일 장치가 그러하듯) '사용자 친화적'이지 않고 오히려 단순화될 수 없는 것이다. 또한 안전하거나 확실하지도 않고 위험을 감수해야 한다.

우리는 상황을 용이하게 하고 문제를 해결하기 위해 데이터와 정보를 수집한다. 그러나 내러티브는 정답을 제시하지 않는다. 그것은 오히려 우리 인간을 질문으로 몰아넣는데, 중요한 것은 그 질문 자체이다.

우리의 내러티브는 언제나 미완성이고 불완전한 상태다. 우리는 이것을 들어달라고 다른 이에게 요구할 뿐만 아니라 우리가 제공한 이야기를 다른 이가 이어나가기를 갈망한다. 이처럼 이야기 발화의 과정에서 우리는 타인을 필요로 한다.

이야기는 무엇이 인간 세계에서 지속되며 무엇이 이 세상의 인간을 만들어내는지를 상기시킨다. 그것은 다름 아닌 불완전한 인간으로서 우리의 삶이 가진 불안정함, 그리고 우리의 나약함과 평범함이다. 반면 명멸하는 순간의 산만함 속에서 정보와 데이터는 마치 그 순간 자신이 모든 것을 아는 신神인 것처럼, 군주로 군림하며 우리를 우리 자신으로부터 분리시킨다. 《슈퍼 새드 트루 러브 스토리》에서 레니는 스크린이 '세상에 대한 악취가 나는 모든 세부사항을 알고 있다는 사실' 때문에 그것을 흠모한다. 그러나 그가 읽는 책은 독특하고 다르다. 그 차이는 모든 차이를 만들어 낸다. '깊이 읽기'를 하는 독자인 레니의 말에 따르면, 그의 책은 작가의 마음을 알고 있다.

우리는 레니를 통해 모바일 장치와 구글 글래스Google glasses, 그리고 스크린 문화의 세계에서 이야기가 위험에 처한 언어이자 목소리라는 사실을 알 수 있다. 그는 작가들의 마음을 안다. 왜냐하면 작가들이 그에게 말을 건넬 뿐만 아니라, 그들은 그들 스스로에게 말을 건네기 때문이다.

반면 스크린상의 아이콘들—예를 들면 시리Siri와 같은—은 오로지 우리에게 말을 건넬 뿐이다. 그들은 결코 그들 스스로에게는 말을 건네지 않는다. 독자에게 작가의 마음을 전달하는 것은 다름 아닌 언어를 이야기로 빚어내는 나약한 인간의 목소리다. 그 목소리의 진정성과 지적인 힘, 특이성과 유한성의 리듬, 우리가 반응하는 죽음에 대한 암시가 곧 그러하다. 이러한 이유로 '미디어 왕'인 조쉬는 레니에게 책을 멀리하라고 경고한다.

"이러한 사상들, 저러한 책들, 그것들은 모두 골칫덩어리야……. 자네는 생각하는 것을 관두고 판매를 시작해야 해. 그래서 이터너티 라운지의 젊은 귀재들이 당분 덩어리 마카롱을 자네에게 떠미는 걸세. 자네는 그들에게 죽음을 떠올리게 하지. 자네는 그들에게 우리 종種의 다른 버전, 이전의 버전을 떠올리게 한다고. 나중에도 숙고하고 쓰고 행동할 시간은 얼마든지 있을 거야.

지금 당장 자네는 생존을 위해 판매를 해야 해."

그러나 판매는 레니에게 인간 이해라는 널찍한 세계로 향한 길을 열어주지 않는다. 가장 중요한 것은 언어를 통해 우리 인간이 세계를 세계로서 파악하고 그 안에서 살아가며 그것을 조종하기보다는 축복할 수 있다는 것이다.

유한한 삶의 풍부한 질감은 모바일 장치의 짤깍거리는 소리에 위협받는다. 레니가 이스트리버파크를 향해 그랜드스트리트를 걸어갈 때, 그는 우리에게 그 풍부한 질감을 느끼게 한다. 그것은 조시를 비롯한 포스트휴먼 감성이 일반적으로 상실한 것이다. 왜냐하면 그들은 전자적인 노하우electronic know-how가 그들을 불멸로 이끌 것이라는 믿음을 가지고 있기 때문이다.

"나는 아이처럼 바보 같은 실수를 하는 십 대 엄마들을 찬양합니다. 나는 아이들이 실제로 쓰는 언어를 듣는 걸 정말 좋아해요. 과장된 동사들, 폭발할 것 같은 명사들, 아름답게 서투른 전치사들. 언어는 데이터가 아니죠. 그런데 모바일 장치에 흠뻑 빠져 실종된 부모의 격렬하고 짤깍거리는 세계로 이러한 아이들이 퇴보하는 것은 시간문제일 것입니다."

언어에 담긴 환희와 고뇌, 희미한 리듬으로 넘쳐흐르는 욕망이 언어적 존재인 우리를 살게 하고 결합하게 한다. 우리의 유한한 경험을 언어로 빚어내려는 시도, 우리의 이야기를 다른 이에게 제공하는 능력, 그리고 말해질 필요가 있는 것을 말하는 능력은 '실제 삶'에 의미를 부여한다.

언어적 존재인 우리는 궁극적으로 우리의 유한함의 비밀과 기원과 끝을 명쾌하게 해명할 수 없으며, 이는 우리의 표현 범위 너머에 존재한다. 이것은 주디스 버틀러Judith Butler가《자기 자신을 설명하기Giving an Account of Oneself》에서 주장하는 바와 일맥상통한다. "내가 나 자신을 설명하고자 한다면, 내가 나 자신을 인지 가능한 존재이자 이해 가능한 존재로 만들고자 한다면, 나는 먼저 내 삶에 대한 내러티브부터 시작해야 할 것이다. 그러나 이내 그 내러티브는 내 것이 아닌 것, 혹은 오직 내 것만은 아닌 것으로 인해 방향성을 잃게 될 것이다. 그리고 나는 나 자신을 인지 가능한 존재로 만들기 위해 어느 정도 나 자신을 대체 가능한 존재로 만들어야만 할 것이다. '나'의 내러티브의 권위는 내 이야기의 특이성과 경쟁하는 일단의 표준이 갖는 관점과 임의성에 양보해야만 한다."

그러나 이야기를 추동하는 것이 '나의 내러티브의 권위'라고 암시하는 버틀러의 견해에 완전히 동의하기는 어렵다. 벤야민에 따르면, 이야기를 추동하는 것은 '나'가 아니라 죽음이다. 죽음은 이야기를 유발하고 욕망을 불러일으킨다. 그것이야말로 독자인 우리에게 선물과 같은 것이며 우리를 계속 나아가게 하는 것이다. 이 부름과 응답의 리듬을 통해, 삶의 유한한 리듬을 통해, 우리는 나약하고 불안정한 인간으로서 우리 모두가 공유하는, 그러나 각자 자신의 독특한 방식으로 공유하는 '특이성'을 엿볼 수 있다. 그것이 레니 아브라모프가 아이들의 언어에 매혹된 채 그랜드스트리트를 걸으며 들었던 것이다.

청자 없는 화자는 없고 독자 없는 작가가 없는 것만큼이나, '나'의 내러티브의 권위도 없다. 버틀러가 주지하고 있는 것처럼 이러한 이해는 우리에게 인간관계의 핵심과 내러티브의 윤리를 유념하게 한다.

'나'라는 존재는 결코 군주도 아니고 결코 홀로 서 있지도 않다. 버틀러가 말하고 있는 것처럼, 나는 곧 당신과 나의 관계다. 여기서 중요한 것은 버틀러의 말의 의미가 '나는 당신과 관계가 있다'가 아니라, '나는 곧 당신과 나의 관계다'라는 것이다. 마치 언어적 발화가 우리가 누구인지를 결정하는 듯하다. 이것은 '생존을 위한 판매'의 문제가 아니라, 죽음이 우리를 엄습할 때까지 타인을 부르고 타인에게 응답하는 언어의 내부에 거주하는 문제다. 버틀러가 말하듯, 자기 자신에 대한 이야기를 하는 것은 타자가 전제된, 타자를 요구하는 행위일 뿐만 아니라 타자를 향한 행위이다. 그러므로 타자는 나의 이야기 내부에 있다. 그것은 저 너머에 있는 타자에게 단순히 정보에 대한 질문을 하는 것이 아니다. 오히려 그것은 어떠한 정보를 제공하기 이전에 타자를 전제하고 타자를 상정하여 설명하는 것이다.

우리를 살아 있게 하는 것은 데이터나 정보가 아니다. 우리로 하여금 타자를 인식하게 하는 것, 우리가 중요하게 생각하는 차이를 인식하게 하는 것, 인간을 인간이게 하는 관계를 인식하게 하는 것은 언어적 이야기다.

버틀러는 자기 자신에 대해 설명할 때 우리가 '박탈'을 경험한다고 암시하지만, 우리는 본래 우리 자신을 결코 완전히 소유할수 없다. 말하기와 듣기, 읽기와 쓰기는 바로 (적어도 전통적 의미로서의) '인간'이 되기 위한 윤리적 요구를 충족시키기 위해 우리가필요로 하는 것이다. 이러한 맥락에서 언어라는 선물은 우리 스스로가 누구인지를 발견해내고자 하는 우리의 초대다. 그 선물에 우리 스스로를 열어젖히는 데는 유한한 삶을 향해 여행을 할 때만큼이나 필연적인 위험을 감수해야만 한다.

'깊이 읽기'의 위험성?

'깊이 읽기'에는 언제나 위험이 따른다. 우리가 내러티브를 읽는 주된 목적은 데이터나 정보를 얻고자 함이 아니라, 미지의 세계, 그리고 우리를 의문에 빠뜨리는 존재인 타자(우리 자신을 포함하는)에게로 과감히 진입하는 것이다. 독자인 우리는 쉽게 흔들리는 초라하고 나약한 존재이지만, 이야기 자체의 온기와 책을 덮을 때 '실제 세계'로 귀환하며 발견하게 되는 대안적 가능성을 통해 깨달음을 얻는, 갈망하는 존재이기도 하다.

우리가 '실제 삶'으로 귀환할 때 얻게 되는 것은 새로운 순간을 견뎌 내지 못하는 데이터나 정보가 아니라, 그 힘을 보존하고 집중시켜서 오랜 시간이 지난 후에도 그 힘을 내뿜을 수 있는 언어적 이야기다. 정보는 그 순간 스스로를 소모시킨다. 반면, 내러티브는 우리 내부에서 싹튼다. 언어는 우리 내면과 세계의 심부深部

에서 일어나는 작용을 통해 차이와 기억, 욕망을 야기한다.

스크린 문화는 강렬하게 시각적이고 속도와 힘을 찬양하며 대중적인 노출을 촉진하고 양적인 데이터와 통계, 기술적인 합리성과 정보를 특권화한다. 그것은 산만하며 중독적일 수 있다. 반면 문학 내러티브는 명상적인 느린 리듬을 고취하고 우리를 자아성찰로 초대하며 내면성과 단순화될 수 없는 복합성을 지향한다.

예민하고 사려 깊은 비평가들이 이끌어낸 결론조차 간혹 우리를 당황스럽게 한다. 예를 들어 앤드류 파이퍼Andrew Piper는 책 읽기의 윤리와 페이스북 보기의 윤리를 비교한 바 있다. 파이퍼는 '독서는 우리가 온전히 알 수 없는 것을 말할 수 있도록 한다'는 데 동의한다. 그러나 그는 이어서 다음과 같이 주장한다.

"책의 교수법pedagogy은 내가 끝까지 당신에 대해 결코 온전히 알 수 없는 심리적 거리감에 있다고 할 수 있는데, 이러한 책의 교수법만큼이나 의미 있는 소셜 미디어의 복잡한 관계가 존재한다."

파이퍼가 우리는 결코 온전히 타인에 대해 알 수 없다고 주장하는 것이라면 그에게 동의하지 않을 수 없다. 그러나 파이퍼가 소셜 미디어의 복잡한 관계가 심리적 거리감이라는 책의 교수법만큼이나 의미 있다고 주장하는 것이라면, 몇 가지 관점에서 동의하기 어렵다.

우리가 책을 읽을 때, '나'와 '너'의 관계는 언어(언어적 무의식)에 근거한다. 반면 디지털 스크린을 볼 때, '나'와 '너'의 관계는 이미지(시각적 무의식)에 근거한다. 책을 읽을 때 우리는 언어와 조우하고 자아를 성찰하게 되며 풍부하고 애매한 이야기의 질감 속에서 차이를 발견해낸다. 그것은 우리를 당황시키면서도 우리를 추동하는, 단순화될 수 없는 관계의 복합성을 만들어낸다. 반면 디지털 스크린(페이스북) 상에서 우리는 그것을 보고, 그것에 흡수되며 (혹은 관음증 환자가 되며), 축소된 프로필과 우리를 소진시키는 정보에 고정된다.

파이퍼는 "책을 좋아하는 사람의 얼굴 이면에는 단지 불안한 공허함이 있을 뿐이다. 반면 디지털을 좋아하는 사람의 얼굴 이면에는…… 새로운 시각적 무의식이 존재한다"고 주장한다. 파이퍼의 주장에는 디지털(혹은 스크린)이 책보다 어느 정도 더 가치 있는 무언가를 제공한다는 암시가 담겨 있다.

그러나 그 반대가 더 정확할 것이다. 책을 좋아하는 사람의 얼굴을 살펴보면, 우리는 파이퍼가 말하는 '불안한 공허함'(콘래드의 '끔찍하다! 끔찍해', 라캉의 '실재', '심연', '죽음', 아우구스티누스의 '하나님')을 엿볼 수 있을지 모른다. 그러나 그 닿을 듯 잡히지 않는 '불안한 공허함'이 무엇이든, 그것은 쉽게 부정할 수 없는 어떠한 중력을 반향한다.

모리스 블랑쇼가 주장하듯 독서는 '기쁨에 찬, 야성적인 '죽음'의 무도이다.' 그것은 '가벼움'이지만, 결코 중력이 부재하는 가벼움이 아니라 중력만큼 무게감이 있는 가벼움이다.

반면, 디지털을 좋아하는 사람의 얼굴 이면에서 우리는 그래프(혹은 알고리즘과 숫자)와 시각적 무의식에 내재한 비트와 바이트를 엿볼 수 있다. 그것은 마치 우리가 타자에 대한 가능성이 없이 우리 스스로를 바라보는 것과 같다. 우리가 디지털 스크린 상에서 추구하는 것은 붙잡을 수 없는 삶의 미스터리가 아니다. 그것은 우리가 끝없이 붙잡고 있는, 우리를 지루함으로 이끄는 황홀감이며 우리 자신에 대한 단순화다.

우리의 삶을 뒤바꿀
'책읽기'의 힘

신윤하 (모리스 카운티 칼리지 영문학과 교수)

인간의 본능, '이야기하기'

로버트 P. 왁슬러의 《위험한 책읽기》는 가장 먼저, 문화의 중심이 종이책에서 영상매체로 옮겨간 이 시대에 우리는 '왜 문학의 운명을 우려해야 할까?'라는 질문을 던진다. 사실 이 질문은 우리에게 낯선 것이 아니다. 이것은 영상매체가 등장한 20세기, 특히 영상이 대중문화에 본격적으로 영향을 끼치기 시작한 20세기 후반부터 꾸준히 제기되어온 질문이다.

그러나 문학의 운명에 관한 우리의 우려, 그리고 그 우려의 촉구는 그 어느 때보다 지금 바로 이 시대에 더욱 중요하게 작용한다. 우리는 궁금한 것이 있을 때 백과사전 대신 스마트폰을 집어

드는 것이 더욱 자연스러워진 시대에 살고 있기 때문이다.

이 질문에 대한 답은 이 책을 '깊이 읽고deep reading' '꼼꼼히 읽게close reading' 될 독자 여러분이라면 찾을 수 있을 것이지만, 여러분의 수고를 덜어드리기 위해 조금 귀띔을 드리고 싶다.

중요한 것은 인간인 우리는 사회적이고 언어적인 존재로서 내러티브를 통해 사고하고 또 타인과 소통한다는 것이다. 예컨대 우리는 각자 삶의 경험이 타인의 그것과 어떻게 같거나 다른지 이야기를 통해 끊임없이 비교하고자 하며, 우리에게 중요한 어떤 사건을 이해하려고 할 때도 그 사건을 내러티브로 구성하거나 재구성하는 것으로부터 시작한다. 그렇기에 이탈리아의 현대 철학자 아드리아나 카바레로Adriana Cavarero는 모든 인간이 이야기하는 존재narratable self이며, 또 자신의 이야기를 타인에게 전달하고자 하는 욕망과 그 욕망을 실현하기 위한 관계적인 실천relational practice이 인간 주체를 이룬다고 말했다.

이는 왁슬러가 이 책을 통해 전달하려는 메시지와도 일맥상통한다. 왁슬러가 말하듯, 내러티브를 이해하는 것은 '우리를 둘러싼 인간 공동체를 향해 나아가는 방법이자, 스스로의 내면으로 향해 나아가는 방법'인 것이다.

영상매체가 종이책을 대체한 문화적·사회적 변화는 한국뿐만 아니라 미국에서도 분명히 느껴진다. 실제로 많은 미국 대학생들이 이 책에서도 언급된《뻐꾸기 둥지 위로 날아간 새》를 책보다 영화로 먼저 접하고, 영화를 감명 깊게 보고 나서 책을 찾아 읽었다고 말하곤 한다. 새로운 밀레니엄을 전후로 하여 태어난 이 학생들은 종이책보다 영화, 그것도 영화관보다는 넷플릭스와 같은 스트리밍을 기반으로 한 차세대 방송 서비스를 통해 취향에 따라 골라 보는 영화에 익숙하다. 그러나 이들이 영화를 본 후 원작 소설을 찾아 읽었다는 것은 역으로 '이야기하기'가 인간의 본능이라는 사실을 반증하기도 한다. 영화도 내러티브를 기반으로 한 영상 매체이므로, 결국 이 내러티브를 깊고 꼼꼼하게 읽고 이해하고 싶은 욕망이 인쇄된 활자에 익숙하지 않은 세대조차 종이책을 찾아 읽게 만드는 것이다.

삶을 이해하는 가장 적극적인 행위

혹자는 허구의 내러티브를 읽는 것이 현실을 살아가는 데 있어 왜 중요한가, 반문하는 경우도 있을 것이다. 우리가 어떤 사실을 부정할 때 "소설 같은 소리를 한다"고 말하는 데서도 알 수 있듯, 우리말에서 '소설'은 '허무맹랑함'의 유의어로 쓰일 때가 많다. 이는 영어에서도 마찬가지로, 산문 형식을 일컫는 '픽션fiction'은 사전적으로 '사실이 아닌 것'을 지칭한다. 그러나 현실과 허구의 간극은 사실 그렇게 크지 않다.

실제로 미국의 대학생들에게 좋아하는 문학작품에 대해 설명해보라고 하면 주인공이 처한 상황이나 그의 행동에 '공감할 수 있었기에relatable' 그 작품을 좋아한다고 말하는 것을 자주 들을 수 있다. 누구나 한 번쯤 일상에서 '내가 저 사람이라면 어떻게 했을까' 혹은 '내가 그때 이렇게 했으면 어떻게 되었을까' 하고 상상해 본 경험이 있듯, 개인의 현실과 허구의 세계를 연관 짓는 것은 우리가 늘 하고 있는 일이다.

이러한 가운데 문자로 쓰인 내러티브는 독자에게 깊고 꼼꼼한 읽기를 요구함으로써 현실과 허구의 적극적인 관계 맺기를 가능하게 한다. 다시 말해 문학작품을 읽는 것은 왁슬러의 표현을 빌려 말하자면 "삶과 죽음 사이의 경계와, 존재와 비존재 사이의 경계, 공통성과 독특성 사이의 경계, 그리고 허구와 '실제 삶'의 경험 사이의 경계가 얼마나 좁은지" 깨닫게 해주는 행위이자, 우리 삶을 살아가는 다양한 방식을 보다 적극적으로 이해하는 행위인 것이다.

한 가지 흥미로운 점은 왁슬러가 이미지보다 문자에 더 집중하는 삶을 사는 방식을 반문화counterculture적 삶이라고 부른다는 점이다.

이 책에도 소개된 저자인 니콜라스 카는 〈애틀랜틱The Atlantic〉지에 게재한 기사 〈구글은 우리를 멍청하게 만드는가?Is Google Making Us Stupid?〉에서 영화 〈2001 스페이스 오디세이2001: A Space Odyssey〉의 한 장면을 예로 들어 우리의 현실을 비유한다. 카는 이 영화 속에서 인간이 기계화되어 자신의 감정을 표현할 줄 아는 로봇보다도 더욱 '비인간적'으로 업무를 수행하는 역설적인 장면을 묘사하며, 로봇과 인간의 대비가 기괴할 정도라고 말한다. 그런데 우리가 현재 인터넷의 정보를 처리하는 방식, 즉 피상적인 이미지를 빠른 시간 안에 기계적으로 소비하는 방식을 떠올려보자. 영화 속 인간의 모습과 놀라울 정도로 흡사하지 않은가.

이와 같은 정보 처리 방식이 주류 문화가 되어버린 지금, 내러 티브를 깊고 꼼꼼하게 읽는 '여정'은 인간 고유의 정체성을 회복하는 행위일 뿐 아니라 실로 저항적인 행위다. 그리고 모든 저항이 그러하듯 이것은 '위험한' 실천이기도 하다. 그러나 그 끝에는 '자아와 우리 앞에 펼쳐진 세계 사이의 미지의 접합점'과의 조우라는, 개인의 인식은 물론 삶마저 뒤바꿀 수 있는 강렬한 경험이 기다리고 있다.

깊고 꼼꼼한 읽기의 매력

《위험한 책읽기》는 창세기로부터 시작하여 우리에게도 잘 알려진 영미권 문학작품을 깊고 꼼꼼하게 읽음으로써 독자들에게 이와 같은 강렬한 경험을 선사한다. 글쓴이의 동문이기도 한 국내 영미문학 전공자들이 번역한 이 책은 역자들의 수고 덕에 매끄럽게 읽힌다.

이 책에 언급된 작품들을 읽어보지 않은 독자들은 '깊고 꼼꼼한 읽기'가 어떤 것인가를 알아가는 보람을 느낄 것이고, 이 작품들에 익숙한 독자들은 작품을 읽을 당시 미처 발견하지 못했던 내러티브의 다채로운 결을 발견하는 재미가 클 것이라 기대한다. 아무쪼록 독자 여러분도 이 책을 통해 깊고 꼼꼼하게 읽기의 위험한 매력을 만끽하기를 바란다.

동시에 이 책의 저자 왁슬러가 던진 첫 질문, '왜 문학의 운명을 우려해야 할까?'에 대한 답을 스스로 찾아볼 수 있기를 바란다.

'책읽기'는 왜 위험한가?

노동욱

어느 날이었다. 운전을 하며 라디오를 듣고 있는데, 〈비디오가 라디오 스타를 죽였어Video Killed the Radio Star〉라는 노래가 흘러 나왔다.

'비디오가 라디오 스타를 죽였어Video killed the radio star / 영상시대가 찾아오고 넌 상처 받았지Pictures came and broke your heart'

1979년 버글스Buggles가 발표한 이 노래는 영상매체(비디오)가 등장하면서 기존의 매체(라디오)가 쓸쓸하게 퇴장하는 모습을 연민 어린 가사로 표현했다. 흥미로운 것은 미국의 음악 전문 케이블인 MTV가 1981년 8월 1일 개국 첫 방송에서 이 노래를 내보냈다는 것이다. 이는 음악 역사상 가장 '잔인한' 선곡으로 유명하다.

이 노래에 관련된 아이러니는 MTV의 선곡만이 전부가 아니다.

이렇게 씁쓸한 가사의 노래치고는 음률이 상당히 흥겹다는 것도 그렇거니와, '비디오가 라디오 스타를 죽였'음에도 21세기를 살아가는 내가 여전히 운전을 하며 라디오를 듣고 있다는 점도 그러하다. 1979년에 울려 퍼진 '라디오의 죽음' 선언 이후에도 라디오는 버젓이 살아남았다. 그리하여 21세기인 지금도 흥겨운 음률로 '비디오가 라디오 스타를 죽였다'는 노래를 내보내고 있다.

사회가 급변해가는 만큼 매체의 전환 또한 급속도로 진행되고 있다. '라디오 스타를 죽인' 비디오 또한 죽음을 맞이한 지 오래다. 우리는 '전쟁', '호환', '마마'를 거론하며 불법 비디오를 경계하라는 추억의 메시지를 더 이상 듣지 못한다. DVD가 등장해 비디오를 죽이더니, 이제는 DVD도 죽음을 맞이하기 일보직전의 상황이다. 요즘은 유튜브의 등장으로 인한 미디어의 '대량 학살'까지 일어나고 있지만, 극단적인 아날로그의 상징인 라디오는 어째서인지 여전히 살아남아 우리와 함께 호흡하고 있다.

급속히 진행되는 매체의 변화를 목도한 우리는 사실 오래전부터 '책읽기'의 위기를 예견해왔다. 영화와 드라마 등 영상매체의 인기뿐만 아니라, e-book이라는 '책의 새로운 형태'와 웹소설·웹툰의 등장으로 '책읽기'라는 행위는 구태의연한 아날로그의 상징이 되어버린 듯 보인다.

이 책의 마지막 장인 11장에서 소개되고 있는 소설《슈퍼 새드 트루 러브 스토리》의 등장인물 레니 아브라모프는 바로 이러한 점에서 '별종' 같은 존재다. 재미있고 다채로운 영상매체가 난

무하는 시대에 책을 읽는, 그것도 900여 쪽에 달하는 톨스토이의 소설을 '깊이 읽는' 별종 말이다. 라디오와 함께 죽임을 당할 처지에 놓였던 책은 그러나 굳건하게 살아남아 아직도 레니 같은 별종들을 달래주고 있다. 책은 왜, 그리고 어떻게 살아남은 것일까? 이 책은 바로 그러한 문제의식에서 시작되었다.

결론부터 말하자면 책의 생존은 그 어떤 매체도 대체할 수 없는, 책만이 지닌 위험한 미덕에서 기인한다. 이 책의 저자인 왁슬러는 책이 우리 인간의 유한함, 세상 속에서의 우리 인간의 위치, 타자와의 관계 등을 깨닫게 해준다는 점에서 '위험'하다고 주장한다. 인간의 삶과 죽음의 문제 등 생각하면 숙연해지고 골치 아파지는 문제들을 성찰해보도록 촉구하는 것이 바로 책이라는 것이다. 몰랐다면 '행복'했을 수 있지만, 한 번 알고 나면 잠들어 있던 우리의 인식을 일깨우는 것이 바로 책이다. 때문에 책은 '위험'하며 그 '위험함'이야말로 책의 미덕이라는 것이 왁슬러의 주장이다.

이러한 맥락에서 보면 '책읽기'는 마치 어두컴컴하고 깊이를 알 수 없는 거대한 바닷속으로 뛰어드는 것과도 같다. 뛰어들지 않았다면 우리는 편안하게 머무를 수 있었겠지만, 비록 불안하고 고통스러워진다 하더라도 바다에 뛰어듦으로써 잠들어 있던 인식을 일깨우고 확장시키는 것이 곧 '책읽기'이기 때문이다. "아! 그래도 깨어나는 것이, 아무리 그것이 고통스럽더라도 망상 속에서 허우적대며 사는 것보다는 나아요." 우리는 케이트 쇼팬의 《깨어남The

Awakening》에서 에드나가 외쳤던 말을 기억한다.

　책은 또한 점멸하는 영상매체와는 달리 우리로 하여금 한 단어 한 단어, 한 줄 한 줄을 곱씹어 읽게 하고 생각하게 하며 고민하고 성찰할 기회를 제공한다. 이는 책의 대체 불가능한 가장 큰 장점이다. 오늘날 가짜 뉴스의 홍수 속에서 허우적거리는 우리에게 책의 그러한 가치는 더욱 소중하다. 우리에게는 '안전한 무지', '편안한 무지', '안락한 무지'에서 깨어나야 할 윤리적 책임이 있다. '책읽기'의 존재 가치가 '위험'에 처한 오늘날, 우리는 자신이 가진 책임을 깨닫고 그것을 이루어내기 위해 '위험한 책읽기'를 계속해야 할 것이다. 그것이 영상시대에 상처받은 우리에게 책이 주는 진정한 깨달음이자 치유일지도 모른다.

옮긴이의 말

옮긴이 _ **김민영**

이화여자대학교를 졸업하고 서울대학교 대학원에서 영문학 석사 학위를 받았다. 풀브라이트 장학생
으로 선발되어 미국 뉴욕주립대학교 버펄로에서 박사 학위 논문을 집필하고 있다. 현재 한양사이버대
학교와 경희사이버대학교에서 영어 및 영문학을 강의하고 있다.

옮긴이 _ **노동욱**

서울대학교 대학원에서 영문학 박사 학위를 받았다. 현재 삼육대학교 스미스교양대학 교수로 재직 중
이다. 저서로는 《미국문학으로 읽는 미국의 문화와 사회》(공저), 《글로컬 사고와 표현》(공저)이 있고,
옮긴 책으로는 《행복한 결혼생활을 위한 7원칙》(공역)이 있다.

옮긴이 _ **양지하**

이화여자대학교와 서울대학교 대학원에서 영문학을 전공했다. 출판 기획 편집자로 일하며 콘텐츠를
쓰고, 옮기고, 엮는 일을 하고 있다. 옮긴 책으로 벨 훅스의 《사랑은 사치일까》가 있다.

위험한 책읽기

1판 1쇄 인쇄 | 2018년 12월 24일
1판 1쇄 발행 | 2019년 1월   4일

지은이 | 로버트 P. 왁슬러
옮긴이 | 김민영·노동욱·양지하

펴낸이 | 임지현
펴낸곳 | (주)문학사상
주소 | 경기도 파주시 회동길368-8, 201호(10881)
등록 | 1973년 3월 21일 제1-137호

전화 | 031)946-8503
팩스 | 031)955-9912
홈페이지 | www.munsa.co.kr
이메일 | munsa@munsa.co.kr

ISBN 978-89-7012-988-4 (03800)

이 도서의 국립중앙도서관 출판예정도서목록(CIP)은 서지정보유통지원시스템 홈페이지
(http://seoji.nl.go.kr)와 국가자료공동목록시스템(http://www.nl.go.kr/kolisnet)에서
이용하실 수 있습니다. (CIP 2018040193)